棄婦超搶手

5

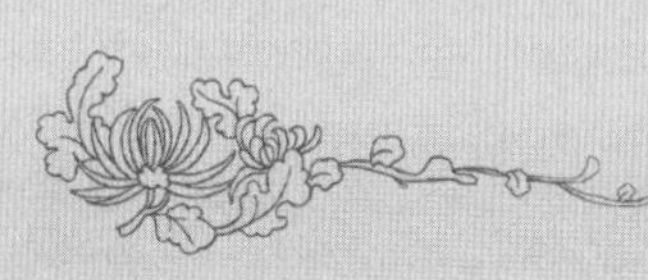

風文創 1173

灩灩清泉 著

目錄

第四十一章 005
第四十二章 035
第四十三章 067
第四十四章 099
第四十五章 129
第四十六章 161
第四十七章 193
第四十八章 227
第四十九章 259
第五十章 291

第四十一章

臘月初十巳時，鄭吉、鄭玉、鄭璟一起攜厚禮來了成國公府。

老國公帶著一眾兒孫在前院廳堂招待他們，除了孟辭羽，孟家所有成年男人都來了，角落裡還縮著一隻貓，花花對娘親的親爹非常好奇，就跑來看熱鬧了。

老公爺看鄭吉的眼睛都是笑的，頗有一種誰兒能有我兒好的自豪。

成國公一直不待見鄭吉，每回只要老父一罵他，就要把鄭吉拉出來比，越比他越沒用。他心裡頗不以為然，鄭吉哪裡好？大長公主天天罵他不孝，一走就幾年不回家，哪裡像自己，在朝堂裡當著高官，還能在母親跟前盡孝……

鄭吉又再次感謝了江氏對他母親的救治，誇孟辭墨找了個好媳婦。

談笑一陣後，鄭吉提出。「我有好些年沒見到師娘了，聽說她老人家身體越來越好，我去給她磕個頭。」

孟、鄭兩家是世交，老國公說道：「晌午在福安堂吃飯，讓那幾個小輩給你磕頭。」

鄭吉早就想見見江意惜和她兒子，自是滿口答應，路上他才聽鄭璟和鄭玉講了他們跟江意惜姊弟相熟的事，看來不僅江意惜能幹，江洵也是文武雙全，今年還中了武秀才，明雅和江辰也能瞑目了……

鄭吉先去東側屋給老太太磕了頭，老太太拉著他的手說了許久話，男人們才坐去西側屋喝茶。

除了孟二夫人、孟三夫人，所有女眷、孩子都是鄭吉的晚輩，都去西側屋給鄭吉見了禮，幾個孩子還磕了頭，鄭吉又給了孩子們見面禮。

江意惜母子是最後到的，孟辭墨站在正房門外等她，等江意惜走近了，孟辭墨在她耳邊輕聲說了兩個字。「無事。」

江意惜也朝他輕點了個頭，是的，沒事的，總有這麼一天要見面。他是世交叔叔，自己是世交姪媳婦，見就見吧！

進了西側屋，孟辭墨把江意惜領到鄭吉面前，笑道：「她是江氏。」又對江意惜笑道：「這是鄭叔。」

江意惜給鄭吉屈膝行了福禮，說道：「鄭將軍。」

她不願意叫他「叔」。

這個稱謂讓鄭吉不太習慣，孟府所有晚輩都叫他「鄭叔」或者「鄭祖父」，或許是意惜跟他比較陌生，不好意思叫「叔」。

鄭吉還是非常激動，壓抑著心裡的情緒多看了江意惜幾眼。這孩子長得真像明雅，明豔動人，眉目如畫，只是氣韻不太像，明雅活潑愛笑，像怒放的牡丹。而意惜卻不愛笑，眸子幽深，如菊般淡雅。

彈指之間，明雅的閨女都這麼大了，生了一個兒子，又懷了第二個孩子。

聽到鄭玉的輕咳聲，鄭吉才反應過來自己失禮了。

他趕緊垂下目光，起身向江意惜抱了抱拳，笑道：「謝謝妳，讓我娘重見光明。」

他如此看別人家的女眷是不禮貌的，除了孟辭墨，所有人都覺得他是因為江氏為大長公主治好了眼睛，出於感激和好奇，才一時沒顧及禮儀。

江意惜扯了扯嘴角，沒有接話。

老國公笑著幫她回道：「那是你娘，她理應幫忙。」

孟辭墨又指著黃嬤嬤抱著的孟照存，笑道：「這是我的長子，照存。」

黃嬤嬤抱著孩子給鄭吉磕了頭，小存存不怕生，眼睛瞪得溜圓望著鄭吉，還「啊」了一聲。

這是明雅的外孫？鄭吉伸出手，小存存居然也向他伸出手。鄭吉哈哈笑著，把孩子抱進懷裡，存存一下環住他的脖子，小臉不時擦過他的臉頰耳朵，嘴裡流出的口水糊在他的臉上，格格笑聲縈繞在耳畔。

鄭吉有了一種別樣的感覺，似乎心都融化了，鼻子也有些酸澀。

他扶著孩子的臉仔細看，孩子特別像辭墨，不怎麼像明雅，可他就覺得這孩子可親。

鄭璟這麼大的時候，他在南方平叛，第一次見到兒子時，兒子已能滿地跑了，他這是第一次抱這麼小的奶娃娃，才知道最柔弱的才是最能擊破心防的……

他身後的小廝端上一個托盤，上面放著一尊和闐玉天馬擺件，與送安哥兒的一樣，送黃馨的是和闐玉蓮花擺件，鄭吉又從拇指上把扳指取下，塞進小存存的棉襖裡。

孟辭墨和鄭玉都愣了愣，那個扳指是極品翡翠鏤花扳指，是鄭吉最喜愛的三個扳指之一。

突然，一道聲音打破了歡樂的氣氛。「滾！回家、回家……」

聲音惱怒，略微沙啞，是鄭吉的聲音。孟家人和鄭玉都知道是啾啾在叫，只有鄭璟第一眼向父親望去。

見父親也愣愣地抬起頭看向前方，隨著他的目光看過去，一個丫頭拎著一個鳥籠，鳥籠裡的鸚鵡正跳著腳罵人。

「回家！滾！軍棍侍候……花兒、花兒，北方有佳人……」

鄭吉笑起來，眾人也都笑了。

「這小東西，越來越會說話了。」

只有花花不開心，今天不僅沒人注意到自己，連啾啾出的風頭都比自己多。牠喵喵罵道：「是娘親的親爹也不喜歡你，讓我姥姥懷了娃就鬧失蹤，渣男，討厭！」罵完，扭頭跑出去找老太太了。

江意惜下意識看向鄭吉，鄭吉似沒聽到貓叫，低頭看著存存樂。

晌午，眾人在廂房吃飯，男女中間隔了屏風，男桌那邊的說笑聲女桌這邊聽得清清楚楚。

江意惜不想聽那個聲音，但那個聲音就是要往她耳裡鑽，不得不承認，鄭吉是一個非常有魅力的男人，長相俊朗，身材修長，身居高位，不怒自威，話不多卻能說到點子上……而且，自己跟他的確有一、兩分相像。

江意惜的眼前又浮現出江辰爹的面容。

長相沒有他俊，出身沒有他強，官職沒有他高……但是，江辰有一顆溫柔善良的心，給了扈氏一個安穩的家，讓自己平安來到這個世上，又快樂地長大……

可惜他死早了。若他活著，拚了命也不會讓付氏和孟辭羽那樣欺負自己，不會讓老太太和大房那樣算計自己。

以為自己做了那麼久的心理準備，見到鄭吉不會太難過，可是，她還是非常難受，有一種想流淚的衝動。

有了對比，她想江辰爹想得更厲害。

飯後，女眷們各回各院，男人們又去了前院。

孟辭墨知道江意惜此時難受，但因為有更重要的事，沒有辦法回去安慰她。

鄭吉和孟辭羽、孟華單獨見了面，講了一下對他們的安排，之後孟辭墨陪同鄭吉去了別院，平王已經悄悄來到，等著同鄭吉密談。

經過各種爭取和安排，鄭吉私下已經徹底站隊平王。

江意惜則回到浮生居，乳娘抱著昏昏欲睡的小存存去跨院午歇。

她一進廳屋，就聞到一股從來沒聞過的香氣，看見八仙桌上擺了一個箱子。

吳嬤嬤笑道：「大奶奶，這是世子爺讓人送進來的，說是鄭大將軍的謝禮。」

江意惜打開箱子，箱子裡面裝了兩個大錦盒、兩個小錦盒，她打開，大錦盒裡裝的是一尊象牙雕大象擺件、一尊黃玉獅子擺件。

一個小錦盒裡裝了一個小瓷瓶，把上面的木蓋打開，那股香味更濃，裡面裝的是精油，黃澄澄的。另一個小錦盒裡裝的是一顆夜明珠，她看到老太太也有一顆，寶貝得緊。

這幾樣禮物，連吳嬤嬤看了都目瞪口呆，連忙說：「哎喲喲，太貴重了。」

的確太貴重了。江意惜明白，鄭吉送的不僅是謝禮，更是送扈明雅後人的見面禮，或者說對扈明雅的虧欠。若只是前者，她不會推拒，可想到後一種，她就是不想收。

她把東西原封不動放進去。「等大爺回來再說。」

她坐到炕上想心事，想最多的還是江辰爹，江辰活著時的情景幾乎都在腦子裡過了一遍。

孟辭墨戌時末回到浮生居，江意惜還斜靠在引枕上發呆。

他坐到炕邊。「還在難過？」

江意惜搖搖頭，喃喃說道：「也算不上難過，就是想我爹想得厲害。這麼多年，我想我爹比想我娘的時候多得多，對他的感情比對我娘還要深。唉，若我是我爹的親閨女，該多好。」

沒看到那個人時，她還能自欺欺人，可如今看到那個人了，卻不得不承認一個事實，江辰爹再好，也是養父，她再不願意認那個人，那個人也是親爹。

孟辭墨把她摟進懷裡。「這個秘密只要不說出來，岳父就是妳親爹。」

「可我覺得何氏已經知道了。」

孟辭墨說：「她知道又如何？為了她的利益，她也不會說出來，如今大長公主已經大好，以後就不要再去她家了。」

江意惜也不想再去了。

「再去最後一次，做完眼針之後，還要把一些事跟御醫說清楚，放心，何氏再蠢，鄭吉在家時也不敢對我動手，其實，何氏也是一個可憐人，希望鄭吉這次回來，他們能夫妻和樂，何氏也不至於更恨我。」

孟辭墨道：「小心為上。妳延到二十那天再去，我休沐，陪妳一起去。」

他不認為何氏一定會害惜惜，但愚和大師的話不得不讓他加倍小心。

「好。」江意惜又問：「你說，鄭吉會留在京城任職嗎？大長公主一直希望他留下。」

她不願意他留下，無事跑來見「晚輩」，多讓人心煩。

孟辭墨回道：「不會。他掌管西部重兵，對京城的軍隊能有牽制作用，其他皇子也不好拉攏他，平王和我祖父都希望他在外面多幹幾年。」

他又說了鄭吉想讓他把江意惜和江洵約出去一起吃個飯，他拒了。

即使孟辭墨答應，江意惜也不會去。

鄭吉現在看來似乎很惦記他們姊弟，不知為何前世回京沒見他們，若有他的幫助，江洵不會早死……好像他也沒幫到孟辭墨什麼忙，否則前世的孟辭墨也不會那麼無助……

難道前世他也死得早？是病死的，還是出了什麼意外？

她前世知道的事情有限，他什麼時候死的、怎麼死的，或許只有重生的文王才知道。

雖然江意惜對鄭吉無感，還是希望他能長命，不止基於血緣，還因為他是平王一黨，有了他，平王勝算更大。

江意惜又讓孟辭墨看了鄭吉的謝禮。「他可能有別的心思，我不想收。」

孟辭墨說道：「退回去反倒讓人多想，不喜歡，不用就是了。」

臘月二十是個豔陽天，冬陽燦爛，寒風凜冽。

孟辭墨特地陪江意惜去大長公主府，他還囑咐水靈，不管什麼時候都不能離開大奶奶，以免臨時有意外，尤其要注意不能因地上有水或冰讓大奶奶滑倒。

正堂側屋坐滿了人，鄭府一家人都來了。大長公主也出來了，斜倚在炕上的大引枕上。

看到給自己見禮的孟辭墨和江意惜，大長公主笑道：「真是一雙璧人，這是我看過最相配和最令人羨慕的小夫妻了。」

謝氏笑道：「大伯娘眼饞人家媳婦找的好，以後給璟兒找媳婦，您老人家眼睛睜大些，比著找。」

說得眾人大樂，鄭璟紅了臉。

謝氏本想多誇誇孟辭墨夫婦，說完才覺得這話不妥，有可能得罪何氏，她乾笑幾聲後，扶著大長公主進臥房，再服侍她躺上床。

謝氏雖然只是姪兒媳婦，但性格爽利，為人處世八面玲瓏，很會湊趣兒，非常得大長公主喜歡，也正因為如此，她的女兒才被大長公主抬舉。

而作為兒媳婦的何氏，本就性子內向，再加上跟鄭吉感情不和，相反的不好意思說那些拍馬屁的話，跟大長公主的婆媳關係也算不上親近。

何氏跟在她們後面進臥房，心裡氣得要命。如今在這個家裡，連堂嫂子都騎到她頭上了，特別是鄭吉看江氏的眼神，哪怕他壓抑著，她也看出了不同，真讓人噁心……

江意惜覺得，何氏更瘦了，眼裡的愁苦也更多了一些，想掩飾都掩飾不了。這麼看來，鄭吉這次回來，跟何氏的關係依然沒有改變。

進到房裡，江意惜細細檢查了大長公主的眼睛，一會兒後終於鬆了口氣，笑道：「恭喜大長公主，眼疾已經好了，今天施最後一次眼針，之後再喝一旬湯藥，洗三次眼睛即可。」

聽到這個好消息，屋裡人齊齊恭賀大長公主，大長公主又拉著江意惜的手表示感謝。閒人退下，江意惜給大長公主施了針，又改了兩味藥。

夫妻二人依然以江意惜嘔吐厲害為由，沒有留下吃晌飯，離開前，大長公主府又送了半車禮物，大長公主還拉著江意惜的手說：「以後多來陪本宮說說話，也把存哥兒帶來，本宮喜歡小娃娃……」

鄭吉很想送他們出門，卻知道自己是長輩不好相送，最後是鄭璟、鄭玉、鄭婷婷、鄭芳送他們出了垂花門。

江意惜望望頭頂的豔陽，目前的危機沒有了，不知第四次的危機到底什麼時候出現。

其實，她希望那一天早日到來，化解了就餘生順遂了，但不希望是懷孕的時候，怕傷害到孩子。

晌飯後，大長公主在休息，鄭吉出門會友。

他穿著便裝，沒有騎馬，而是坐馬車，趕車的是他的護衛隊長鄭關。

鄭關八歲起就跟著鄭吉，從小廝、親兵，一路做到護衛隊長。鄭吉的所有秘密他都知道，之前去扈家，他就是守在外面放哨的那一個。

他們去了一條小街，站在街邊就能看到幾戶人家的宅子，其中一個正是武襄伯府。

鄭吉想見見江洵，不止為了明雅，也為了江辰。

他們來到街邊的一座茶樓，要了二樓一間包廂，鄭關安排好主子，便去了武襄伯府。

鄭吉獨自在茶樓包廂內等待，他打開小窗一條縫，一股寒風吹進來，京城的寒風遠比不上邊關的寒風凜冽，他卻彷彿凍著似的一動也不動，久久凝視著遠處那座宅子，思緒回到了從前。

明雅曾經生活在那裡，她的一雙兒女也在那裡生活，他很自責，辭墨說這兩個孩子曾經吃了不少苦。

江辰在世時，他不敢多關注他們，江辰陣亡後，他以為回京的老國公和辭墨會護著他們，後來才知道他們受到江老太太和江伯爺夫婦的苛待，差點連嫁妝都要被謀佔了……

還好辭墨娶了惜惜，江家方不敢再苛待他們，若他們生活不好過，他怎麼對得起明雅和江辰？

辭墨說得對，自己哪怕再會打仗，在治家和人情世故上還是有太多欠缺，就像當年，自己即使再傾慕明雅也不該任性，不該圖一時激情走到那一步，還好明雅遇到江辰，江辰無私的給了她全部的愛，否則，她怕是要受大委屈了。

是他自己不好，若當初自己看出去外地的任務是母親的暗中指示，他說什麼都不會在那個關鍵時刻離開京城。明雅遲遲等不到他回來提親，又被自家逼著嫁人，該有多麼無助和絕望……

明雅成親後他去找過她，她只說她對他已經心死，請他不要再打擾她平靜的生活。他看得出明雅內心的痛苦，卻已沒資格多說什麼，只能遠離京城，不再為難她，但沒想到，明雅竟那麼年輕就死了……

他們終究是錯過了，他的心也死了。

這麼多年來，他不願意要女人，不僅是思念明雅，也是對自己的一種懲罰，只不過如此，又害了另一個女人……

這時，他看到鄭闢帶著一個少年往茶樓方向走來，少年身材修長，長相俊朗英氣，哪怕離得遠，也能看出像江辰多一些。

鄭吉眼前出現江意惜的面容，那孩子則像明雅多些。他又想到母親說江意惜長得有些像小姑姑的事……

這就是緣分吧？他不自禁想到他和明雅的那天晚上，可惜出生日期對不上，也是，若惜惜真是他的親閨女，明雅一定會想方設法等他回來，而不是匆匆出嫁……

鄭闢領著江洵來到茶樓包廂，而後自己去門外守著。

包廂裡，江洵長躬及地。「晚輩江洵見過鄭大將軍。」

鄭吉笑道：「叫我鄭叔就好。」

江洵站直身子，笑道：「鄭叔。」

鄭闢以江辰故友的名義把江洵找了出來，江洵出來見到鄭闢，經他說明才知道要見他的是鄭吉。

鄭吉，雖出身皇家宗室，卻驍勇善戰，長年在外東征西討，作為西慶總兵兼西征大將軍，又是孟祖父的得意門生，多年來為晉和朝守護著最難守的西邊門戶，得所有京武堂生員崇拜……

這樣厲害無比的人原來是自己爹爹生前「摯友」，而且還想見自己？當下江洵激動地一跳老高，直到現在都還有些緊張興奮。

鄭吉上下打量他幾眼，欣慰道：「好男兒，不錯。」他指了指旁邊。「坐吧。」

江洵坐下，腰桿挺得筆直，雙手放在膝蓋上，不知為何見到他比見到孟祖父還要緊張。

「不要緊張，只把我當長輩看就好……」鄭吉笑道，隨口問了他們姊弟之前在江家的生活如何、他的學習情況，又跟他講了自己經常會去江辰的墳前同「他」喝酒聊天……

慢慢的，江洵緊張的情緒放鬆下來，兩人談得愉快，渾然不覺時間的流逝。

離開前，鄭吉從腰間取下一把小彎刀，銅把牛皮套，把手上嵌著兩顆貓兒眼及數顆藍寶石，一拔出來寒光森森。

他把彎刀遞過去，說道：「這是我過去俘虜西涼國四皇子的斬獲，拿去做個紀念。」

這把彎刀不止價值不菲，還頗有意義，江洵起身雙手接過。「謝鄭叔，我會一直帶在身上，將來上陣殺敵，我會跟我爹一樣英勇無畏，不許韃子來犯！」

鄭吉欣賞地看著江洵，誇道：「好小子，你爹會以你為傲的。」

不知何時起外面飄起了小雪，茶樓外的燈籠在風雪中飄搖，江洵把鄭吉送上馬車，目送馬車在夜色中消失，才邁開大步向江家走去。

他一隻手把玩著腰間的彎刀，嘴咧得老大，健步如飛，想趕緊回去讓三叔和兄弟們看彎刀，可惜學堂正在放長假，不能馬上拿去給先生和同窗們看……

馬車沒有朝宜昌大長公主府前進，而是到了一處僻靜地段停下，鄭吉問道：「怎麼回事？」

鄭關低聲說道：「將軍，我在茶樓裡聽到一個傳言……」

他欲言又止，鄭吉道：「上來說話。」

「是。」

鄭關俐落地進入車廂，方沒有顧忌的繼續說下去，原來他有一個長項，就是耳朵比一般人靈敏，下午在茶樓時，他去偏廈上茅房，聽到隔牆另一頭的說話聲。

只聽得一個人說：「剛剛看到江家二公子來吃飯了，看他的模樣，他娘一定長得很美。」

另一個人說：「他娘再俊，干你鳥事？」

那人又道：「嘿嘿，不管是不是大家閨秀，太俊的娘兒們都風騷。」

「你是說江二公子的娘？」

那人道：「是啊，你不知道，前些天一個俊俏小尼姑來茶樓，我親耳聽到她跟江家大爺在講先江二夫人的事，說是寺裡的什麼老尼姑說的，別看江二姑娘嫁給成國公世子，江二公子又年紀輕輕中了武秀才，一家子風光得很，他們的生母是個輕浮的女人……」

「哦，是怎麼回事？」

「聽說嫁進江家前就懷孕……」

那人的聲音變小，附在另一人耳邊開始說起悄悄話。

怎麼會有這種傳言？鄭闕聽得眉頭緊皺，突然想起自家爺跟扈姑娘有那種事，還有府裡的人曾提到孟大奶奶長得像去世的姑奶奶，若傳言屬實，該不會……

他的腦袋「嗡」地響起來，忍不住推開茅房的門去了隔壁，看到是茶樓的兩個小二，他從懷裡掏出兩個小銀錠子在他們面前晃了晃。「走，跟我聊聊去。」

他們去了一間空包廂，鄭闕二話不說就從懷裡掏出一個大銀錠子，看得那兩人眼睛瞪得老大，還沒等他們發問，鄭闕一手一個捏住他們的肩膀，使勁一捏，痛得他們慘叫出聲。

鄭闕沈著臉說道：「管好自己的嘴，我是孟世子的下屬，有個老尼姑出家前跟我家大奶奶有嫌隙，故意造謠抹黑我家大奶奶聲譽，若有人沒腦子輕信還到處胡說八道，小心沒命！」

說完他鬆了手，那兩個人跪下磕著頭。

「大爺饒命，大爺饒命，小的不敢再胡說了。」

鄭闕把大銀錠子扔在地上，大步走出去……

鄭吉聽了鄭闕的話，張著嘴抖著，一時反應不過來，好半天終於笑起來，但看似是笑，眼裡卻湧上淚水。

車廂裡的羊角燈散發著昏黃微弱的光，微光裡，扈明雅和江意惜的面容交替出現，他的聲音悶在嗓子裡。「惜惜是我的閨女，明雅為我生了一個閨女……」

鄭關低著頭，等著主子的吩咐。

不知過了多久，鄭吉才又輕聲說道：「這件事我要更確切的證據，你明天去青石庵找到那個老尼姑問清楚這事，然後把人給解決了。未出家時她苛扣惜惜的嫁妝，處處為難於她，出了家還要敗壞她和她母親的名聲，壞透了！之後你再去趟石州府，想辦法找到江辰的故友舊鄰。這件事一定要打聽清楚，不能似是而非……」

他敢肯定惜惜就是他的親閨女，但要相認必須拿事實說話。

鄭關建議道：「要不要也找找當年貼身侍候扈姑娘的丫頭下人們？如果他們還活著，應該清楚這件事。」

鄭吉搖頭道：「這件事能保密到現在，那些忠僕即使活著，也是守口如瓶。」他不願意用非常手段讓他們開口。

「是，小的一定會把事情打探清楚。」

鄭關知道這麼多年來主子一直過著怎樣的生活，有多思念扈姑娘和愧疚於她，若孟大奶奶真是扈姑娘為主子留下的骨肉，那就太好了。

鄭吉又道：「現在去成國公府。」

鄭關不贊同。「將軍，這麼晚了……」
「只在牆外看看……」
不知惜惜是否知道這件事，她若知道了，會不會告訴辭墨？想到惜惜眼裡的冷然，還有她不願意叫自己一聲「叔」，鄭吉直覺她已經知道，辭墨也知道，就是不願意認自己。
再想到那個小小的人兒，軟軟的一團，一抱進懷裡就緊緊環住自己，自己抱著他時的心軟和心疼，血脈傳承原來如此奇妙。鄭吉心痛得厲害，明雅懷了自己的骨肉卻急急嫁給江辰，不知當時是遇到了什麼過不去的坎……
還有惜惜，如今已經當了妻子生了孩子，自己這個父親卻沒有陪伴過她一天，還是嫁給孟辭墨後江家才不敢苛待她……
他也更加感激江辰，那個男人是有怎樣寬闊的胸襟和良善，願意娶明雅進門？還以那種藉口給了明雅和孩子一個好的出身，讓閨女在江家平安長大。
自己差江辰良多……
雪越來越大，狂風呼呼颳著，馬車趕去街口一個背風處停下，怕被發現，他們不敢離成國公府太近。
馬車一邊的車簾打開，一個人像冰雕一樣凝視著遠處那片大宅子，還有一個人在馬車一側來回踱步，以增加一點熱度。
直到半夜，馬車才悄然離開。

晃眼到了大年二十九，成國公府張燈結彩，年味十足，下晌，江大突然帶著扈大舅家的下人來求見江意惜。

扈大舅？江意惜頗有些意外。前世今生，她和江洵還是第一次跟「舅舅」有交集，因為山高路遠，扈氏活著時扈家每年還有一封書信來往，但扈氏死後便沒有了聯繫。

扈大舅的僕人齊大叔呈給江意惜一封信，還抬來了兩個大筐，筐裡裝了兩百多斤的臘肉臘腸。

齊大叔說，扈老太爺、扈老太太早已去世，扈二舅也病死了，扈大舅雖然年紀輕輕中了舉，卻沒考上進士，一直在南越省的一個小縣當縣丞至今……

扈大舅生有一子一女，大兒子二十三歲，已中了舉，明年春會來京城參加春闈，希望外甥女婿能幫幫忙，而女兒十八歲，已經出嫁……

江意惜暗哼，這位扈大舅跟扈老太爺一樣，都是不通人情世故的人，之前沒有聯繫，剛剛聯繫上就求她夫婿辦事，這次突然來聯繫，或許是才知道外甥女嫁給了成國公世子。

孟辭墨的舅舅曲瀾也派人給孟辭墨送了東西，還給孟家送了年禮。付氏活著的時候，曲瀾只跟孟辭墨有聯繫，付氏死後才又跟孟家走動起來，聽說他私下跟平王關係也非常好。

不管扈大舅抱著什麼目的，派下人遠道而來，還帶來這些東西，江意惜表示了感謝，賞了齊大叔十兩銀子，讓吳有貴陪江大和齊大叔在府裡吃完晚飯後再送他們回江府，年後她會送一些東西讓齊大叔帶給扈大舅。

突然，院子裡響起一串凌亂的腳步聲，水靈跑了進來。

「大奶奶，聽前院的婆子說，黃家老太爺和黃程來接馨姐兒回黃府過年，老公爺不同意，跟他們打起來了。」

孟老國公屬於儒帥，見到黃家人就想動手，也是被氣狠了。

江意惜笑道：「不需要別人幫忙，祖父一個人就能把他們打得落花流水。」

水靈呵呵笑道：「正是呢，聽說黃老太爺被打得厲害，哭著走了，說要進宮告御狀，還說孟家太霸道，黃家孩子回黃家過個年都不允。」

江意惜冷哼道：「當初黃家更霸道，把孟家姑娘都欺負得沒邊兒了。」

她的手扶著肚子，心想若這次生了女孩，一定要把閨女護好，不許人欺負。

時間到了，江意惜帶著孩子和花花去了福安堂，還帶了幾塊臘肉、幾節臘腸。

老爺子已經到了，一臉的興奮。

江意惜玩笑道：「聽說祖父剛剛打了一場勝仗。」

晚輩中，只有江意惜敢跟老國公開玩笑，老爺子哈哈笑道：「許久沒打仗了，黃老匹夫送上門，可不是要過過癮？」

老公爺看到黃嬤嬤懷裡的存存向他伸著手，急得直哼哼，笑聲更大。他招招手，黃嬤嬤過去把存哥兒放進他懷裡。

老爺子從前沒怎麼抱過兒子和孫子，這個重孫子卻讓他抱得最多，如今他也學會了如何抱奶娃娃、哄奶娃娃，含飴弄孫，養花養鳥，喝孫媳婦沏的好茶，成了老國公如今的幾大樂事。

黃馨笑得眉眼彎彎，倚去大舅娘的腿邊撒嬌。

她知道，對自己和娘親最好的是大舅和舅娘，還有太外祖父，有了他們，爹爹他們家就不敢再欺負娘親和自己了。

江意惜非常享受外甥女跟自己撒嬌，伸出手便把黃馨摟進懷裡。

孟月抿著嘴樂。她想多親近祖父和弟弟，但不好意思，閨女卻替她做到了。

今天沒按時吃晚飯，要等孟辭墨和孟辭閱回來後再吃，明天開始放長假，今天下衙的時間會提前。

眾人說笑著，讓老國公頗有感觸，這個年也算是他們孟家過過最祥和的年了，雖然辭羽依然不肯出來見人，大兒子依然不讓人省心，但幾個孫子越來越能幹和當用，第四代有了兩個小子，兩個孫媳婦又懷了孕。再看看笑聲爽朗的老太婆，往年她幾乎都是躺在床上的，如今身體好多了……

雖然個別的人有點小心思，那也只是小心思，而不像付氏要毀了這個家。孟家，會越來越興盛的。

戌時初，孟辭墨和孟辭閱帶著一股寒氣回來。

存存一看見爹爹，又伸著手猴急地向爹爹撲去，嘴裡「啊啊」叫著，孟辭墨和孟辭閱給長輩見了禮，才伸手接過兒子，又看了江意惜一眼。

他沒有老子不該抱兒子的想法，更沒有不好意思當眾欣賞媳婦的想法。

孟二夫人特別不喜歡看孟辭墨如此望江氏，就像當初不喜歡看孟道明望付氏的那個眼神。

夫妻要恩愛回去躲著愛，幹麼要讓全天下的人都知道？越是這樣的人，後面越打臉。哼！他們居然為了付氏的子女跟自己這個二嬸過不去，真是好賴不分，可氣的是自己的男人和兒子還幫他們……

老國公極是喜歡吃扈大舅送的臘肉和臘腸，說像他早年在南方平叛時曾經吃過的味道，後來就再也沒吃過那個味。

男人那桌的臘肉一大半是他吃掉的，老太太又讓人把女桌這邊的臘肉端過去。

江意惜見老人家喜歡吃，又讓人拿了一大半的臘肉臘腸送至福安堂小廚房。

飯後，眾人說笑一陣各回各院。

星光閃爍，廊下樹上掛了許多燈籠，把路照得透亮，江意惜沒有坐轎，而是由孟辭墨牽著回浮生居。

孟辭墨很少回家，哪怕路上這一小段的牽手，江意惜也倍感珍惜，笑彎了眼。

江意惜說了扈大舅來信的事，孟辭墨道：「窮在鬧市無人問，富在深山有遠親。人大多如此，妳娘家親戚少，若扈大舅還算可靠，我能幫就幫，妳也多一門親。」

江意惜說道：「你怎麼知道他可不可靠？」

孟辭墨笑道：「南越金副總兵跟我很熟，是過命的交情，就讓他打聽打聽，老實人可交，算計多的人就遠著些。」

他心裡很憐惜小媳婦，除了江洵，江家所有人跟她都不是血親，鄭家是血親，但又不可能走動，若是扈家大舅稍微可靠些，不如就多來往。他還有個感覺，鄭吉是不是知道了什麼？回京不到十天，就去了五團營兩趟找他喝酒……

走在後面的孟二奶奶挺了挺肚子，輕聲道：「二爺，看看大伯多疼媳婦……」她不好意思說，自己的肚子更大。

孟辭閱皺了皺眉。「有丫頭扶妳就行了，想什麼呢。」看看前面大哥大嫂的背影，又笑道：「大哥在某些方面挺像大伯父的，不怕被人笑話，我可不行。」

孟二奶奶無語，只得由丫頭扶著慢慢走。

大年三十辰時末，孟辭墨一家三口打扮得喜氣洋洋，還給花花穿了漂亮的紅衣裳，拿著孝敬長輩的禮物去福安堂。

男人們先去祠堂祭祖，全家人高高興興在福安堂玩了一整天，晚上吃團年飯，孟辭羽依然沒來，大廚房單做了一桌席面送去他的院子，老太太疼惜三孫子，也挑了幾道他愛吃的菜讓人送去。

大年初一，孟老國公、成國公、孟辭墨進宮給皇上拜年，老爺子把小小年紀的孟辭令帶去長見識，讓孟三夫人非常高興。

江意惜懷了身孕不能進宮，孟家其他女眷只有老太太有資格去給太后娘娘拜年，她年紀大了，要帶一個晚輩隨身服侍，孟嵐已經訂親，這次便帶了孟霜去。

三房的一兒一女都進宮拜年，而自己的兒女孫子一個都沒沾著光，讓孟二夫人非常不滿，她悄悄跟二老爺發牢騷，被二老爺斥責了幾句。

「真是婦人之見，妳的格局就不能大一點？如今父親親自調教我們的兩個兒子，他們也越來越出息，以後不需要別人帶，自會被聖上召見……」

二老爺領著孟辭晏在家接待拜年的客人，孟辭閱代表成國公府去別人家拜年。

巳時末，江洵來孟家拜年，同二老爺父子說了幾句話就告辭了，他還要去別家拜年。

外院婆子來通報，說了二舅爺代表江家來拜年，江意惜有些納悶，往年都是長子江晉代表江家拜年，不知今年怎麼了？

大年初二，江意惜帶著男人和兒子回娘家。

武襄伯府大門前，只站著江洵一人迎客，江洵上前見禮笑道：「見過二姊夫，見過二姊。」

見完禮，他急急地把小存存抱過來，小存存穿著一身紅，戴著虎頭帽，小傢伙還認識舅舅，抱著舅舅使勁親。

江洵極是得意。「小外甥越來越像我了。」又小聲道：「周氏前幾天失足落崖摔死了，大哥和三弟、江意言去青石庵辦喪事了，今天還沒有回來。」

江洵特別討厭江意言對姊姊不好，從來不叫她三姊。

周氏死了？江意惜這才明白沒看到江晉的原因，按理，周氏已經被休，還出家了，江家子孫可以不管她，但兒女願意去盡一份孝，也無可厚非。

幾人來到如意堂，老太太和江伯爺、江三老爺在，江意慧已經領著男人和兒子來了。江三夫人和江大奶奶帶著兒女回了各自娘家，江大夫人帶著庶女江意珊回了娘家。江大老爺和江三老爺沒去岳家，是想多跟孟辭墨說說話，拉近兩家關係。

生母剛死，江意慧穿得很素淨，臉色也不好，今天是婆家硬讓她回娘家的，郭家想抓住一切機會跟孟辭墨拉關係。

孟辭墨幾人給老太太見了禮，老太太比之前光鮮多了，穿的衣裳是宮緞，戴的首飾是內務府製造，都是江意惜送的。為了江辰，江意惜對老太太在財物上不會吝嗇，但情感上無論如何都親近不起來。

老太太向黃嬤嬤懷裡的小存存伸出手，誇張地笑道：「哎喲喲，我的重外孫孫，長得可真俊，跟孫女婿一模一樣的。」

她的話讓孟辭墨輕皺了一下眉。

黃嬤嬤把小存存放去她懷裡，小存存不認生，卻不喜她尖利的嗓聲，哼哼嘰嘰用一隻小手擋著老太太的親近。

老太太覺得孩子沒有哭就是喜歡她，樂得把準備好的大紅包塞進存存的懷裡。「我的乖乖重外孫，太外祖母早把大紅包給你準備好了，就盼著你來呢！」

老太太勢利，過去把郭子非捧上了天，現在眼裡只有孟辭墨，而且郭捷不是江意慧的親生子，小存存才有江家血脈，她給小存存的是一百兩銀票，給郭捷的是六顆銀花生，也不怎麼搭理他。

老太太的態度讓江意慧羞愧，讓郭子非惱怒，卻也不敢表現出來。

江意惜看出存存不喜老太太，對黃嬤嬤說道：「把存哥兒抱過來，莫累著老太太。」

她打起精神跟老太太和江意慧聊天，江洵又把小外甥抱過去培養感情，小郭捷拉著存存的小手叫表弟，存存也很喜歡這個小表哥，哈哈朝他笑著。

郭捷跟在江意慧身邊這麼久，已經把她看成親娘，覺得存存就是他親表弟，至於江老太太的差別對待，他還看不懂。

看到那張酷似趙元成的小臉，江意惜對這個孩子的情緒比較複雜。既覺得孩子無罪，可不由自主又有點不願意讓存存跟他親近，他親爹親娘都不好，郭子非也不著調，但願江意慧能把他教得良善，當個好孩子。

趙互離開京城後，趙元成也離開了，據說去了某個軍營歷練，京城沒有了那個大紈袴，少禍害許多良家婦。

趙貴妃和英王這段時間特別低調，籌謀著東山再起。在他們想來，平王和曲德妃被罰去皇陵都能回來，至少他們還在皇宮裡。

晌飯後，幾個男人去外書房說話，江意惜姊弟和小存存去了灼園。姊弟兩個正說笑著，江晉突然闖了進來，他穿著素服，腰間繫著白繩，一臉憤怒地看著江意惜。

江洵忙起身擋在江意惜前面，沈臉說道：「大哥，你怎麼回事？」

江意惜也是莫名其妙，她坐著沒動，冷臉問道：「我得罪你了？」

江晉抖了抖嘴唇，衝水靈喝道：「滾出去！」

水靈翻了個白眼站著沒動。本姑娘憑什麼聽你的話？

江意惜很好奇江晉為何對她這種態度，對水靈說道：「妳出去吧。」

水靈知道二舅爺比江晉厲害多了，還是提醒道：「二舅爺，別讓人傷著我家大奶奶。」

江洵回給她聽，也說給江晉聽。「不管是誰，都動不了我姊一根指頭。」

水靈走了出去。

屋裡沒有外人了，江晉才悲憤地說：「江意惜，我知道我娘做了不該做的事，可她罪不致死。」

江洵的臉色更沈了，直接站到江晉面前。「你娘失足摔死，關我姊什麼事？」

江意惜也納悶道：「你的意思是，我把你娘推下山？」

江晉道：「不是妳，也是孟辭墨派人做的！江意惜，我娘會說那些話，也是妳外祖家親戚去問她才說的。是，我娘不該那樣懷疑二嬸，更不該不管不顧說出來，可我當時就教訓了知能，讓她回去跟我娘說，管住自己的嘴，不許再胡說！我也守口如瓶，沒透露一句話，可妳怎麼能讓人去殺了她！」

江意惜一愣。周氏懷疑扈氏，懷疑她什麼？不對，周氏不可能知道自己不是江家血脈的事，若知道，可不會保密到現在。

她問道：「到底怎麼回事，怎麼又說到我外祖家的人了？」

看她還是一臉茫然，江晉有些後悔自己的魯莽輕率了。難道母親真是失足落崖，而不是被害？

母親橫死讓他氣憤難平，他不敢上孟家大鬧，想到今天江意惜會回娘家，便跑回來質問。

江洵又說道：「你娘懷疑我娘什麼？把話說清楚。」

江晉不敢再橫，緩下口氣說道：「也沒什麼，都是些老黃曆，是我娘疑心疑鬼，你們不聽也罷。」

江意惜冷笑道：「我都被懷疑殺人了，當然想知道實情。」

江洵也說道：「我娘已經死了十幾年，她能有什麼把柄被你娘懷疑，說清楚，我要為我娘正名！」

江晉看看一臉憤慨的兩姊弟，他不怕江洵，但怕江意惜，若他敢得罪江意惜和孟辭墨，他爹會打死他。

他只得無奈的說道：「一個多月前，有一個老婦去青石庵找我娘，自稱是二嬸娘家的親戚，她跟我娘打聽二嬸剛嫁給二叔時的情況，打聽得特別仔細，二嬸訂親、成親、生二妹的時間都問了，我娘……唉，我娘就自己胡思亂想、胡亂猜疑，說、說二叔二嬸可能婚前就懷上了二妹……」

江洵沒聽完就氣得打了他一拳，罵道：「那個爛嘴賤婦，活該摔死！她怎麼能這樣誣衊我爹娘！」

江晉被打得一怔，到底不敢還手，氣得眼睛鼓得溜圓，喝道：「二弟，死者為大，不許你那樣說我娘！還有，我是你大哥，你居然敢打我？」

江洵又吼了回去。「屁的死者為大！她都出家了還不幹人事，滿嘴噴糞，可不是老天要收她的命？我打你是你該打，誰讓你有那麼缺德的娘！」

江意惜的心一沈。居然有老婦去向周氏打聽扈氏成親及生孩子時的情況？她覺得那個人肯定不會是扈家親戚，不管是誰，都要盡快把這件事壓下。

江意惜冷然說道：「天作孽猶可違，自作孽不可活。周氏一輩子缺德壞良心，都出家了還想興風作浪，我可以肯定地告訴你，那個老婦絕對不是扈家親戚，應該是孟家政敵，他們想透過打擊我來打擊我家大爺，我得趕緊回去跟大爺說，看他們如何化解。但這種話絕不能從江家人的口中傳出去，若傳出去了，我只找你算帳，你不讓我們好過，我會讓你們更不好過，還有，你們不要插手此事，以免節外生枝。」

看到冷然的江意惜，想到自己或許給孟家找麻煩了，出了事自家也跑不掉，江晉臉色蒼白地點頭答應。

他扭頭出了屋，心想還好那些話沒跟弟弟妹妹說，若多嘴的三妹知道就更麻煩了。

江洵氣得捏緊拳頭。「姊，他污了爹娘的名聲，幹麼痛快放他走，我還沒打夠呢！」

江意惜道：「若鬧大了被外人聽到，反倒對爹娘名聲不好，不過他這麼一鬧，老太太和大伯肯定會知道。」

這是家醜，那兩個人即使知道也不敢把事情鬧出來。

江意惜又問：「大舅家只來了齊大叔一人？」

江洵道：「我知道的只有他一人，我還是馬上去問問他，排除懷疑。」

江意惜點點頭，她直覺，去問周氏的人是何氏派去的，江晉說事情發生在一個多月前，那時候她正在給大長公主治眼睛，何氏若對她有所懷疑，很可能讓人去問周氏，而周氏那樣說，何氏就已經肯定她是鄭吉的閨女了。

若是如此，周氏絕不可能是意外失足，哪有那麼巧的事？有可能是何氏不想這件事外洩影響她的地位，派人滅口。

還有一種可能，是鄭吉也知道了這件事，因此處理了周氏。

若鄭吉知道扈氏婚前懷孕，豈不也猜到自己的真實身分了？

江意惜心亂如麻。

一刻多鐘後，江洵回來了。

「齊大叔說，只有他一人進京，沒有同伴，他進京就直接來了江府，沒有去別的地方，扈家族人和親戚都窮，那個去打聽情況的老婦肯定不是扈家親戚，姊，不會真是二姊夫的政敵吧？」

江意惜道：「肯定是。這事你就別管了，我跟辭墨說清楚，他會處理。」

江洵還沒氣夠，咬牙說道：「除了大太太，以後我要離大房更遠些。哼，周氏那麼壞，生出來的也不會是好人。」

江意惜若有所思，匆匆地道：「我肚子有些不舒服，想回家了。」

江洵嚇著了。「要不要我去請大夫？」

「無事，回家歇歇就好。」

江意惜讓人去外院通知孟辭墨。

孟家幾人一走，郭子非也帶著妻兒走了。

第四十二章

老太太和江伯爺、三老爺聽說江晉突然回來了，還滿臉憤怒跑去灼園，不知跟江意惜說了什麼，竟把江意惜氣走了，連忙把江晉叫去如意堂問個清楚。

江晉不敢有所隱瞞，說了事情經過，老太太幾人聽得瞠目結舌。

江伯爺氣得打了江晉一個耳光，罵道：「蠢貨，居然為了周氏得罪惜丫頭。周氏就是個災星，都出家了還要造謠生事，連累我們江家！」

他氣得要命，好不容易跟孟辭墨把關係拉近，這下又把人得罪了。

老太太恍然大悟，這才想通二兒子當初為何那麼著急娶扈氏回家，又急急地把扈氏帶去任上。她咬牙罵道：「扈氏那個狐狸精，究竟是使了什麼不要臉的招數把我二兒迷成那樣，她自己輕浮，還帶壞了我兒……」

三老爺忙勸道：「娘，死者為大，不要那樣說二嫂。二哥二嫂情到深處，雖然年輕沒把持住，但最後成了親，又生了惜丫頭，也算皆大歡喜。這事不能傳出去，二哥二嫂已經仙逝多年，不能再打擾他們，若惜丫頭知道妳那麼罵她母親，也不會高興，而且傳出去了對江家名聲不好。」

老太太想到江意惜，再想到如今家裡日子和兒子前程越來越好，只得憤憤閉了嘴。

江伯爺氣道：「我們不傳出去，不代表別人不傳出去，既然有人去打聽，肯定抱著某種目的，那個周氏，當初就應該弄死她。」

江晉道：「二妹說，她會告訴孟世子，想辦法解決此事，還讓我們不要外傳，不要插手，以免節外生枝。」

三老爺道：「既然惜丫頭那樣囑咐了，我們就聽她的，周氏已經招了恨，我們萬不能再招恨，還有，這件事僅限我們幾個知道，回去跟婦人孩子都不能說。」

江晉縮了縮脖子。「我知道這件事非同小可，弟弟妹妹都沒說，就是跟閔氏說了。」

江伯爺說道：「讓閔氏把嘴閉緊，若敢嚼舌根，江家就留不得她了。」

三老爺又讓江晉親自去叫江洵，想再問問江意惜的真實想法。

回到浮生居，江意惜跟孟辭墨說了江晉的話。

孟辭墨氣道：「那個賤婦，出家了還敢犯口舌之忌，怪我，應該早把她處理掉。」

他沈吟片刻，又道：「我也覺得那個老婦是何氏派的，周氏的死應該是鄭叔讓人動的手。鄭叔或許知道一些事了，唉，本來不想讓妳多想……」

江意惜問：「你又有什麼事瞞著我？」

孟辭墨只好說道：「這幾天，鄭叔跑去五團營找了我兩次，晚上邀我一起喝酒喝到很晚……」

鄭吉主要說的是公務，期間只偶爾問到江意惜一、兩句。孟辭墨原先沒想那麼多，現在想來，鄭吉就是衝那一、兩句話去的。或許還有一個原因，想拉近「翁婿」關係。

之所以他沒有立即來認親，一定是讓人去找更確切的證據了。鄭吉的性子就是，從來不打無把握的仗。

見江意惜小臉皺著，小嘴翹著，孟辭墨安慰道：「妳不要多想，若鄭叔真的想認妳，我會把妳的想法告訴他，不讓他打擾妳。他已經對不起妳娘了，不可能再無視妳娘的遺願和妳的想法。」

江意惜點點頭。江辰給了她所有的父愛，甚至母愛，她只認那個父親。

孟辭墨又道：「到了這一步，鄭叔和妳的關係也該告訴我祖父了，有些事處理不好，會耽誤大事。」

次日上午，他把老國公請來福安堂。

當老爺子聽了孟辭墨的話，驚得鬍子都吹了起來，他仔細打量江意惜幾眼，了然道：「老夫居然現在才發現，孫媳婦的確跟鄭吉有些像。」

江意惜不悅地嘟起了嘴。

老爺子又道：「江辰是個好孩子，讓妳娘體面地活下來，又給了妳一個身分和家……不過，辭墨媳婦，我還是要幫鄭吉說兩句話，這麼多年來，我一直不知道他為何不願意回京，現在知道是那個原因，覺得他也不容易，這事最該怪的是大長公主，一下害了幾個人……」

江意惜道：「我知道他不容易，但我不能對不起我娘和我爹……」

大年初四下晌，鄭吉正同大長公主和老駙馬、鄭璟說著話，只有他們四個人，氣氛非常好，外面狂風呼嘯，更突顯屋裡的溫暖和溫馨。

大長公主的目光幾乎一直盯著鄭吉看，眼裡盛滿寵溺，讓鄭吉很不好意思，也於心不忍。

一晃近二十年，母親老了，柔軟多了，不再像之前那麼強勢，若母親年輕時就這樣該多好，眼前的一切會是另一番景象……

鄭吉表情輕鬆，心裡卻急得要命。再過幾天就要啟程回西慶了，不知鄭關打探到情況沒有。

這時，外院人來報，鄭關從遼城回來了。

鄭吉心裡一喜，起身說道：「我讓鄭關去看望一個死去兄弟的長輩，他回來了，我去問問情況。」

大長公主覺得這些天是她最高興的時候，兒子不再排斥她，還陪了她這麼久，只可惜時光太短暫。

她囑咐道：「早些回來，陪娘吃晚飯。」

鄭吉去了外書房，把其他下人遣下，鄭關來到他身邊，低聲說道：「稟將軍，小的不辱使命，事情查清楚了……」

他先找到唯一去過江辰家的江辰故交，又循線找到江辰成親後住的宅子，在石州府高理縣郊……

「江辰的一個老鄰居記得很清楚，因為她兒子比江二夫人長女晚出生兩個多月，雖然已經記不清那個女娃真正在哪天出生，但肯定是在五月底，可孟大奶奶對外的生辰是九月十四，足足差了三個半月。」

算算時間，那個孩子是他的無疑了。鄭吉早已猜到是這個結果，但真正把扈明雅確切生產時間打探清楚，他還是心如刀割。

明雅當初到底遇到了什麼，必須懷著身孕急急嫁給江辰，還為了掩人耳目去那麼遠的鄉下生產……

還有江辰，接納了明雅和惜惜，給予她們好的生活和出身，還能平靜地在自己手下當了那麼久的差，直至陣亡……

鄭吉眼睛赤紅，拳頭捏得緊緊的，痛苦得想大喝出聲，卻只能忍著。

鄭關悄悄退下，守在門外。他望著悠遠的藍天白雲，咧開大嘴樂起來。

主子想了扈姑娘這麼多年，又苦了自己這麼多年，如今知道他與她有一個閨女，也算老天長眼了。

晚飯前，鄭吉藉口朋友有約出府了。在情緒無法平復下來之前，他不敢出現在家人面前，他需要再靜下來想一想，怎麼跟惜惜相認……

大年初五早上，鄭玉和鄭婷婷來了浮生居。

他們昨天就讓人給江意惜送信，今天要去昭明庵看望李珍寶，會繞道來浮生居拿送李珍寶的東西。

江意惜寅時就起床，領著水珠和幾個丫頭做了四樣素點、一罐補湯，材料當然都被特殊處理過，哪怕花花說了對小珍寶的病情沒用，也能增加她的體力。

吳嬤嬤前天回了扈莊休假，花花也想鄉下和李珍寶，就跟著她一起回去了，小傢伙走之前還作了保證，只在扈莊和孟家莊、昭明庵三個地方玩，絕對不進山。

鄭家兄妹來的時候，最後一鍋點心還沒出鍋，江意惜知道，這麼多東西李珍寶能吃兩塊就不錯了，但她就是想多準備些，看她喜歡吃哪種。

孟辭墨和鄭玉坐在廳屋說話，江意惜和鄭婷婷去側屋說話。

江意惜比較關心何氏的動向，引著小姑娘說了不少自己想知道的事。

鄭吉和何氏的關係依然疏離，鄭吉夜裡都是歇在正堂側屋，說法是要服侍身體不好的母親，別人也不好多勸。何氏則更加沈默和陰鬱了，很少出自己的院子……

「唉，嬸子可憐，吉叔也很苦。那天我爹和我娘私下說起這事，正好被我聽見。」鄭婷婷的聲音更小了些。「我爹說當初吉叔心悅小官之女，伯祖母堅決不同意，說門不當戶不對。吉叔跪求伯祖母和伯祖父，還說不同意這門親事他就打一輩子光棍，伯祖母還是硬著心腸不答應。

「吉叔怕伯祖母瞞著給他找親事，故意讓人把他有心愛姑娘而跟母親起爭執的事傳開，我爹還幫忙出去傳過話，被我祖父好一頓揍。那時伯祖母看上了另外三家姑娘，結果人家知道吉叔的心思都拒了，伯祖母又看上何家女，何家那時已經開始落敗，很願意結這門親事，不過吉叔沒有同意，誰也逼不了他。

「吉叔堅持了很久，但不知為何，那個小官之女突然嫁別人了……因為那個女人已經嫁了人，吉叔也只好娶了嬸子。唉，娶了後感情也不好，天天不著家，沒兩年聽說那個女人死了，吉叔更加難過，跑出去守邊了。唉，若我是那個女人，遇到一個對我這樣癡心的男人，早死也值了。」說完便紅了臉。

這話江意惜不好接，沈默不語。

何氏的確可憐，但可憐的是她的家人明知道鄭吉心有所屬還是把她賣了。

鄭吉後來也苦，可事情是他招惹上的，在他母親還不同意親事的情況下，怎麼能跟姑娘做那種事。

還有宜昌大長公主，兒子那麼喜歡一個女人，卻毫不心軟地棒打鴛鴦，害了兒子和兩個女人……

鄭婷婷又道：「嬸子雖然沒得到吉叔的心，可何家卻憑著這門貴親得了不少好處，包括子弟當官和錢財……還好嬸子生了一個兒子，伯祖母滿意，她在府裡也有了一席之地，否則更不好過。」

另一邊廳屋裡，孟辭墨開著鄭玉的玩笑。「你去昭明庵越來越勤了，是不是……」沒說後面的話，朝他揚了揚眉，很是曖昧的樣子。

鄭玉擺著大手說道：「你想什麼呢！那個小妮子，別說現在還是尼姑，就是還俗了，也是個小不點，我們差了那麼多歲，怎麼可能？我去看她，就是覺得小妮子不容易，單純的同情她，想給她一些鼓勵。」

孟辭墨道：「她今年十五歲，在民間都該及笄嫁人了，哪裡小了？」

鄭玉愣了愣。「她有十五歲了？在我印象裡，她還是十二歲的小丫頭，又乾又瘦，什麼話都敢說，厲害得緊。」

孟辭墨笑道：「難不成只有你長歲數，人家不長？珍寶郡主很不錯，堅韌、堅強，雖然嘴巴不饒人，卻是心軟心善。你別傻傻的只知道看，萬一被別人搶走了，哭都來不及……」

鄭玉十分不服氣，指著自己鼻子嘴硬道：「我為她哭？開什麼玩笑！那就是一個小不點……」

江意惜把東西備好了，讓鄭家兄妹拿走，又請他們帶話給李珍寶，等到天氣暖和些，她的胎坐穩了，幾人會約好一起去看她。

送走了鄭家兄妹，這時外院婆子送了一封信進來，是鄭吉的，他說有事相商，請孟辭墨去他的別院喝酒。

孟辭墨把信給江意惜看了，說道：「不去酒樓而去別院，要說的應該是那件事，我還是去一趟吧，把妳的心意明確告訴他。」

江意惜點頭。

孟辭墨穿戴好，出門前又問了一句。「我真的那麼說？」

江意惜道：「當然，這是我娘的遺願。」

「他提出要見妳也不見？」

「不見。」

孟辭墨見江意惜神色堅定，沒有絲毫想改變心意的樣子，心裡有數地出了門。

存存見爹爹走了沒帶自己，又癟起小嘴要哭不哭，江意惜坐上炕，把兒子摟進懷裡。

不多時黃馨來了，小存存又高興地跟表姊玩起來，江意惜就坐去一旁想心事。

鄭家別院是個三進宅子，小巧精緻。

這是鄭吉的私產，只有一房下人打理，他常年不在京，手下人來京城辦事都會住這裡。

鄭關直接帶孟辭墨去了外書房，一路上孟辭墨覺得，鄭關看他的目光很是意味深長，也更加恭敬。

孟辭墨走進側屋，看到鄭吉坐在書案後。

看到他來了，鄭吉硬朗的五官有了些許柔和，還有一絲不好意思，他指了指一側的椅子。「辭墨，坐。」

鄭闕為兩人倒上茶，退出屋，再把門關上。

孟辭墨望著鄭吉，等他先說話。

鄭吉臉色微紅，換了一下坐姿，一時不知該怎麼開口。

沒想到自己會突然有一個女兒，原來熟得不能再熟的世姪、世交加下屬，現在成了親家、女婿，此時就坐在他面前。

要跟女婿講那種事，總有些難以啟齒，不過，看孟辭墨的樣子，好像已經猜到自己為何找他了。

他清了一下嗓子，故作鎮靜地說道：「你和惜惜都是聰明孩子，應該猜到了我找你是為了什麼事……我、我對不起惜惜的母親，也對不起惜惜。」

孟辭墨沒出聲，平靜地望著鄭吉，等著他再說話。

鄭吉不好意思直視孟辭墨，他長這麼大第一次不敢跟人對視，目光飄去小窗。

「那年我十七歲，剛進五團營，一次偶然的機會，遇到了一位姑娘，姑娘長得非常美，明眸皓齒，沈魚落雁，國色天香，楚楚動人……聲音也好聽，像淙淙的泉水，還有一顆善心，樂於助人，看到她的第一眼，我就再也忘不了她……」

他的聲音很輕，目光很柔，完全沒有了鄭大將軍平時的威武氣勢。

「我驚詫世上有這麼美好的女子，在我看來，天上的仙女也比不上她。自此以後，我找著一切機會去她家附近轉悠，以期跟她來個偶遇，還因為經常偷跑出軍營挨過不少斥責，甚至軍棍，功夫不負有心人，我跟她真的偶遇過幾次，看得出來，她對我的印象也很好。我還打聽到了姑娘弟弟在哪裡上學，又想辦法跟她弟弟結識，得以走進她家門……」

說到這裡，鄭吉臉上浮現出笑意，似看到兩個年輕男女隔著一丈距離說著話，兩人都很害羞，卻掩飾不住笑意和對彼此的傾慕，慢慢的，距離越來越近。

孟辭墨原還在想要怎麼跟鄭吉談判，聽了這些話，也被感動了，眼神不自覺地柔和下來。

他篤定，若他跟惜惜不是一開始就認識，而是像鄭叔和岳母一樣萍水相逢，他也會找一切機會接近她……

鄭吉停頓了好一會兒才從回憶中清醒過來，看向孟辭墨，表情也嚴肅起來。

「你應該猜到那位姑娘是誰了，她的閨名叫扈明雅，是惜惜的母親……我們互生愛慕，時常約會，我一心一意想娶她回家，她一心一意想嫁我為妻……我們以為我們一定能成為夫妻，那一日沒把持住……就、就有了那種事。」

鄭吉的臉更紅了，垂下目光。

「可我母親不喜明雅出身小戶，反對得厲害，我和她鬧得非常不愉快，我一直堅持著，有一天終於母親說既然我如此堅持，她可以允婚，我高興壞了，馬上就去跟明雅說了這個好消息，這時營裡有急事派我去外地辦，我沒想那麼多就去了，誰知兩個月後回來，明雅已經嫁給江辰。」

他眼裡透著絕望和懊悔。他後悔過無數次，他那時候不該離開的，若他如願娶了明雅，明雅的命運改變了，或許就不會那麼早死……

他的聲音更加艱澀。「鄭關已經去過石州府高理縣的衛陽鎮，那裡是惜惜母親生惜惜的地方，聽舊鄰說，惜惜是五月底出生，而不是九月十四出生，算時間，惜惜不是江辰的親生閨女，而是我的親閨女。我不知道當初明雅遇到了什麼過不去的坎，來不及等到我回來，就懷著身孕匆匆嫁人……」

說完，他又看向孟辭墨。

孟辭墨聽江意惜說過，她就是在高理縣衛陽鎮出生，實際出生日期是五月二十六。看來鄭吉把該打聽的都打聽清楚了，還找到了人證、曾經生產的地方。

孟辭墨說道：「因為你一出京，扈老大人就收到了離京的調令，全家被逼著得離開，但是岳母發現自己懷了孕，不知道該怎麼辦才好，去五團營也找不到你，岳母大概以為是你刻意在躲她，傷心得肝腸寸斷，半夜一個人去投河，當時是我岳父跳進河裡救了她……岳父知道了她想不開的原因，不願意讓岳母和孩子受委屈，便以最快的速度娶了她，又想辦法調離京城，把岳母帶出去……」

聽完孟辭墨的講述，鄭吉抱著腦袋流下淚來。半夜去投河，那是有多絕望，若沒遇到江辰，明雅和惜惜早已經死了，那時候正是秋末，河水刺骨……

他喃喃說道：「年少慕艾、少年輕狂，這些都不是藉口，我竟害得明雅去投河，差點害死她們母女……」

見他這樣，孟辭墨很心酸，同時也更加自責，若不是為了救他，岳父也不會死，死之前還放心不下惜惜和江洵，怕他們受苦……

兩人沈默下來，各自想著傷心事。許久，鄭吉才抹去眼淚抬起頭望向孟辭墨。

「原來你早就知道了，惜惜不想認我……」聲音透著失望和痛苦。「也不怪她，是我不好，沒有護好她母親和她。辭墨，我想見見惜惜，江辰於她們母女有大恩，我不求她認祖歸宗，我們只私下相認。」

孟辭墨搖頭道：「惜惜不會見你，更不會同你私下相認，岳母死前也有所交代，不許知情的下人把惜惜真正的身世告訴她，她說岳父對她們母女恩重如山，惜惜永遠是江辰的親閨女……我們也是上年才知道這件事，岳母的老下人發現令夫人看惜惜的眼神不善，猜測她可能知道了什麼，為防不測，才把這件事告訴惜惜……

「鄭叔，惜惜不想與你相認，不止是聽從岳母的遺願，還因為她和岳父有多年的感情。岳父待她極好，甚至比對親兒子江洵還好，岳母去世後，他沒有再娶，讓惜惜平安快樂地長大……」

鄭吉又流淚了，他扶著前額，不讓孟辭墨看到他的眼睛。「是我不好，我對不起明雅和惜惜……」

之前鄭吉表現在外的總是堅毅沈著的一面，孟辭墨還是第一次看到他如此哀傷無措。

他勸道：「鄭叔，這個秘密就放在心裡，彼此默默祝福吧！否則那些事若鬧出來，頂著私生女的頭銜，惜惜的日子不好過，岳母也會被詬病。」

鄭吉問道：「連我跟她私下見個面，也不行？」

孟辭墨搖搖頭。「惜惜說了，無論何種情況，她都不會見你。」

鄭吉沈思片刻，知道這事不能強求，他艱難地說道：「是我不好，明雅和惜惜那麼做我能理解，你說得對，我們彼此默默祝福就好，有了這個閨女，已是上天給我的意外之喜，我不能再強求什麼了。」

他的目光變得虛無。「謝謝你，江辰，謝謝……」

許久，孟辭墨又道：「我和惜惜猜測，找周氏打探情況的老婦應該是尊夫人派去的，不管如何，你要安撫好她，那件事不是惜惜的錯，尊夫人不該怪惜惜，更不能把氣發在惜惜身上，倘若她敢動惜惜，我絕不會客氣……另外，周氏的死，是不是你讓人動的手？」

鄭吉之前就懷疑找周氏打聽扈明雅的人是何氏派去的，而且，聽周氏話裡的意思，是那名老婦暗示扈氏年少時就不自重，讓周氏自覺抓到了扈氏更多的把柄。

聽了孟辭墨的話，他也就更加肯定何氏已經把對自己的怨轉嫁到明雅母女身上。

他的臉陰沈下來。「我會跟何氏說清楚，不許她對惜惜不善，不許再詆毀她們，更不能把這件事說出來。至於周氏的死，的確是我讓鄭關做的。」

談完後兩人在別院喝酒，鄭吉一杯又一杯，喝了很多，孟辭墨和鄭關都勸不住，最後酩酊大醉，被扶去床上歇息。

鄭關送孟辭墨出門，默默說道：「孟世子，這些年我家將軍是怎樣活過來的，我知道的最清楚，他一直活在後悔和自責中，非常不容易……世子爺，你也算我家老爺的女婿，你就當心疼心疼泰山大人，有機會讓孟大奶奶來看看他，讓將軍好過些。」

說完，就殷殷地看著孟辭墨。

孟辭墨搖頭說道：「我知道鄭叔不容易，但還有比他更不容易的人。」

說完翻身上馬，策馬離去。

回到孟府，已是夕陽西下，江意惜和存存去福安堂了。

孟辭墨也喝了不少，心裡又有事，自顧自上床歇息，不知睡了多久，醒來時，看見江意惜正坐在床邊看他。

燭光昏黃，把她的臉照得更加妍麗柔和。

惜惜也美得仙女都比不上，自己還有幸娶到了她。孟辭墨笑起來，伸手撫摸了一下她的臉。

江意惜輕聲道：「醒酒湯煮好了，我讓人端來。」

孟辭墨坐起來。「我好多了，不需要喝醒酒湯。」

他說了今天同鄭吉的談話。

「……鄭叔是真的感到懊悔，都流淚了，世事弄人，兩個相愛的人結果卻是這樣，我覺得也不能都怪他，他同意不與妳相認，不把這事說出去，他也希望妳不要恨他，心裡有恨和怨是痛苦的……他還說，江將軍對他的親閨女這樣好，他也會回報給江洵……」

聽了這些過往的細節，特別是鄭吉年少時對扈明雅的愛慕，江意惜心裡也酸酸澀澀，誰都不願意那麼美好純粹的感情，最後卻變成這樣。

她之前對鄭吉談不上恨，的確有些怨，如今聽了這些話，連那一點怨都沒有了。就這樣吧！錯過的已經錯過了，她不想見他，更不可能跟他相認，她的父親永遠是江辰，就彼此默默祝福吧……

孟辭墨又拿出兩塊極品玉掛件。「這是鄭叔常年帶在身上的，他說要送給存哥兒和還未出世的孩子作紀念，我不忍拒絕，收下了。」

江意惜也覺得不應該再拒絕他對孩子的這分善意，但她不願意經手，說道：「你交給孩子們吧。」

鄭吉一直睡到次日晌午才清醒。

他急急回了大長公主府，沒有如往常一樣去正堂，而是去了何氏的院子。

這個院子他既熟悉又陌生，年少時他一直住在這裡，自從住進那個女人，他只住過一晚就再也沒來過。

再次站在這裡，已經過去了十七年，那麼漫長的歲月，卻感覺彈指之間。

院子裡只有幾棵掉光葉子的大樹，樹枝上和房頂堆積著白雪，沒有一點其他裝飾，甚至沒有一點點點綴院子的燈籠彩綾之物，更加顯得院子寥落和靜謐。

再想到何氏那雙如死水一樣的眼睛、陰鬱的表情，鄭吉的心痛了一下。他的眼前又浮現出一個模糊的清麗文靜的姑娘，這個女人變成這樣，都是因為嫁給他。

鄭吉本來還為她暗地調查惜惜的身世，對明雅和惜惜不善而生氣，可看到院子裡的景象，又覺得不應該過於苛責何氏。他深呼吸一口氣，心想有話好好說，再把她之後的生活安排得更好些。

當院子裡的一個丫頭看到鄭吉，驚得嘴張得老大，她怔了一下，轉身往正房跑去，邊跑邊喊起來。「夫人！夫人！老爺來了，老爺來了。」

這一嗓子立即把院子喊得喧囂起來，許多人不相信這話是真的，都跑出門或打開窗看，一看是真的，自家老爺正往院子裡走著，各人立即行動起來，服侍夫人的、去燒水的、去做飯的，不用人吩咐便各就各位。

鄭吉尷尬地停下，覺得是不是不該來這裡，讓這些人誤會了？

何氏剛歇完晌起床，聽到喊聲以為是哪個丫頭魔怔了，居然敢在她這裡大喊大叫，還說那種話。

唐嬤嬤跑去窗邊打開窗看了一眼，驚喜道：「夫人，是真的，老爺真的來了！」

換衣裳已經來不及，唐嬤嬤趕緊打開衣櫥取出一條玫紅色披帛，大過年的，夫人穿得太素淨，披條鮮豔些的披帛不僅喜氣，還能把夫人襯得年輕一些。

一個大丫頭又以最快的速度打開妝檯上的小抽屜，拿出一根嵌寶大鳳頭釵插在何氏的頭上。

何氏還是懵的，被唐嬤嬤扶出去接十七年沒有進過這個門的夫君。

來到正房門外，看到鄭吉站在院子裡，何氏不好意思再走一步，輕喚道：「老爺。」

她激動得眼淚都湧了上來，鄭吉三天後又要回邊關，她以為這輩子他們之間不會再和好，沒想到幸福來得太突然。

鄭吉看到何氏這樣，有種想逃跑的衝動，何氏的心還沒完全死，可她要的自己給不了。

唐嬤嬤用只有何氏能聽到的聲音提醒道：「夫人，請老爺進屋啊。」

何氏又趕緊道：「老爺，請進。」

鄭吉硬著頭皮走進廳屋，坐到八仙桌旁，何氏坐去另一邊。

平時何氏都在臥房和側屋活動，臥房炭盆多，側屋燒了炕，如今哪怕燒了地龍，廳屋也還有些冷。兩個丫頭拿進來兩個炭盆，兩個丫頭又上了茶，唐嬤嬤小跑去後院小廚房看酒菜準備情況。

所有下人都退下，屋裡只剩下鄭吉和何氏，何氏緊張得像初見夫君的新娘，臉紅得厲害，雙手緊緊擰著帕子，低頭不敢言語。

她的臉比同齡人似更蒼老瘦削一些，那種嬌羞的表情出現在這張臉上非常違和。

鄭吉沈默片刻，和聲說道：「我們走到這一步，不是妳的錯，妳做得很好，特別是對環兒的教導，他非常優秀，是我不好，委屈妳了。」

何氏的眼淚流了出來，趕緊用帕子擦掉。「老爺……」

鄭吉又道：「我們都不再年輕，還有一個兒子，有些事……就不想了吧。除了這件事，我保證不會再對不起妳，也不允許別人欺負妳，將來府中財產都是妳和環兒的，妳會富貴一生，想做什麼就做什麼。」

他想給予這個女人一份好生活，能給予的只這麼多，而她想要的，他永遠給不了。

何氏聽懂了，鄭吉的意思還是他們之間不會有夫妻情分，那他來這裡做什麼？

何氏捏了捏手中的帕子，問道：「老爺到底想說什麼？」

鄭吉道：「上年底，妳派人去青石庵找無思老尼姑了？」聲音冷清多了。

何氏一驚，怪不得突然來了這裡，他是為另兩個女人而來，卻不是為自己。

她氣憤難當，冷冷說道：「不錯，是我讓人去找無思的，去了才知道，老爺不僅不冷情，還是個多情的人。」

鄭吉老臉一紅，清清嗓子說道：「我已經讓人處理了無思，那個老婦，出家了還敢亂嚼舌根，污人名聲。還有妳派去的唐婆子，再敢放肆也留不得了，這事到此為止，不要外傳……」

何氏氣得血往上湧，沈聲說道：「無思不是亂嚼舌根，唐嬤嬤也沒有放肆，本來就是那個女人輕浮，婚前失貞！還有更甚，她居然帶著別人的孩子嫁給另一個男人……」

「夠了！」鄭吉喝道，想到自己來這裡的目的，聲音低下來，透著冷意。「死者為大，不許那麼說她。」

何氏眼裡冒著怒火。「不說她，老爺來我這裡做甚？哦，老爺是想說你的私生女？看來，你們已經私下相認了，老爺屈尊來此，是想讓我認她當乾閨女吧？這樣，她就可以名正言順住進宜昌大長公主府，叫你父親、叫大長公主祖母、叫公爹祖父，她既成了鄭家閨女，又不用頂著私生女的頭銜……老爺，我就那麼好欺負，被你欺負了一輩子，現在又讓一個私生女來噁心我？」

最後一句話是從牙縫裡擠出來的，她更想吼，可長這麼大她從來沒吼過。

她猜測，一定是江氏私下見了鄭吉，鄭吉今天放低姿態來找她，是為了給江氏一個好出身，私生女的名聲不好聽。

她們母女害了自己一生，她憑什麼要幫她！再想到剛才這個院子裡的熱鬧、下人的興奮、自己的嬌羞……

自己又當了一次笑話！何氏無比羞憤，恨不得鑽進地縫裡。

鄭吉一愣，他沒想到何氏居然會這樣想，他嘲諷地扯了一下嘴角說道：「恰恰相反，惜惜根本不想跟我相認，她讓辭墨告訴我，她的養父待她如親生，她只有江辰這一個父親，而明雅在死前也留下遺願，言明惜惜永遠是江辰的親閨女。所以，不會發生妳說的那些事，妳的擔心多餘了。」

「明雅」、「惜惜」，這兩個稱謂又嚴重刺激了何氏，她別的話沒聽進去，就覺得這兩個名字刺耳。

他是她的夫君，成親這麼多年，他從來沒當面叫過自己，更別說叫她的閨名。

何氏倔強地抿著薄唇，擰帕子的手都在發抖。「她不跟老爺相認、她想當誰的閨女，關我什麼事？老爺來此，不只是為了告訴我這件事吧？」

鄭吉說道：「那件事惜惜沒有一點錯，妳不要怪她，更不要做對她不利的事，我不允，成國公府也不允。妳們互不打擾，各自安好……」

他不許何氏動惜惜，不止是保護惜惜，也是保護何氏，孟老國公和孟辭墨是什麼人，只要何氏敢出手，就得不了好。

何氏的眼淚又溢滿眼眶。「呵呵，老爺來這裡，原來是怕我對她不利，來威脅我了，鄭吉，我是你正妻啊！你為何只記那個女人和她閨女的好，而對我的好視而不見？」

說完，她用帕子捂著臉大哭起來，怕人聽到，極力壓抑的嗚咽聲異常恐怖。

鄭吉心裡也不好過，面前的女人給他生了一個好兒子，十幾年來替他孝順父母，他希望她能歲月靜好，他想把除了感情以外的所有東西都給她，可顯然，她想要的更多，而他，是給不了的。

待她的哭聲小些了，鄭吉又說道：「我聽說何瑨各方面都不錯，只因為同進士的頭銜仕途不暢，還有何非，整天無所事事也不是辦法，我明天要進宮跟皇上辭行，會跟皇上說說家務事，家裡有困難，守邊也不安心哪。」

何瑨是何氏娘家二姪子，是何家那一輩唯一一個有功名的人，但因為是同進士，想有好的前程不容易。何非是何氏最喜歡的一個姪子，文不成武不就，鄭松安排進軍營他嫌苦，大長公主幫忙弄了個小官，後犯錯被擼。

大長公主府和鄭璟的任何事都不需要何氏操心，讓她操心的是娘家。鄭吉是想用何氏娘家人的前程換江意惜的安全，也讓何氏舒心，另外，他還會把長年跟隨他的一個親信留在府裡。

何氏止了哭聲，她徹底看明白了，保她一生富貴，保她娘家日子好過，這是鄭吉能給她的所有，至於其他的，不會再有了。

她整個人如掉進冰窟窿，全身涼透了。這個男人，讓她一次次生出希望，可又讓她一次次失望，甚至絕望……

她垂目思索了很久，再次抬起目光，又恢復了往日的沈靜，如死水一般，看著鄭吉說道：「是，一切聽老爺吩咐。」

聲音冷清，一如平時。

親眼看到何氏眼裡的希望一點點熄滅，最後變成死灰，鄭吉的心又刺痛了一下。他自認為不是心軟的人，還是不忍再多看一眼那如死灰般的眼神。

他起身說道：「我快離京了，去陪陪母親和父親，以後有為難的事就讓人給我送信，我能辦都會盡力去辦。」

他的背影消失在門外，何氏一把扯下披帛，長指甲摳進肉裡，嘴裡反覆念叨著。「活人爭不過死人，活人爭不過死人……」

見鄭吉離開，守在門外的唐嬤嬤失望得不行，她返回屋裡，看到何氏一隻手把另一隻手摳得血直流。

她拉開何氏的手哭道：「夫人，不要折磨自己了，沒有男人的心，妳還有兒子！」

何氏抱住唐嬤嬤哭道：「嬤嬤，我哪裡做錯了？他為何要這麼對我？為什麼要把我逼到絕境……」

何氏又病了，鄭吉離京之前沒再出過院子。

大長公主隱約聽說這件事，悄悄跟夏嬤嬤抱怨道：「何氏也真讓人瞧不上，哪能這麼想男人？別的府裡，三十歲以上的婦人爺兒們就不感興趣了，找的都是年輕小妾，吉兒再怎麼說也沒弄一院子女人給她添堵，不說別人，就是二房的鄭松，過手的女人也有五、六個。」

夏嬤嬤嘆道：「可不是？人啊，看自己怎麼想，有些人，再不好的境遇也能想辦法過好日子，有些人，再好的境遇也過不好。」

大長公主深以為然。「吉兒命苦，遇到的兩個女人都不行，扈氏是個短命鬼，娶回家也活不長；何氏自己沒手段，還氣男人不喜她。早知道，當初該選那個李家女……唉，鄭松樣樣比不上吉兒，唯獨找的媳婦好……」

大長公主也學聰明了，再不滿也不敢在兒子面前抱怨，兒子沒少跟她和駙馬說，要善待何氏。

鄭吉走的那天，在城門外來了許多送別的親戚朋友，其中包括孟辭墨和江洵。

別人都當孟辭墨和江洵是他的世姪和下屬遺孤，但他心裡當他們是女婿和乾兒子。時日還長，但願他再回來時，閨女能見他，不強求閨女喊他「爹」，只願她能見見他，對他笑一笑。

他還有個奢望，希望璟兒跟惜惜的關係能像江洵跟惜惜的關係一樣好，將來璟兒就不會孤單了。

送走鄭吉，江洵跟著孟辭墨去了浮生居。

江洵告訴江意惜。「昨天鄭關叔領我去別院見了鄭叔……」

鄭吉考校了江洵的謀略和騎射，還贈送一套上好弓箭，並說好以後保持書信來往，江洵要定期向他彙報學業。

得鄭大將軍如此看重，江洵極是開心，大嘴樂得咧到耳後根。

江意惜沒有阻攔他們來往，只要不硬認親，作為江辰的「朋友」，鄭吉願意對遺孤盡一份心，就隨他。

孟辭墨不在時，江洵又道：「我覺得祖母把周氏的話聽進去了，一說到咱們娘她就不高興，那天她還罵娘是狐狸精，被大伯攔了……」

說到這事江洵就氣憤，他盼著學堂快開學，趕緊離開那個家，家裡沒有讓他留戀的地方，特別是老太太那麼罵母親，他心裡堵得慌。

江意惜聽得大怒，當著江洵的面都能罵得這樣難聽，背著還不知道怎麼罵，她這麼罵扈氏，就也是在罵江辰，以及他們的兩個子女。

江意惜知道江老太太涼薄，之所以沒再計較老太太之前對她和江洵的不善，完全是因為江辰，她把想盡在江辰的一份孝心用在了老太太身上。

她氣道：「有些人的心是暖不化的，好日子不想過就成全她。」以後要冷冷老太太。

江洵又道：「先生讓我今年秋天下場，說秋闈有可能會中，但明年還有春闈，我想著，只要中了武舉，哪怕沒中進士，也不必再等三年，明年直接進軍營。我想去鄭叔手下，爹的屍骨埋在那裡，離爹近一些，多在邊關待幾年，升職快。」

他經常聽鄭玉說西慶如何遼闊無邊，是男兒肆意揮灑豪情的好地方……他早就想去那裡了。

江意惜也知道，武官不像文官那樣看重功名，文官連同進士都不會有好前程，而武官，只要有真本事，白丁也能當將軍，但她捨不得江洵去那麼遠。

「你的確應該去爹的墳前祭拜，可也不需要去那裡當兵，不如去五團營，你姊夫在那裡，你有真本事，還有你姊夫幫忙，升職也快。」

有孟家這個倚仗，江洵想進哪個軍營都成，前程也不會差的。

江洵還是想去邊關，但看看姊姊微凸的肚子，不好這時候跟她爭執，說道：「到時候再說。」

時間一晃滑到二月中下旬，大地回春，花紅柳綠，雖說綠色多，花色少，錦園和浮生居還是如穿上錦衣一般絢麗。

已滿十個月的小存存少有的聰明，已經會扶著牆走路，還會說「娘」、「爹」、「祖」、「花」等幾個單音。

黃馨還致力於教小表弟喊「姊」，存存沒學會，啾啾倒是學會喊「姊」了，黃馨一來就「姊姊、姊姊」地叫。

二月二十這天晚上，孟家吃送別宴。

孟辭羽和孟華明天一早將由孟辭閱護送啟程去雍城，對外的說辭是回老家，以後就在那裡生活了。

許久沒出現在人前的孟辭羽終於出現了，他已經不再是之前那個清朗溫潤的俊美公子，瘦得像竹竿，目光渙散，走路都有些打飄。

因為曲氏的緣故，孟辭墨一家和孟月母女都沒有出席。

江意惜特地把孟月母女請來浮生居吃晚飯，幾人吃完飯坐在側屋裡說笑。

孟辭墨和江意惜、黃馨說著晉和朝的官話，花花和存存抱在一起說著別人聽不懂的「蕃話」，孟月坐在一旁溫柔地聽著。

院子裡傳來腳步聲，小丫頭來稟。「世子爺、大奶奶，二姑娘求見。」

孟華，她來做什麼？

孟辭墨不是很想見她，但還是說道：「請她進來。」

孟華穿著半舊衣裙，頭飾簡單，穿著打扮和氣韻已經提前向小家碧玉靠攏。

孟華非常鄭重地向孟辭墨、江意惜、孟月屈膝施了禮。「謝謝大哥、大嫂、大姊，我知道，雖然你們明面沒有說什麼，卻幫了我和二哥良多，這個情我永遠記著。我們要走了，這一別或許是永別，青山不改，綠水長流，我和哥哥在另一片天地祝福你們，望你們珍重。」

她是來告別的。

她說的「幫」，是指孟辭墨夫婦當初保住了付氏的嫁妝，之後又保住了她的嫁妝。不管他們出於何種考量出手，得利的是孟華和孟辭羽。

或許還有另一層意思，給他們留個好印象，畢竟那裡有孟辭墨的勢力，若孟辭墨使點小手段，她和孟辭羽都承受不起。

雖然這個小妮子當初任性得很，也給孟辭墨使過不少絆子，但那都是小打小鬧的小手段，她並不像付氏那樣毫無道德底限，孟辭墨再恨他們的生母，也不會去欺負已經被踩進塵埃的他們。

孟辭墨說道：「在那裡好好過日子，記住，人心向善，天必佑之。厚道之人，必有厚福。所有的路，都是自己走出來的。」

孟華道：「謝大哥提醒，我記住了。」

江意惜又道：「一路珍重。」

這是對孟華的祝福，不包括孟辭羽。前世的傷害，江意惜永世難忘。

孟華跟他們屈了屈膝，扭頭走了。

次日天還未亮，那對兄妹灑淚而別。從此，這個世界再沒有孟辭羽和孟華，另一片天空下，多了一個孟游和一個孟嫵。

望著漸漸遠去的車馬，孟老國公長嘆出聲。

孟嫵懂事了，不管什麼情況都能好好活下來，而孟游，所有能為他做的都做了，將來如何要看他的心態和造化，不管他是不是孟家血脈，他們的緣分都盡了。

之後，孟華住的流丹院將重新改造，以後給劉氏的閨女住。孟辭羽院子裡的所有東西也都賣了，除了埋在地下的那顆小綠石頭，成國公府裡再沒有一點付氏及與她有關的任何痕跡。

三月初一，天氣越加暖和，江意惜的胎也完全坐穩，她要去看望李珍寶，本來還想帶小存存，硬被老太太留下了。

鄉下小路崎嶇不平，坐車晃得厲害，只能坐轎。

她這次食言了，沒有約鄭婷婷和鄭玉一起去，因為老爺子、孟月、黃馨也要去鄉下散心。

而老爺子和江意惜還另有一樣重要任務，就是孟辭墨幫孟月看好了一個男人，請他們去把把關，也讓孟月先稍微有個印象。

孟辭墨觀察了這人一年多，確定他脾性不錯，長得不錯，能力不錯，沒有不良嗜好，覺得把姊姊嫁給他自己放心。

畢竟孟月還年輕，而且不管孟家如何表明態度，黃家至今都還打著復合的主意，不要臉地硬往上貼，找了許多人當說客，想讓孟月重新嫁給黃程，搞得孟家祖孫煩不勝煩，更怕孟月腦抽被哄回去，這才打算提前安排，不過這事孟月目前還不知道。

到了岔路口，一行人分三路離開，孟辭墨去軍營，老國公和孟月母女去孟家莊，江意惜去扈莊。

花花已經迫不及待想進山裡玩了，被江意惜叫住。「看了珍寶後再走。」

麥田綠浪翻滾，農人在地裡忙碌著，小院孤獨地聳立在那裡，牆根處長著青苔，院子裡的綠樹紅花伸出牆外。

江意惜不禁想起她剛重生的那一年，初跟李珍寶相識……如今一晃過了三年，可憐的小珍寶還在飽受病痛折磨，而她已經孕育第二胎了。

莊子裡一如從前，百花爭妍，鶯啼婉轉，置身其中，愜意無比，江意惜捨不得進屋，坐在廊下歇息。

吳嬤嬤和水珠已經先來了莊子，正在做要帶去昭明庵的補湯和點心。

吳嬤嬤的小孫女剛剛幾個月大，怕吵了大奶奶的清靜，大兒媳婦帶著孫子孫女去了京城宅子裡住。

晌飯擺上桌，鄉間野味讓江意惜食慾大開，她剛吃了幾口，素味就來了扈莊。

素味笑道：「節食小師父聽說江施主下晌要去看她，激動得跟什麼似的，她說她身體已經好些了，想出來散散心，要在莊子裡住一宿，請江施主做些可口的素菜。」

江意惜當然願意，問道：「她原本要四月才能出來，現在身體受得住嗎？」

素味嘆道：「節食小師父能在屋裡緩慢走走，來這裡，肯定會透支體力了，蒼寂住持說，若從今天下晌住到明天上午，午時前回去，節食小師父得連續泡三天三夜的藥浴才行，可為了一時痛快，她還是要來。」

素味不贊成，卻也沒辦法。

素味走後，江意惜讓人去通知孟辭墨和老國公，明天晌午的「偶遇」改到後天晌午，緊接著又讓人準備做加雞蛋、羊奶、韭菜、蒜苗的點心和菜，這些東西不能在庵堂吃，但在庵外李珍寶可以吃。

江意惜心裡遺憾得不行，早知道真該把存存和啾啾一起帶來，小妮子也能多兩分樂趣。

第四十三章

未時末，等候在院門外的吳有貴喊道：「大奶奶，節食小師父來了！」

江意惜迎出門，看到一頂小轎在一隊人的簇擁下向這邊走來，高大的賀嬤嬤走在最前頭。

小轎在院門口停下，柴嬤嬤打開轎簾，賀嬤嬤把李珍寶抱下來，李珍寶臉色蒼白，瘦得兩頰凹陷，不過哪怕沒站在地上，也看得出她比上年長了個子，五官也長開了些。

她看著江意惜笑彎了眼，眼裡還有淚光。

江意惜的鼻子也是酸的，笑道：「小半年不見，妹妹又長高了。快，請進。」

賀嬤嬤把她抱進院子，內院樹下已放了一把躺椅，是老國公讓人抬來的，說躺在上面曬太陽最好。

現在日頭正好，風也不大，枝葉間漏下點點陽光，坐在躺椅上既暖和又不會太熱。

李珍寶被放在躺椅上，江意惜坐在一旁，拉著她的手。

李珍寶側頭看著江意惜微凸的肚子，笑道：「肚子這麼小，我乾閨女只這麼大。」

她伸出一隻手握成拳頭。

別人都以為她在說笑，只有江意惜相信她沒胡說。聽花花說，李珍寶原本生活的那個世界有東西能看到肚子裡的五臟六腑，也能看到胎兒在肚子裡的成長。

江意惜笑道：「還不到四個月，能長多大？」

看到滿院子繁花似錦，聞到外院傳來的雞蛋香和韭菜香，間雜著鍋鏟聲還有雞的咕咕叫聲、牆外路人的說話聲……再想到那個高大身影，李珍寶幸福得淚水溢滿眼眶。

她喃喃道：「煙火氣息真好，別人看來是最平常不過的事，我卻難以企及，不知我能不能熬到可以出來的那一天。姊姊，我沒有力氣抗爭了，好累，好想自殺。」

這半年的苦痛比往年更甚，折磨得她恨不得去死。

江意惜想到前世在食上遇到李珍寶，那是建榮二十年秋，也就是明年的十月前後，她還俗了，就說明她非常健康。

她鼓勵道：「信我，妳肯定能痊癒，妳即使不信我的話，也應該信愚和大師，他會治好妳的病，都說黎明前最黑暗，妳正處在最黑暗的時候，黑暗一過，就是光明。」

花花一下跳進李珍寶的懷裡，伸出舌頭舔著她的下巴，眼裡含著淚水，牠也知道李珍寶可以康復，但就是心疼她。

李珍寶被舔得癢癢酥酥，又低頭親了花花一下，笑道：「我願意信姊姊，也願意信愚和大師，我捨不下這個世界的太多美好。」

江意惜附和道：「是啊，親人、丈夫、孩子、美食、銀子……」

李珍寶給她拋了個媚眼。「呵呵呵，姊姊也開始色誘小尼姑了，那些好事我也想啊，總不能……連男人都沒親過吧。」

後半句話聲音很小，想到那個俊朗的面孔，她臉色微紅，難得地害羞起來。

在她最難受的時候，總能聽到那個鼓勵她的聲音。不知她今生能不能活到還俗，能不能如願嫁給他……

江意惜伸出指頭戳了一下她的腦門，笑道：「不害臊。不過，妳能說出這種話來，就不會自殺。」

兩人說笑一陣，江意惜把李珍寶扶起來，在院子裡慢慢散步，等她累了，又扶她坐下。

江意惜又特地去廚房炒了兩個拿手菜，最後菜品擺了滿滿一桌。

李珍寶現在不宜多吃，喜歡吃的也只吃了兩口，又實在太饞，就讓人拿了一半菜去另一桌，給胃口最好的水靈吃。

花花喵喵叫道：「又要開始吃播了。」

水靈見自家大奶奶同意，就坐去桌前大快朵頤。

聞到那個味道，看水靈吃得香，李珍寶跟著吞口水，總算在精神上得到某種滿足。

江意惜也有些搞懂那一世「吃播」的意義了，但還是提醒道：「水靈，實在吃不下就不要吃了。」

水靈見李珍寶看得高興，還是堅持把小几上的食物統統吃光。

李珍寶賞了她二十兩銀子，水靈眉開眼笑，能討好主子的好朋友，又能吃好的、拿賞錢，這世上還真有這種好事。

李珍寶也怕水靈被撐出個好歹，比劃著說道：「這樣，按舌根處，就能催吐了。」

水靈笑道：「無須，奴婢出去劈半個時辰柴火，保證肚子裡的東西全消化。」

李珍寶想像著劈柴的動作，全身性的運動，確實比前世健身還容易消耗熱量。

李珍寶喝了湯藥，戌時初就睏倦起來，她想跟江意惜一起睡，江意惜不忍拒絕，跟她一起上了床，連花花都窩進她的懷裡。

李珍寶一手抱著花花，一手拉著江意惜的手，笑彎了眼，感覺很幸福。

前生今世，唯一跟她「同床共枕」過的人只有江意惜，當然，沒有記憶的嬰孩時期不算。

兩世都有愛她的父親，這一世還有愛她的兄長，但他們就算是親人卻也是男人，彼此再親近也有界線。

而應該最能親近的母親，前一世早早走了，這一世早早死了；還有能更親近的丈夫，前一世不曾有，這一世不知會不會有……

次日，李珍寶睡得正香，江意惜就悄悄起床，她要親自做八寶粥、韭菜餅、羊乳蒸蛋，尤其八寶粥要多做些，讓李珍寶帶一罐回庵堂吃。

李珍寶是被香醒的，她抹了一把嘴角流下的口水，叫道：「嬤嬤、素味，我要起了。」

立即就有兩人進來服侍她穿衣洗漱。

整理打扮好後，坐到桌前，李珍寶吸著鼻子。「姊姊好手藝，比御廚做的還香。」八寶粥在庵堂也能吃，她現在就不吃了，得利用有限的肚皮裝多一點庵堂吃不到的東西。

上午天氣有些涼爽，不敢讓李珍寶出去多吹風，江意惜陪她在榻上倚著說笑，花花乖巧地倚偎在她身邊。

時間過得飛快，日頭又快到中天了，晌飯擺上桌，李珍寶只少量吃了一點，柴嬤嬤就催促道：「節食小師父，該回庵堂了。」

江意惜也不敢多留她。「下個月初我爭取再來這裡，接妳出來玩一天，等到中下旬，妳就能回京了。」

李珍寶湧上眼淚，此時已不得不離開。

江意惜送她到院門外上轎離開，看著小轎越來越遠，心裡依依不捨。花花則一路上都跟著李珍寶，直到把李珍寶送回禪院後，牠才轉而進山裡玩。

送走了李珍寶，江意惜回到廚房，見飯菜做得多，索性讓人裝了兩個食盒，她帶著幾個下人慢慢走去孟家莊。

老爺子和孟月母女應該還在吃晌飯，她正好過去同他們一起吃。

聽說李珍寶的現狀，老爺子也直嘆息。

飯後，老爺子帶著她們三人去莊子附近的河邊轉悠。

陽春三月，草長鶯飛，青山綠水，這裡的風景美不勝收。黃馨高興地在草地上採著漂亮的野花，老爺子和江意惜饒有興致地欣賞著風光，只有孟月似什麼都沒看到一般，眼神木然，別人停下她就停下，別人走她就跟著走，真的像心如止水的寡婦。

不說江意惜，就是老爺子都直搖頭，心想不知那件事她會不會同意？

次日一大早，吳嬤嬤等人就去鎮上買肉買菜。

上午老國公和孟月母女去昭明庵上香，之後會順道去扈莊吃晌飯。

廚房裡煎炒烹炸，江意惜親自去做了三個老爺子喜歡吃的菜。

午時初，老爺子帶著孟月母女在幾個下人的簇擁下來了扈莊。

老爺子笑問：「有沒有鍋包肉、脆皮魚、滷肘子？」

在府裡沒少吃這些菜，可他就是覺得孫媳婦親手做的好吃，而且在扈莊裡做的最好吃。

江意惜笑道：「知道祖父喜歡那幾樣，都做了。」

老爺子勤快，一來就拿著小板凳坐在院子裡侍弄花草，孟月在一旁幫忙。今天孟月沒怎麼打扮，略施粉黛，穿著碧藍色錦緞暗花褙子、藍色馬面裙，梳著墮馬髻，插了兩支玉簪，褙子做得稍顯肥大，更顯身材微豐。

她今年二十六歲，卻總往三十六歲上打扮，不過即使是這樣，也是難得一見的美人。

江意惜進廚房繼續看著燒菜，黃馨也跟了過去。只要有江意惜在，小妮子都喜歡黏著她。

黃馨念念叨叨說了去昭明庵拜菩薩的事，還說雍王世子和文王、李嬌也去了，她跟李嬌一起給觀音菩薩磕了頭……

江意惜暗哼，文王如今是十處打鑼九處有他，居然跑去昭明庵討嫌了？

兩刻鐘後，孟辭墨突然領著一個青年將軍來了，他們去找縣城的王守備辦事，繞個彎來這裡吃晌飯。

這個男人是五團營的一個五品武官，叫歐陽士，今年二十五歲，幾年前媳婦生孩子一屍兩命死了，父親是一個三品武官，在膠東一帶，母親和家裡其他人都在父親任上。

他家庭簡單，成親後自己單過，關鍵是前程命運都掌握在孟辭墨手裡。

孟辭墨本也想給孟月找個門當戶對、品貌相當的後生，但大門大戶家庭複雜，怕孟月嫁進去受氣。能與孟月才貌相配的後生，又怕孟月心眼子耍不過人家吃虧上當，看了許久，覺得歐陽士最適合她。

老國公和江意惜聽過條件後都覺得挺好，孟月適合嫁這種人。

垂花門沒關，歐陽士一眼就看到內院的孟老國公和一個美貌麗人。

孟辭墨故意愣了一下，朝裡面笑道：「祖父、大姊，你們也來了？」

歐陽士紅了臉，覺得不應該看別人家的女眷，還是長官家的女眷，趕緊把臉轉去一邊。

他早就聽說過孟將軍姊姊年輕時是京城四美之首，沒想到現在還是這麼美。

江意惜從廚房裡走出來，故作驚喜道：「大爺怎麼來了？」

黃馨跑出來笑道：「大舅！祖父帶著我娘和我去了昭明庵，來這裡吃大舅娘做的鍋包肉。」

有外男在，孟月進了上房。

孟辭墨笑道：「我和歐陽將軍去辦事，路過這裡，多弄些酒菜，我們要喝幾杯。」

歐陽士又跟江意惜抱拳躬身道：「孟少夫人，打擾了。」

莊子小，客人不好在外院招待，孟辭墨帶歐陽士走進垂花門，歐陽士抱拳給老國公施禮。「下官見過老太師。」

老爺子上下看看歐陽士，個子很高，跟孟辭墨差不多，還要壯實一些，麥色肌膚，相貌堂堂，舉止有度，人才不錯，但比仙女一樣的長孫女還是差了一大截，不過，若品行脾氣好，也可以將就。

想到稍早在昭明庵時文王看孟月的那個眼神，老爺子氣不打一處來。孟月不是文王喜歡的那一款，他肯定在打什麼壞主意……

老爺子手下的活計沒停，指了指一旁的凳子。「坐著說話。」

孟將軍對他另眼相看已經讓歐陽士欣喜，孟老太師還這般客氣，更讓他大喜過望。

他躬身笑道：「謝老太師。」

茶。

孟辭墨和歐陽士一起坐在老爺子旁邊看他侍弄花草，水靈端了一張小几過來，臨梅倒上茶。

江意惜也進了上房，站在小窗邊往外看，她回頭對坐在羅漢床上的孟月說：「我怎麼覺得大爺瘦了呢？」

孟月起身走過來，向外面望了一眼，低聲說道：「沒有，還那樣。」

江意惜又道：「或許那位歐陽將軍壯實些，顯得他瘦了。」

孟月瞥了歐陽士一眼，覺得不該偷看外男，隨即要拉著江意惜離開窗邊。

江意惜腳下沒動。「大姊說那盆牡丹花開得好，就送妳啦，大姊拿回府裡養。」

孟月又看出小窗，那盆牡丹雖然剛剛開始打花苞，但莖葉健壯，同時開了十幾朵花，她剛才誇了幾句，弟妹就放在心上了。

孟月笑彎了眼。「謝謝弟妹，我再給小姪子做兩身衣裳。」

歐陽士和孟辭墨就坐在那盆牡丹後面，看花的同時也看了幾眼那兩人。似錦繁花中，孟辭墨清貴俊雅，風光霽月，更顯得歐陽士相貌普通，平平無奇。

酒菜擺好，三個男人去東廂吃飯喝酒，江意惜幾人在上房吃。

酒足飯飽，孟辭墨便帶著歐陽士走了。

他們一走，老爺子就來到院子裡，給站在窗邊的江意惜使了個眼色，意思是他覺得那個後生不錯，讓江意惜跟孟月談談。

一頓酒喝下來，老爺子很滿意歐陽士，穩重、溫和，很適合老實木訥的長孫女。

江意惜的頭皮有些發麻，但這話也只有她能跟孟月說了。

黃馨已經去西屋歇晌了，孟月正盤腿坐在側屋炕上做著小衣裳，是給江意惜還沒出世的孩子做。

江意惜走進側屋，坐到孟月旁邊。「大姊。」

孟月沒抬頭。「嗯？」

「妳、妳看歐陽將軍怎麼樣？」

孟月猛地抬起眼皮看向江意惜，臉也沈了下來。「弟妹什麼意思？」

江意惜還是硬著頭皮說：「歐陽將軍今年二十五歲，妻子在生產時死了，聽大爺說，他人很好……」

孟月明白她想說什麼了，氣得臉漲得通紅，眼淚都湧了上來，悲憤道：「弟妹，我祖父祖母還沒嫌棄我，妳就先攆人了，我礙著妳什麼了？不就是今天來妳嫁妝莊子上吃一頓飯嗎？妳嫌棄我，我這就走。」

說完，就用帕子捂著臉嗚嗚哭起來。

她還有不好意思說出口的原因，自己如今已經淪落到這個地步，只能嫁那樣的人了？若她嫁了，不僅黃家人會笑話她，所有的人都會看她笑話。

江意惜知道她或許會抗拒再嫁，卻沒想到會這麼抗拒，說話夠誅心的，忙拉住她說道：

「大姊別多心，我怎麼可能嫌棄妳？祖父、祖母都覺得妳還年輕，應該有自己的幸福，我家大爺也是這個意思……」

孟月搖頭哭道：「在黃家那幾年我受得足夠了，不想再嫁人。」

江意惜道：「也不是所有的男人都壞，看看祖父，對祖母多好，一輩子琴瑟和鳴，我家大爺從來沒欺負過我，還有我爹對我娘的情誼……」

「不管男人好不好，我都不想再嫁，初嫁從親，再嫁由身。你們再逼我，我就搬出去住，或者去死。」

江意惜住了嘴，不敢再勸了。

她們的聲音有些大，老國公走了進來，看到哭得傷心的長孫女，嘆了一口氣說道：「月丫頭，祖父和辭墨也是為妳好，妳還不到三十歲，餘生漫長，應該有自己的生活。」

孟月搖頭道：「祖父，我不想再嫁人，只想過現在這種平靜日子，求你了，你們不要逼我……」

看她這樣，老爺子也不好再逼她，若是另外幾個孫女，他就直接定了，可曲氏生的這兩個孩子，他總覺得對不起他們，不願意他們難過，由於自己失察、兒子混帳，他們三母子受了太多苦。

老爺子嘆道：「妳再想想吧，改變主意就告訴辭墨媳婦，若看不上那小子，再換一個也成，想找什麼樣的跟辭墨媳婦說。丫頭，等到馨兒嫁了人，妳就知道一個人過多難熬了……」

孟月只是哭著搖頭。

老爺子無法，背著手走出去。

等黃馨起床後，他們幾人回了孟家莊，孟月生氣了，一直沒搭理江意惜。

江意惜極為無奈，挺著肚子忙活了一天，什麼事都沒搞成，還得罪人了。

晚上戌時初，孟辭墨興沖沖趕了回來，直到聽了江意惜的話，如一盆涼水兜頭潑下，十分沮喪。

他能想到孟月不會馬上同意，但多勸勸或許態度會鬆動，卻沒想到她這麼不高興，話也說得難聽，她如此生氣，不止不想嫁人那麼單純。

江意惜勸道：「大姊實在不想嫁人就算了。」

孟辭墨苦笑道：「有可能大姊真的不想再嫁，也有可能沒瞧上歐陽士……」生氣弟弟給她找了那麼一個男人。最後一句話沒好說出口。

孟月出身高貴，又長得極美，當初嫁的黃程可是十年前的神仙人物，家世、人才、前程樣樣突出，付氏就是用這幾個條件蠱惑了她，卻忽略了最重要的人品……

若孟月還用這些條件去看待和衡量男人，那些苦算白吃了。

江意惜也想到另一種可能，這麼一比較，孟華……不，是孟嫵，孟嫵的識時務更讓人欣賞。有些人一個教訓就能牢記並有所改變，有些人吃再多虧也不會長記性。

孟辭墨扶著她的肚子，替孟月道歉。「我姊是知道妳不會傷害她，才會口不擇言，妳莫生氣。」

回府後，孟月稱病三天沒出門。

黃馨看出娘親不高興大舅娘了，但不知道為什麼，她認定大舅舅大舅娘不會害娘親和她，中間肯定有什麼誤會。

她每天都會來浮生居一趟，小心翼翼的樣子讓江意惜心疼，之前還是有些生氣孟月不知好歹，但看到小姑娘如此貼心，也不願意跟糊塗人一般見識。

三天後，孟月來了浮生居，給未出世的孩子送了兩套小衣裳、兩雙小鞋子，江意惜彷彿沒發生過那件事一般，如常與她說笑。

三月初十，宜昌大長公主府要舉辦桃花宴。

宜昌大長公主的眼疾好了，又因為兒子回來看她，母子關係得到緩解，心情舒暢，身體和精神都好多了，今年使足了力氣大辦花宴，遍邀皇親貴戚、世家新貴。

初七那天發出帖子，成國公府也收到了，送帖子的人還笑道：「大長公主說，她一直記著孟大奶奶的情，想孟大奶奶得緊，請孟大奶奶一定要去。」

孟老太太仍以孫媳婦身體不好為由婉拒了，因為江意惜早知道會如此，提前跟老太太說了她的意思。

次日，突然有兩個孟月當姑娘時玩得好的官家女眷給她寫了信，說多年未見，想在這次花宴上見見她。

說玩得好，只是相對而言，孟月幾乎沒有親近的閨密，只有當姑娘時偶爾跟著付氏去參加什麼宴會，說話相對多一些的小姑娘，如今也已經各自嫁了人，有十二、三年沒見過了。

孟月沒想到會有人寫信給她，還是有些感動，感嘆時光易逝，一晃過了這麼多年，但她不喜歡那種場合，還是不願意去。

黃馨和林嬤嬤都高興有人還記掛著她，勸她去。

「娘親，去吧！太外祖母和二外祖母、三姨、四姨都會去，大舅娘又治好了宜昌大長公主的眼疾，黃家人去了也不敢欺負我們。」

「老奴聽說宜昌大長公主府的桃花園特別漂亮，姑奶奶去散散心也好。」

孟月很矛盾，拿不定主意。

去福安堂的時候，黃馨得意地把這件事跟老太太說了，意思是，我娘也有玩得好的手帕交，沒有他們說的那麼笨。

孟老太太笑道：「那就去吧。那天好好拾掇拾掇，衣裳穿鮮亮些，年紀輕輕的，穿得比我老婆子還素淨。」

江意惜聽了覺得反常即為妖，孟月還是別去比較好。但自從相親那件事後，她對孟月說話也有了顧忌，便沒多插嘴，想著老爺子肯定會阻止。

老爺子來到福安堂，聽了這件事後果真不同意。「月丫頭文靜靦腆，到時被黃家人纏上可不好脫身。」

孟月馬上說道：「那我還是不去了。」

老太太很想說「老公爺把黃家男人打了個遍，晉寧郡主再潑也不敢招惹月丫頭」，但她已經習慣聽丈夫的話，沒再言語。

很快來到三月初十，天氣晴朗，風和日麗。

除了孟三夫人和兩個孕婦、孟月、兩個哥兒在家，成國公府所有主子都去參加桃花宴了，直到下晌申時末，只孟辭墨有事沒一起回來，其他人都回府了。

一整日似乎平靜無事，老太太累著了，讓人來傳話晚飯各吃各的，江意惜便待在浮生居，不料老爺子倒直接來了錦園的亭子裡。

見他臉色陰沈，江意惜沒讓吵著要「祖」的小存存去討嫌，只帶著拿著銅壺玉杯的臨香去了亭子，親自給老爺子泡上茶。

坐在似錦繁花中，嗅著花香，品著好茶，老爺子的臉色緩和了幾分。

他的好茶都很省著喝，鄭吉走時送了他半斤，沒了想再喝，只得來孫媳婦這裡蹭。

見江意惜泡好茶要走了，老爺子說道：「辭墨媳婦，坐下說說話。」

江意惜便讓丫頭先回去，自己坐下來倒了杯茶。

老爺子又道：「辭墨去別院見平王了。」

江意惜也沒多回話，只是坐在旁邊悠閒地自斟自飲，見老爺子喝完了茶，她又續上。偌大的錦園裡只有這一老一少，斜陽西掛，大片紅雲鋪滿半個天際，天地間流敞著暖色，錦園如披上一層金色薄紗。

許久，老爺子才又開口。「李康那個豎子，今天居然跟辭晏打聽為何孟月沒去參加花宴？虧我前些年認為他當儲君才是正統，忠心耿耿保他，還不許子孫站隊其他人。哼，若他真的上位，天下百姓就該倒楣了！」

看來桃花宴真是個陷阱，這回雖然避開了，老爺子還是生氣，不僅氣太子打孟月的主意，更氣自己之前聽皇上的話保了太子那麼多年。

江意惜暗嘆道，可前一世，你到死都在保太子。

她問道：「太子消停了這麼久，為何又突然對大姊感興趣了？」就沒有比這貨更蠢和不要臉的人了，別人家的女眷沒去，他不憋著，還敢去問人家的家人。

老爺子想到那天在昭明庵文王看孟月的眼神，說道：「那個又色又蠢的糊塗東西，不是被英王蠱惑就是被文王蠱惑，文王的可能性更大。唉，月丫頭顏色好，又單純，我現在最不放心的就是她，以後更要把她看好。」

那兩人肯定有安排，這回若孟月去了，太子鬧出什麼大事，不僅折進去了孟月，還會讓皇上想起太子當初調戲曲德妃的事，怪罪太子的同時，還可能再次遷怒曲德妃和平王，孟家也會從此跟大長公主府及鄭吉生隙。哼，打的一手好算盤！

江意惜沈吟不語，她已經聽孟辭墨說過，現在文王跟太子走得很近，太子不愛搭理他，他就沒皮沒臉硬往上貼，對英王及其他皇子也極盡巴結之勢，唯一只對平王敬而遠之。

按理，文王最應該恨太子和英王，太子欺負他最多，英王最瞧不上他。那次他掉下城樓差點摔死，就是太子和英王搞的鬼，四位年紀相近的皇子裡，只有溫和的平王沒有當眾欺負過他。還有另兩位皇子，因為跟他們歲數相差大，接觸的機會不多，矛盾少一些。

可文王突然遠平王而親近那兩位，這就讓人玩味了。

文王貌似變化不大，依然喜歡聽戲、捧戲子，做皇上看不慣的事，說討人嫌的話，分不清好賴，但仔細觀察，許多事做得很有章法，而且文王府戒備森嚴，想暗中弄進一個人都不行。

皇上罵他比之前少了，跟兄弟們的關係也比以前融洽多了，哪怕依然要欺負他，也沒有那麼過分。

他跟雍王府的關係也非常好，偶爾會帶著李嬌去看昭明庵的李珍寶，連帶著太后娘娘都對他比之前好了許多。

等於他跟除了平王以外的所有人都改善了關係，包括宗親。

江意惜覺得，若文王是重生人，知道之後會發生的事，之所以差別對待平王，一定是平王與眾不同。

江意惜前世死的時候只知道太子倒了，英王依舊得寵，平王還在守皇陵。是不是她死了之後，平王異軍突起幹掉英王笑到最後？

若這樣，文王應該巴結平王才對，若仇視平王，就說明文王有不軌之心，才會聯合所有人打擊平王，要讓平王最先倒楣。

還有一種可能，之後的平王會讓文王吃大虧，比摔下城樓還讓文王害怕和不能忍受，以致他必須聯合其他人提前幹掉平王。

也有其他可能，但這兩種可能性最大。

這麼看來，平王可能也不像表面那麼平和，孟辭墨就說他隱忍多智，胸有溝壑……也是，前世平王沒有孟家這麼大的助力都有本事異軍突起，這輩子有了孟家的幫助，又透過孟家有了鄭吉的支持，更容易達成心願，如此，孟家也是跟對人了。

這次的桃花宴太子受文王蠱惑的可能性很大，因為文王也知道太子有喜歡老女人的癖好，前世還調戲過彩雲卿。文王把太子的注意力轉到孟月身上，不管最後太子是否得手，既噁心了孟家和平王，也保住了彩雲卿，最好太子和平王能掐起來，他漁翁得利……

好在事情沒有這樣發展，她鬆了一口氣。老爺子說要把孟月看好，可人長了兩條腿，還是個糊塗人，幾次「看好」容易，一直「看好」可不易。

都說最好的防守就是進攻，文王能利用「老女人」這一點找事，他們也可以學他啊，不是有個現成的老女人彩雲卿嗎？文王想避開那件事，他們就要讓那件事重演。

有現成的劇本、同樣的人物、同樣的事件，唯獨舞臺不相同……前世吃過虧，文王不會讓彩雲卿有機會再去食上遇到太子，所以得另做安排。

江意惜看看老爺子，這事不好跟他直說，不如跟孟辭墨說，到時怎麼安排，由他們去計劃。

兩人各自想著心事，天色漸暗，老爺子舉目四望，暮色沈沈中，滿園錦繡更加濃麗。

他臉上浮現出笑意，說道：「等妳生了孩子，明年咱們家再辦牡丹宴，不管哪個府裡的花卉，都比咱們家差遠了，妳祖母老了，由妳主持。」

因為曾在花宴上落過水，江意惜一點都不喜歡什麼花宴，但老爺子有這個興致，她也不會掃興，今年下半年成國公的新媳婦就該進府了，她嫁進來就是主婦，自己再協助她就是了。

江意惜痛快地答應。「好啊，祖父天天辛苦打理園子，總得讓人看到，不能錦衣夜行。」

老爺子哈哈大笑，所有鬱氣隨風飄散。

孟辭墨不在，老爺子不好留在這裡吃晚飯，起身走了。

夜裡，江意惜正睡得香，就感覺一隻大手在身上游移，大手粗糙，滑過皮膚酥酥癢癢，這隻手讓她歡愉、貪戀，她再熟悉不過……

江意惜沒睜眼，輕聲笑道：「回來了。」

孟辭墨的輕笑聲響起。「妳懷穩了……我明天去營裡，又要過九天才見。」

「嗯，我也想著你呢。」

她伸出玉臂環住他……

事畢，江意惜也清醒過來，兩人相擁著說話。

孟辭墨道：「聽說，太后要給雍王世子指婚了。」

「給李凱指婚？誰？」

「崔文君。」

江意惜下意識的微微皺眉，這一對不搭，不是說家世，而是性格、愛好差異太大。

雖然李凱貴為親王世子，但江意惜覺得崔文君內心不會喜歡這種人，李凱也不見得會喜歡崔文君那種型。

不過，李珍寶很喜歡崔文君，若李凱敢混帳，那個厲害的小姑子肯定會幫嫂子。而且從另一方面看，太后既然給他們指婚，應該徵求過雙方長輩的意見了。

崔文君嫁給李凱於他們也有好處，透過李珍寶，他們更容易把崔次輔爭取過來。

孟辭墨就是這麼想的，說到這門親事臉帶笑意。

江意惜又道：「聽祖父說，太子又開始打大姊的主意了？」

孟辭墨臉沈了下來。「那個禍害又開始找死，是留不得了……」

平王厭惡極了太子，之所以忍著噁心沒出手對付他，是想讓他吸引英王一黨的注意，哪怕趙互已經倒了，英王也比太子威脅更大，何況，蠢笨懦弱的文王突然性情大變，行事詭異，不按常理出招，讓人琢磨不透，變得他們都有些看不懂了，也牽扯了他們一部分精力。

江意惜道：「文王的外室彩雲卿我見過，美貌異常，別有氣韻，今年也快滿三十了，太子看見她怕是也會把持不住，若這事出在人來人往的市井，太子勾搭弟弟的女人鬧得人盡皆知，皇上必會很失望。」

孟辭墨一下坐起身來。他們想了幾個收拾太子的主意，都沒有這麼陰損和直接。

他下地穿上鞋子，又倒回來親了江意惜一口。「妳真是我的好媳婦，我去跟祖父說說這件事，明早直接去軍營。」

法子很好，但要找適當的時機。

聽著腳步聲漸漸遠去，一身輕鬆的江意惜又沈入夢鄉。

四月初一，江意惜同鄭婷婷一起去了扈莊，本來說好鄭玉一起去，他臨時有公差不能去了。

江意惜還帶了花花和啾啾，又沒帶成存存，老爺子和老太太都不同意。昨天還邀約了李珍寶未來嫂子崔文君，崔文君沒好意思去。

孟辭墨把她們送至扈莊才去軍營。

天氣漸暖，花花的心更加躁動，也不聽江意惜的招呼，直接跑進山裡。

午時初李珍寶就來了，這回她能玩到明天午時初再回去。

她被柴嬤嬤扶下來，看著比上個月精神多了，雙頰還長了點肉，一進小院，啾啾就大喊起來。「扎針針、吃肉肉，花兒……」

李珍寶被逗得大樂。「色啾啾，你還記得我啊？」又望望四周問道：「鄭玉沒來？他說過要來看我，那傢伙，說話不算數。」一副很失望的樣子。

她叫鄭婷婷「鄭姊姊」，可對比鄭婷婷大得多的鄭玉從來都直呼其名。

鄭婷婷笑道：「原先說好要來的，結果昨天晚上臨時被上峰叫走了。他讓我轉告妳，妳出庵的時候他會跟李世子一起來接妳。」

因為鄭玉一直把李珍寶看成孩子，她現在又是尼姑，鄭婷婷並未把鄭玉和李珍寶往那方面想。

幾人坐在樹下說笑，李珍寶說，前幾天愚和大師去看過她，說下半年的治療至關重要，若情況好，她明年春天就能痊癒。若情況不好，她的身體狀況已經不適合再泡藥浴……大師沒說不泡藥浴就會魂飛魄散，但李珍寶知道他的意思，她還是很高興，一直笑咪咪的，反正能治好當然好，治不好她也解脫了，她最怕的是一輩子這樣半死不活地拖著，她遭罪，前世今生的親人也跟著遭罪。

聽了她的話，鄭婷婷的眼淚都湧了上來。

江意惜也心酸。小妮子前世不過十七歲，今生才剛十五歲，卻有種活夠了的感覺。她握住她的手說：「妳說過信我的，妳明年肯定會痊癒。」

下晌鄭婷婷來了月信，她去淨房處理，江意惜聽說後，拿出李珍寶設計的「月信棉」給她用。

鄭婷婷極是喜歡，紅著臉嗔怪道：「有這麼好的東西，孟嫂子也不早些拿出來。」又誇獎道：「珍寶妹妹真聰慧，這麼好的法子都想得出來。」然後又說了她月信有些多，一直在吃藥調理的事。

李珍寶羨慕地看了她兩眼，別人的病她都羨慕，她來月信時量太少，每次都只有一點，蒼寂住持說治好了目前的大病，還要調理那些小病。

晚上，江意惜和李珍寶睡一張床，鄭婷婷睡在臥房裡的美人榻上，幾人說著悄悄話。

江意惜早上就發現了，鄭婷婷好像有心事，一直在強顏歡笑，偶爾沈默的時候眼裡會浮現出哀傷。

鄭婷婷屬於豪爽性子，小事不上心的那種，她這樣，一定是遇到了什麼難以啟齒的大事。可她不說，江意惜也不好直接問。

李珍寶也看出來了，不管不顧問道：「鄭姊姊，妳怎麼了？有事說出來，說不定我們可以幫忙。」

鄭婷婷眼圈紅了，沈默了好一會兒才說了原由。

「那個人讓通房懷了孕，還偷偷讓通房躲去莊子生孩子，這事被我大哥無意中知道了，我家人很生氣，爹娘還去找他爹娘討公道，他爹娘才知道這件事，最後逼通房落了胎……可我不想嫁有心上人的人，哪怕他喜歡的是丫頭，我也不願意。」她看了江意惜一眼，又道：「我喜歡孟大哥和嫂子這種相處模式，也喜歡我大哥那樣自律的男人，我討厭小婦，我爹那幾個小婦，我看到就煩。」

她還有不好意思說的，吉叔和嫂子一輩子痛苦，她看得清清楚楚，也沒少聽父母背後議論，她不想過那種日子。

「那個人」是指她的未婚夫，長寧侯府的二公子李饒。

江意惜皺眉說道：「李二公子還想讓通房生庶長子？真不厚道，這種人，不僅心裡裝了別人，腦袋還不清醒，不是良人。」

李珍寶更是義憤填膺。「那種渣男千萬不要嫁，嫁過去妳會受苦，退婚！想辦法退婚！」

鄭婷婷道：「我也想退婚，可我爹娘不願意，說我歲數大了，退了親後不容易再找到好親事，而且以這個理由退婚，別人會說我是妒婦，更不好說親。」

李珍寶問道：「鄭玉也這樣想？」

鄭婷婷回道：「我大哥沒有這種想法，還去打了那個人。」

李珍寶緊張的表情放鬆下來，笑道：「鄭玉打得好！下次我看到那個人，再替鄭姊姊出氣。」

鄭婷婷沒看到李珍寶的表情變化，同一張床上的江意惜看得真真的。

李珍寶又道：「妳今年也才十六歲，哪裡大了？看看崔姊姊，都十七了，那件事鬧得更大，還不是找到了我大哥那樣的金龜婿。」

江意惜和鄭婷婷對視一眼。在專情方面來說，妳大哥真不是好標準，只是妳不知道而已。

江意惜說：「打他有什麼用，得想辦法退親，妳父母不同意，找大長公主說說看。」

鄭婷婷搖頭嘆道：「伯祖母不會幫我。在長輩看來，男人多幾個女人無妨，女人不高興就是不賢慧。」

江意惜道：「絕大多數人都會這麼想，但大長公主不會。她會覺得她的兒孫多幾個女人無妨，但絕對不願意自己的男人和她孫女的男人多幾個女人。」

在她眼裡，宜昌大長公主就是這樣的人。

李珍寶道：「江二姊姊說得對，大多數人都雙標，強勢的人更雙標！鄭姊姊跟大長公主說說，若她不幫，等我出了庵堂，我跟皇姑祖母說。」

鄭婷婷臉上浮出笑意。「好。」

江意惜默念著「雙標」二字。雙標，就是雙重標準，這個詞用得真好！

次日吃了晌飯，送別李珍寶，江意惜和鄭婷婷回了京城。

江意惜剛到浮生居，就聽說孟二奶奶要生了，上午開始陣痛了。

接生婆說孟二奶奶的骨盆狹窄，不利於生孩子，這胎跟上胎一樣生得十分困難，上次生安哥兒大出血，調養了幾年才調理好，這次恐怕又是如此。

她生了兩天兩夜，終於在初四上午生下一個兒子，取名孟照益。奶娃娃長得非常好，白白胖胖，有七斤二兩。

接生婆說，孟二奶奶不可能再懷孕了。雖然她不能再生孩子，但已經有了兩個兒子，長輩們還是高興。

這段時間江家也有喜事，江意惜最要好的妹妹江意柔出嫁了。

江意惜因為懷孕不能去添妝，也不能去喝喜酒，便讓吳嬤嬤和水靈代表自己去添了兩疋妝花緞、一對赤金龍鳳鐲。

四月十七是孟照存一歲生辰，孟家大擺周歲宴。

前一天夜裡下了雨，滴滴答答的聲音讓江意惜心都抽緊了，生怕次日的生辰宴被雨水澆得不熱鬧。

還好清晨雨停了，天空被雨水洗滌得清澈乾淨，連絲浮雲都沒有。

這天，皇親貴戚、世家新貴、親戚朋友，請了的沒請的，該來的不該來的，都來了。

平王和平王妃、長子李敢來了，宜昌大長公主和鄭老駙馬也帶著謝氏、鄭婷婷、鄭玉來了。

最讓人噁心的是，文王居然又跟著雍王一家一起來了。

他在外院，江意惜沒看到他的嘴臉，只看到文王妃和李嬌來了內院。

江意惜再討厭文王，對李嬌也生不出厭惡之心，依然熱切的招呼女眷們。

賀客眾多，孟老太太身體不好，成國公沒媳婦，三夫人寡居，孟二奶奶坐月子，二夫人因為不滿孟辭墨夫婦而消極怠工，姑娘們只適合招待姑娘，只有大肚子的江意惜打足了精神招呼女客，生怕哪個貴客沒招待好得罪人。

謝氏看出江意惜忙不過來，不拿自己當外人，拉著江大夫人和江三夫人幫著待客，江意惜很是感激。

江老太太看得眼花撩亂，這些貴人高高在上，她幾乎都沒說過話，今天因為她是孟大奶奶的娘家祖母，所有客人對她都是禮遇有加，讓她極度開心。

這時孟老太太派人把宜昌大長公主、老慶郡王妃、崔老夫人等幾個上了歲數的老封君請去福安堂。

江老太太見沒請自己這個老親家，臉上掠過一絲不悅，見江意惜身邊沒人了，她過去悄悄說道：「惜丫頭，我是妳嫡嫡親的親祖母，孟老夫人一定是不知道我也來了，才沒請我過去，妳讓人把我送去福安堂，老婆子跟這些年輕人沒話說。」

孟老太太不是捧高踩低的人，她是知道江老太太因為錢財苛待過江意惜，所以一直不喜她。江意惜也不想江老太太過去，她過於巴結人，反倒丟臉，悄聲說道：「她興許是知道祖母喜歡聽戲，才沒請妳過去。我家大爺知道祖母喜歡聽惠春戲班唱戲，特地讓人請了惠春戲班，幾個名角兒都來了。」

她連忙招呼江意柔過來扶老太太去花廳後堂聽戲，並囑咐她把人看好了。

晌飯前進行「抓週」，許多女客都圍過來，老國公和孟辭墨也帶著幾個男親戚過來，包括平王、鄭玉、曲修等人，文王拉著李凱也跟來了。

曲修是曲大舅的長子，二十二歲，已經中舉，會參加明年的春闈。他名義上專程從吳城趕來參加孟照存的生辰宴，私下是為了備考來的，前幾天就到了，一直住在孟家。

孟家祖孫都煩死文王了，但他要跟著去內院看抓週，他們也不能多說什麼。

江意惜餘光瞥了一眼文王，眼皮耷拉著，背也挺不直，一點沒有親王該有的氣度。他越是這麼裝，就越是有問題。

抓週開始了，只見大方桌上擺了一桌子東西，小存存兩隻小短胳膊一劃拉，大半桌子東西被他收入囊中，包括印章、紙筆、算盤、胭脂、點心等東西，眾人大樂。

平王笑道：「不錯，天下樂事，該要的都得要。」

飯後又是看戲，直到申時初，客人們陸續回家。

送完客後，江意惜已疲憊至極，直接回浮生居躺上床歇息，其他人都去了福安堂。

等到屋裡沒人，花花鑽進羅帳，站在腳踏板上喵喵叫道：「娘親，我也看出文王不對勁了。」

江意惜今天臨時給花花安排了一項重要任務，就是站在角落裡監視文王。

江意惜側過頭。「哦，哪裡不對勁？」

花花直起身子，兩隻前爪搭在床邊，喵喵叫道：「他都是低垂著眼皮看人，鬼鬼祟祟，不像別人正大光明的看，別人看不到他在看誰，但我看得到，嘿嘿，長得矮也有好處……在前院，文王看孟老大的時候最多，哪怕離得很遠，也時刻在找孟老大人在哪裡。在內院的時候，他就到處看女人，看月姑姑看得最多。」

花花的這個情報沒有多少價值，他們一直知道文王特別注意孟辭墨和江意惜，而且對孟月有想法，但就是不知道他到底想幹什麼。

江意惜應付道：「哦，花花好能幹，我知道了。」

下一刻，她就沈入夢鄉。

沒看到娘親驚喜的表情，也沒得到表揚，花花很挫敗，一溜煙跑去福安堂找安慰。

而此時的福安堂裡，老國公和老太太都沈著臉，一點沒有剛才的喜色，兒孫們拘謹地坐著，不知家裡發生了什麼事。

老爺子看了兒孫們一眼，長嘆一口氣說道：「我不奢望這個家的人完完全全團結同心，有自己的一點小心思、小矛盾在所難免，但該團結一致的時候，我絕對不允許有人拆自家人的臺。」

他的眼神掃向女眷那邊，二夫人心虛地低下頭。

老爺子又道：「因為內部失和而丟下自己該負責的工作，還得靠外人幫襯著，這場宴會才得以體面地辦完，這已經不是小心思和小矛盾了，這是釜底抽薪，是幫著敵人打擊自己人。我一直強調，只有大家齊心協力把整個國公府經營好，每一個人的日子才會更好過，可就是有人要拆臺……付氏上年才吊死，她的一雙子女兩個月前才離京，你們如今就忘了這個教訓？老二媳婦，妳回吧，禁足一個月，好好想想妳的所作所為。」

老爺子沒客氣，當眾把二夫人發落了。

二夫人臉漲得通紅，一下跪在地上，哭道：「公爹、婆婆，兒媳知道錯了，再也不敢了……」

二房的幾個人都跪了下去，二老爺羞慚道：「是兒子不好，沒教好婦人，讓爹娘生氣了。」

老爺子道：「你們起來吧。辭晏，把你娘扶回去。」

這兩年來，他對二兒子和幾個孫子都非常滿意，正因為這份滿意，才對二兒媳婦手下留情。這個家，再也禁不起折騰了。

二老爺給孟辭晏使了個眼色，孟辭晏扶著哭泣的二夫人走了。

老太太也紅了臉，家裡都是內宅和兒媳婦出事，是她這個婆婆沒當好。她嘆道：「也怪我，身子不濟，對晚輩疏於教導……」

老爺子一番長篇教導後，眾人草草吃過晚飯，各自回屋。

為了慰勞江意惜，老夫婦先賞了幾樣東西去浮生居，二老爺又讓人送去半斤官燕、一根人參。

孟辭墨急急回到浮生居查看，見江意惜只是累著了，身體還好，才鬆了一口氣。

第四十四章

四月底，一個爆炸性的消息在京城傳開，老鎮南伯趙互的二兒媳婦，也就是趙元成的媳婦趙二奶奶失蹤了。

鎮南伯府悄悄找了五天還未找到人，不得已報了官。

據說趙二奶奶是去一家繡坊買東西上淨房時失蹤的，這事一鬧出來，之前沒被重視的人口失蹤案也重新引起了注意。

近兩年的時間，京城居然發生了八起少婦失蹤案，失蹤的都是二十至二十八歲的小媳婦，還都家境不錯，本人也長得不錯。

她們活不見人死不見屍，如人間蒸發一般，趙二奶奶是失蹤者中出身最高的，婆家是伯府，親爹是三品大員，又是趙淑妃的娘家姪媳婦。

京城裡人心惶惶，小媳婦人人自危，京兆府加緊破案的同時，也加入五城兵馬司的軍隊一同加強京城治安。

聽說這個消息後，江意惜第一個想到的是這事跟太子有關，但之後又否定了。太子不會對二十歲的小媳婦感興趣，而且他在東宮，本人要出宮不容易，從民間弄女人進宮和處理屍首更不容易。

因發生此事，孟老太太對自家孫媳婦也提出了要求，無事不許上街、串門子，即使出府，也要多帶護衛和婆子，無論何時都不能單獨行動，包括上淨房。

李珍寶一回京就聽說了這個離奇案件的許多傳言，她掀起車簾對馬車一側的鄭玉說道：「一定是什麼變態色魔幹的，快弄個長得俊的捕快裝成少婦夜奔，色誘他！」

鄭玉耷拉下眼皮看看伸出車窗的小腦袋，這個小腦袋裡不知裝了些什麼，所思所想永遠與眾不同，還什麼都敢說。

他應付道：「這倒是個好主意，見著京兆府尹了我會跟他說。」

見李珍寶還歪著腦袋衝他笑，他摸摸臉問道：「我臉花了？」

李珍寶指著自己的左臉笑道：「嗯，這裡有點黑。」

鄭玉抹了一把乾淨的臉，目光詢問乾淨了嗎？

調戲了古代男人，李珍寶笑意更深。「乾淨了。」

小腦袋縮進小窗，不一會兒，小窗裡伸出一隻手，手心裡有一塊紅通通、顫巍巍、晶瑩剔透的桃花藕粉凍，御膳房出品。

時近晌午，早飯又吃得早，鄭玉肚子適時叫了兩聲，他伸手接過，迅速塞進嘴裡。

稍後，一隻放著梅花形綠豆糕的小手又伸出來，鄭玉接過吃了。

之後，小手裡放了一塊白色糯米椰子糕。

鄭玉把那塊俊俊的糯米椰子糕接過吃了。

小手縮進去又伸出來，這次手上不是點心而是一張紙，紙上畫了一個橢圓，旁邊寫了幾個字：白煮蛋蘸醬。

大手把紙拿過去。

小手縮回，小臉伸出來，小眼睛殷殷看著他。

哪怕陽光給小臉鍍上一層光，小臉依舊青白削瘦，鄭玉看得心裡一痛。這小妮子都已經十五了，看著還像十二、三歲的孩子。

她雖然刁蠻任性，口無遮攔，可堅韌堅強，承受了許多常人無法承受的苦，一直咬牙跟病魔抗爭著……

鄭玉眼裡盛滿憐惜，輕聲說道：「妳等著。」

他腳下一踢，馬兒快跑起來。

他去街上買了一顆白煮蛋，又在麵攤高價買了一個碟子和一點大醬，追上雍王府的車隊後，把手中的東西遞進車窗。

李珍寶接過，很快吃完，腦袋伸出小窗對他粲然笑道：「謝謝，再多一顆就更好了。」

鄭玉道：「妳胃弱，不宜多吃。」

李珍寶嘟嘴道：「可我沒吃夠，這蘸醬也不太好吃，我喜歡只放醬油、辣椒油、少許糖和蒜末的蘸醬。」

鄭玉露出大白牙。「改天再做那樣的蘸醬給妳吃。」

回到雍王府，雍王爺看到閨女笑眯了眼，伸手摸摸她的道姑頭，感覺到頭髮的稀少枯黃，他心裡一疼，手又滑下來摸了摸她的肩膀。

「好閨女，妳總算又回來了，長高了，長俊了，吾家有女初長成，哪家的閨女都沒有我閨女俊。」

李珍寶摟著他的胳膊，把頭枕在他肩膀上，撒嬌道：「我像父王，哪家的爹爹都沒我父王俊，俊爹爹、俊父王……」

雍王朗聲大笑，父女倆手挽手入席吃飯。

一家人吃完團圓飯，雍王的蒜頭鼻子紅起來，他又要送閨女進宮陪太后了。

來到慈寧宮，夏太后抱著李珍寶又是一通哭。

李珍寶在宮裡陪太后的同時，沒少跟她吹耳邊風，說的都是江意惜如何好、如何挺著大肚子去看她，又給她帶了什麼吃食。

小妮子也有生為皇家人的狡黠，不會直接說平王和曲德妃的好，但透過江意惜讓夏太后感覺到了平王和曲德妃的好。

因為江意惜的緣故，李珍寶也希望笑到最後的人是平王，何況她最討厭升平公主，當然不願意升平的哥哥英王上位了。至於太子，她從來沒覺得那貨能上位。

李珍寶偶爾也會讓人去孟家討要一些點心和補湯，她吃的同時，也請太后吃。她一直認為江意惜懂營養搭配，藥膳比御廚和宮中醫女還厲害，也可以順便調理一下太后的身體。

江意惜不敢擅自給宮裡的貴人送吃食，不過李珍寶來要她就不能拒絕了，送的吃食裡當然加了珍貴的眼淚水，太后是李珍寶的強大靠山，她身體好對李珍寶有益，也就是對江意惜有益。

不想讓宮中的人依賴她的吃食，味道不能太好，江意惜會故意多放或少放一些調味料。

李珍寶在宮裡待了半個月，直到五月中旬才出宮回王府，途中路過一家酒樓，鄭玉請李珍寶進去吃個點心，正經的晌飯得回雍王府吃，雍王一家還等著呢。

她隨著鄭玉的帶領走進酒樓，只見靠窗的一張桌上已擺滿了她能吃和愛吃的菜，其中包括白煮蛋，白煮蛋旁放了一小碟蘸醬。

鄭玉指著蘸醬說道：「照妳的法子，我特地讓人做的。」

李珍寶笑得眉眼彎彎，開心的入座，讓服侍的人都退下。

她極其享受地吃了一顆白煮蛋蘸醬。「老味道，好吃！」

又伸手拿第二顆，被鄭玉勸住。

「不能多吃了，不好消化。喏，還有這麼多美食呢。」

李珍寶很想說「前世我做吃播的時候，一口氣吃了十二顆白煮蛋蘸醬呢」！但最終，她只說了一句。「唉，好漢不提當年勇。」

見鄭玉不解地看著她，又解釋道：「我是說，我泡藥浴的時候，經常夢到一個美女，高高的個子，白皮膚、大眼睛、雙眼皮，還有高鼻梁、性感唇……她就喜歡吃白煮蛋，一口氣能吃十幾顆，我覺得，那個美人一定是前世的我。」

鄭玉笑起來，寬慰道：「妳現在的模樣……也不錯。」

說「不錯」還這麼勉為其難，李珍寶對他的回答很不滿意，她勾了勾食指，意思讓他離近些。

鄭玉腦袋湊過去，她問道：「過了這麼久，你有心儀的姑娘了嗎？」

想到那個美麗的身影，鄭玉臉一紅，言不由衷道：「沒有。」

李珍寶心裡一沈，似笑非笑道：「看樣子你沒說真話，別忘了，咱們可是有協議，誰有了良人要跟對方說。」

鄭玉臉更紅了，說道：「是平國公府的馬三姑娘，目前不確定她是不是良人，還沒想過提親的事。」

他只是有一點動心，還沒想那麼遠。

李珍寶極力保持著優雅的笑，想了半天也想不起自己見過馬三姑娘，卻硬說道：「哦，馬三姑娘啊，我見過。」

「她怎麼樣？」

「不怎麼樣。」李珍寶坐直身體，還撇了撇嘴。

鄭玉道：「我倒覺得挺好，曾經在桃花宴上看過她撫琴，漂亮、琴聲悠揚。」

李珍寶道：「你只看過她撫琴，聽過她說話嗎？」見鄭玉搖頭，又道：「許多男人看女人都只看外貌，我以為鄭小將軍會與眾不同，沒想到也這麼膚淺。」
鄭玉被說紅了臉。他也想多看姑娘別的優點，可沒機會看到啊。
他問道：「馬三姑娘說話有什麼毛病嗎？」
這段時間妹妹一直在跟父母鬧彆扭，想跟李二公子解除婚約，先是父母不同意，後來大長公主也說李二公子不地道，父母才退了那門親。
現在家裡人心情都不好，妹妹又被很多人詬病，他就沒多想自己的事，也沒跟妹妹仔細打聽馬三姑娘的事。
李珍寶看了他一眼。笨，她說話沒有我說話好聽啊。這個身體最大的優點就是嗓音清脆，如黃鶯般悅耳動聽。
她賣了一個關子拒絕回答，起身說道：「吃飽了，回吧！」
鄭玉一路都在想馬三姑娘說話到底有什麼毛病，想著等妹妹心情好了問問她。
李珍寶幾次伸出頭，都看見鄭玉似乎在想什麼。
這傢伙，一定在想馬三姑娘！唉，怎麼她還沒開始戀愛，就先有了失戀的感覺？這一世身體承受了太多苦痛，還不能吃肉、長得不美，或許心上人也保不住了……
李珍寶難過極了，心像抽空了一樣，感覺比泡藥浴時還痛苦和不能忍受。
終於到了雍王府，看到這一世最親和最愛她的爹爹，她的眼淚再也忍不住了，一頭撲進他懷裡哭起來。「父王！父王！世上只有爹爹好……」

雍王心疼壞了，問道：「宮裡有人欺負妳了？是誰！告訴父王，父王找她算帳。」

一旁的李凱也急道：「妹妹，誰把妳惹哭了？哥哥去揍他。」

李珍寶搖著頭，只哭著喊爹爹，雍王心疼得快暈過去。

「是不是又跟李喜吵架了？不待這麼欺負人的，父王這就進宮告御狀，再讓妳哥去揍趙駙馬！」

李珍寶依然哭著搖頭。

李凱又問素味。「說，怎麼回事？」

素味嚇壞了，忙說道：「稟王爺、世子爺，郡主在宮裡很好，只前幾天跟進宮的升平公主吵過幾句嘴，郡主還吵贏了，其他時候沒吵過架也沒打過架，出宮的時候也高興得很，只是……」

李凱喝道：「只是什麼！」

素味又道：「只是出宮後鄭小將軍請郡主去酒樓吃飯，不知他們說了什麼……」

雍王沈臉道：「去，把鄭玉傳進來。」

「父王，」李珍寶趕緊制止。「不要叫他，我難過跟他沒有關係。」

「那是為什麼？妳倒是說啊！」雍王急道。

李珍寶道：「吃飯的時候，我跟鄭小將軍說起這麼多年受過的苦，心裡難受，特別、特別想母妃……」

說到這個原因，李珍寶覺得自己能光明正大地難過了，又咧著大嘴哭起來。

雍王跟著想到閨女從小到大受的苦，又沒得到過母愛，更是心如刀絞。他半摟著閨女，兩人一起坐去羅漢床上，溫言說道：「妳還有父王，父王心疼妳……」

一旁的李奇急得不行。「小姑姑，妳還有我和爹爹呢，我和爹爹也疼妳，疼到心尖裡了。哎喲，妳這樣，我也想哭呢。」

小正太癟嘴想哭。

看到三代男人為自己操碎了心，李珍寶破涕為笑，心中的鬱氣也消了不少，把李奇拉過來蹂躪了幾下他的小胖臉。

吃完晌飯，李珍寶回到她的聚靈院。

院子左邊的幾株三角梅更加茂盛了，藤蔓順著柱子爬上西廂房頂，紫角花朵層層疊疊，豔麗極了。

除了小院左邊都開著三角梅，這裡和前世的別墅沒有一點相像的地方，這裡更加堆金疊翠，富貴無邊，不光富貴，這裡哪怕她不常回來，也覺得比前世那棟房子更有人情味，更讓她感到心暖和心安。可那邊的爸爸，為什麼就是不放手呢？

李珍寶坐到三角梅旁邊，撐著下巴想心事，那張俊臉又不自覺地浮現在眼前。

真的所有男人都只看長相嗎？

鄭玉應該不會，他是她前世今生見過最陽光和最有愛心的男人。

她手搭涼棚，抬頭望望天上那輪刺眼的大火球，不管在哪裡，只要它照射到的地方，就是溫暖的。

鄭玉就是她的陽光，在她最痛苦和無助的時候，一聽到他的聲音，她就覺得心裡亮堂起來，沒有那麼痛和難以忍受了。

鄭玉是她前世今生唯一愛上的男人，她絕對不能輕易放棄，當然，也不能用權勢壓迫他同意，那樣的婚姻不會幸福。他現在只是對那個什麼馬三姑娘有好感，還沒有愛上她嘛，那麼，就再訂一個霸王條約，讓他明年才能考慮終身大事，這樣哪怕他有了心愛的姑娘，也要在明年夏天以後才能決定去不去提親。

若自己死了，祝願他跟他的良人一生幸福；若自己有幸活下來，春末就能回家了，她要努力讓他看到自己的閃光點，看到她比所有姑娘更優秀，更值得愛，讓他真心誠意愛自己……

呵呵，她覺得自己挺膚淺、挺色的，穿越異世只想談戀愛。

想通後，李珍寶對素味說道：「去外院把鄭玉請來，我有東西請他轉交給鄭姊姊。」

鄭玉進來抱拳道：「郡主叫末將有何吩咐？」

李珍寶看看這個讓自己大哭一場還什麼都不知道的「鄭哥哥」，無語凝噎。她指了指一包東西說道：「這是我送鄭姊姊的，麻煩你轉交給她。」

鄭玉道了謝。

李珍寶又道：「請坐，我有話跟你說。」

鄭玉坐下，素點倒上茶退下。

李珍寶譏笑道：「鄭小將軍今年也才二十一歲，很急著討媳婦？」

鄭玉紅了臉，否認道：「哪有，沒有。」

李珍寶又道：「我跟你直說了，不管你看上誰，都只能在明年夏天以後再說提親的事。」

「為什麼？」鄭玉不解。

李珍寶說道：「是這樣，有兩家人看上了我的才情和財力，想讓我給他們當兒媳，但因為我倆有口頭婚約不好提親，私下問過我父王的意思，偏我父王還看上了其中的人，我目前不想考慮這件事，你得配合我到明年夏天。」

鄭玉笑起來，答應得非常痛快。「一晃眼小郡主長成大姑娘了，好！我配合郡主，明年再考慮婚事。」

李珍寶特別不喜歡鄭玉看自己像看孩子一樣，嘟嘴說道：「我只比你小六歲，好像小了不少一樣。」

望著那個修長的背影走出門，李珍寶好想去找江意惜，自己的心事只有她知道，也只能跟她傾訴。

這幾天要陪父王，過兩天吧。

五月十八這天上午，江意惜帶著小存存和花花在青藤架下玩，花花在地上打著滾，小存存樂得歡。

江意惜看著一娃一貓互動，心思飄向遠方。前幾天她就讓水靈給報國寺的戒五送了信，今天該來人了吧。

日頭漸漸移至中天，外院婆子來報。「大奶奶，報國寺的戒九小師父和戒十師父送茶來了，等在二門口。」

江意惜一喜。「快請他們進來。」

婆子回到二門把戒九和戒十帶進來。

戒九小師父又長高了一截，從小童變成了少年，依舊那麼愛笑討喜。他作揖笑道：「貧僧師父算到江施主的好茶喝完了，讓貧僧和師弟來送茶。這筐茶葉是給江施主的，這另一筐請江施主轉贈節食小師父，再請節食小師父轉贈皇上和太后娘娘各兩斤。」

李珍寶聽李凱說愚和大師送江意惜的好茶特別好喝，也向愚和大師討要，愚和大師就送了她一筐。

戒十挑了兩個裝滿茶葉的大筐前來，他臉上的長疤依舊恐怖，仍然是銅鈴一樣的大眼睛，但眼裡的凶光平和了些許，比上次看到要面善多了。

江意惜留他們吃齋，又把之前處理過的好茶包好拿出來裝進筐裡，說辭依舊是不好意思白要大師的好茶，所以回送一些普通茶給大師，另外又送了幾盒素點心給戒九和戒十。

戒九笑咪咪地道了謝。「江施主的素點特別好吃，師父才那麼喜歡。」

戒十沒想到自己也有份，雙手合十道：「阿彌陀佛，謝江施主。」

送走兩個和尚，江意惜又把之前處理過的茶葉和新送來的一筐茶葉分了分，送了老爺子五斤、老太太和二房各一斤、三房和孟月各半斤。

畢竟是愚和大師送的好茶，總要給其他房送一些，另外又派心腹把一筐茶葉送去雍王府給李珍寶，順道寫信約李珍寶要找一天去食上聚會。

江意惜沒有訂下聚會時間，等著李珍寶安排，她知道李珍寶收到愚和大師的好茶後，肯定會以最快的速度親自送進宮討好太后，珍寶和太后無話不談，文王在宮中耳目眾多，她們將在食上聚會的消息必會傳進文王耳裡，文王對她們的行程總是很感興趣，一旦上鈎，孟辭墨等人謀劃了很久的事就有機會下手了……

李珍寶很快讓素點送了回帖，果真說明天她要先進宮一趟，約好後天去食上玩。這回她想熱鬧熱鬧，不僅又約了鄭婷婷，還約了崔文君、趙秋月、薛青柳，更交代江意惜把孟辭墨、孟嵐、孟霜、江意柔、江洵都一起帶來。

素點還說：「我家郡主孝順，說除了會代愚和大師各送皇上和太后娘娘兩斤好茶外，她也會從她的茶葉裡多拿四斤出來孝敬皇上和太后娘娘。」

江意惜知道，這個小妮子看似單純，但在某些方面特別精明，萬事周到，交代她要帶孟辭墨和江洵一起去，可不是因為她與他們關係有多好，而是為了鄭玉著想。

鄭玉是李珍寶的侍衛，守值時間不能喝茶喝酒，如果都是女客，李珍寶也不便以待客之名讓他一起輕鬆一下，這下多了兩個男客，就可以名正言順以待客名義叫鄭玉一起玩了。

江意惜寫信邀約江洵和江意柔的同時，又趕緊讓人去請老國公來浮生居一趟。不出意外的話，二十那日文王也會拉著李凱一起出現在食上，到時彩雲卿落單，該是太子表現的時候了……

五月二十，孟辭墨忙得不見人影，江意惜便自己帶上兩個小姑子和黃馨一起去了食上。來到了裡頭的天星閣，院子裡已站著以鄭玉為首的侍衛，江洵正站在一旁跟鄭玉說笑。看到江意惜幾人前來，江洵打了招呼，笑道：「姊，人都來齊了，就等妳們呢。」

一旁半人高的本色木圍欄裡，已有兩個孩子在玩，正是李奇和李嬌。

江意惜故作驚訝道：「小郡主怎麼也來了？」

鄭玉指了指右邊方向，小聲道：「文王和李世子在隔壁的天月閣。」

江意惜望過去，天月閣的包廂外站著李凱和文王，兩人正對著她笑，李凱還向她招招手。

果真跟來了。江意惜朝他們遙遙一福。

幾人進了天星閣院子，李奇和李嬌看到江意惜，馬上跑了過來。「江姨，帶花花來了嗎？」

江意惜笑說：「不知道你們要來，沒帶花花，馨兒有來，你們可以一起玩。」

目光多在李嬌身上停留了一下，小姑娘又長高了，明眸皓齒，眼神靈動，長得一點都不像文王，或許像她的生母，這麼好的孩子，天天被她爹帶在身邊，可別被教歪了。

這時，李珍寶嬌糯又清脆的聲音喊道：「姊姊，我想妳啦！」

江意惜笑著回她。「我也想妳了。」

這時，李凱的一個太監跑了過來，問江意惜。「孟大奶奶，我家世子爺問，孟世子怎麼沒來玩？」

江意惜停下腳步笑道：「我家大爺昨兒沒回來，說營裡事多。」

看到江意惜的大肚子，李珍寶吃驚道：「也才一個多月沒見，怎麼一下長這麼大，會不會是雙胎？」

江意惜笑道：「哪有那麼容易懷雙胎，這個時期肚子長得快。」

屋裡，除了崔文君沒好意思來，邀約的人都來齊了，一屋子大姑娘小媳婦，說笑聲飄出小窗，鄭玉情不自禁地咧嘴樂起來。

女人就是愛吱吱喳喳，但願妹妹能被她們鬧得心情好一些。

李珍寶拿出一支赤金嵌寶釵和一對金鑲玉手鐲給江意惜。「這是我皇祖母賞妳的，先前她老人家喝了妳煲的補湯，睡眠比以前更好了些。」

江意惜對著皇宮的方向拜了拜，才接過賞賜。

李珍寶又拿出一個錦盒，沒說什麼，輕飄飄的遞給她，江意惜知道這是食上的分紅，道了謝後接過。

時候差不多了，江意惜一邊跟她們說笑著，心卻不由自主飄向了一條街外的惠春戲班。惠春戲班有個唱小生的名角兒小玉麒麟，不僅文王喜歡聽他的戲，彩雲卿也喜歡，每當小玉麒麟有新戲上演，文王都會帶著女扮男裝的彩雲卿去捧場，今日也不例外……

晌飯後，幾人找著話哄鄭婷婷開心，三個小些的孩子去廂房歇息，李珍寶則坐在窗邊，無事就會瞥外面一眼，眼裡的溫柔無法掩藏。

真是沒有比較就沒有傷害啊！誰說孟辭墨長得最俊，比起鄭玉他還是差了點好不好，還沒長大的小屁孩江洵，比起鄭玉更是差了一截……

院子裡，鄭玉和江洵正坐著喝茶聊天，不知說到什麼大笑出聲，連屋裡都能聽到，帥氣的笑容是那麼的迷人，讓李珍寶幾乎移不開目光。

看他聊得開心，李珍寶也跟著高興，眼裡不由自主漾出笑意，這副出神又癡笑的模樣，鄭婷婷等其他幾個姑娘都以為她是在看江洵。

論年紀，還有江意惜跟李珍寶的關係，李珍寶同江洵的確很相配。幾個姑娘互相望望，一副盡在不言中的樣子。

江意惜心裡好笑不已。這個小妮子，有時候特別有心眼，想看美男看個夠，就弄一個陪襯在那裡，可憐自己的傻弟弟淪為陪襯還在傻樂呵。

不多時，素味進來，小聲跟李珍寶稟報。「不知發生何事，文王剛才急急離開了，小郡主還在這裡呢。」

李珍寶道：「無妨，我再讓人送她回去吧。」

另一邊，文王沈臉坐進馬車，匆匆向惠春園而去。

因為江氏，他今天臨時改變行程去了食上，讓卿卿晌午自己去惠春園看戲，怎料剛才有人來報，卿娘子正與人私會！他一氣之下便丟下女兒趕來抓那對狗男女。

文王怒極，真是戲子無情，改不了輕浮德行，虧自己那麼寵她，不惜惹皇父不高興也要把她安置妥當。

再想到前世樁樁件件自己受辱的過往，側妃被趙元成睡了，才有了李嬌；太子明知道彩雲卿是自己的女人，還敢在食上公然調戲她……

文王氣得雙腿發顫，真是欺人太甚……

惠春戲班是上京城最大的戲園子之一，建築極具特色，兩層樓，一樓是大堂，能容納兩百人看戲。二樓是包廂，每個包廂能坐三至四人，有茶几，看戲的人能邊吃邊看，還不受別人影響。

戲臺比一樓略高，又比二樓略低，一樓二樓的人都能看清楚。

走進戲場，臺上正唱得熱鬧，小玉麒麟耍著銀槍，樓上樓下傳來一陣陣掌聲和喝彩聲，幾十盞燈籠把戲臺子照得透亮，而臺下卻光線昏暗。

文王沈著臉上了二樓，直奔三號包廂，包廂外一個小廝打扮、卻一看就知是太監的人守著，看到他衝過來，以尖細的聲音急喊道：「你找死！竟敢驚擾貴人——」

話還沒說完，文王護衛直接把人打暈，文王推門進去，朦朧中看見彩雲卿睡熟一般躺在地上，身上壓了一個人。

文王血往上湧，直接過去把那個人拎起來一看，竟是——

「大哥！」

居然又是太子！文王驚得魂飛魄散，前一世的事件又重演了……

他傻住了，霎時無力的羞恥感湧上心頭，似要把他的心撕裂，把他的頭炸開。

他大吼著，一拳又一拳打去。「我打死你！打死你！兩輩子了，老子還是被你們欺負……」

太子起先還想罵人，可看到面前站的是李紹，嚇得酒醒一半，提著褲子想開溜，腦門就挨了一拳，接著鼻子挨了一拳，鼻血瞬間流下。

他想還手，奈何手裡提著褲子，只得叫道：「住手！是本宮！本宮是太子……來人哪，來人哪……」

遲遲沒有人進來阻止，文王手沒停，又吼了回去。「老子打的就是太子！打死你個色胚……」

見文王發狂把人往死裡打的模樣，護衛趕緊上前拉架，同時，被這陣混亂引來的看戲群眾也越來越多，叫聲越來越大。

「不好了，太子和文王爭女人，打起來了！」

「太子調戲文王的外室彩雲卿，兄弟反目成仇了。」

「快來看，太子還光著屁股呢！」

所有人都往二樓看，戲臺上的戲也唱不下去了，幾個角兒怔怔地看著二樓的包廂，不知發生了何事，還有好事者試圖上樓看熱鬧，護衛嚇得趕緊把包廂門關緊，另外還有護衛去尋了班主來幫忙趕人。

班主終於來了，樓梯堵了上百人，他好不容易才擠上來，隔著門問清楚裡頭人的身分，趕緊讓戲班子的兄弟們把看熱鬧的群眾驅散，然後才顫著聲音躬身說道：「爺，外面沒人了，可以出來了。」

一個護衛扛著一個被迷倒的婆子先出來，文王緊隨其後，另兩人架著還在昏迷的彩雲卿，他們迅速下樓，把彩雲卿塞進馬車，文王再坐進去，馬車絕塵而去，驚得街道上的人慌忙避讓。

太子最後一個狼狽地跑出戲園，鼻青臉腫得慘不忍睹，手裡還提著褲子，酒醉沒完全醒，迷迷糊糊的，正好遇上前來尋他的太監和護衛。

「殿下，你真的去了惠春戲班？」

太監和護衛們欲哭無淚，嚇得臉色慘白。他們是聽到經過的百姓議論才找來的，太子本來是在對面的酒樓喝酒，不知何時竟偷偷跑到戲園子勾搭那彩雲卿，聽說還下了迷藥，這下出事了，他們要倒大楣了……

這次和太子一道隨行出宮的就只有兩個小太監和兩個護衛，一到酒樓，他們就被太子攆去酒樓偏廈待著，只一個小太監陪他待在包間，在偏廈的人根本沒發現太子何時盯上了彩雲卿，又何時溜出了酒樓。

太子喝道：「快！快把馬車趕來，本宮要回宮。」低頭看看提褲子的手，又衝太監吼道：「把褲腰帶取下。」

「是……」太監苦著臉，立刻拿下自己的褲腰帶交給太子。

此時在食上，江意惜等人正玩得開心，卻突然聽見外面的嘈雜聲越來越大，這一區平日非常安靜，這種情況很少。

李珍寶疑惑地望向外頭。「出什麼事了？鄭玉呢？叫他進來。」

鄭玉和江洵已經聽說出了什麼事，臉上壓抑著喜色。原本這事不好跟這些姑娘們說，就沒進來稟報，但現在李珍寶直接問就不得不說了。

鄭玉小聲地道：「是文王和他的家眷在戲班出事了，好像跟東宮那位有關……」

事關太子，他不好多說。

李珍寶又問：「我大哥呢？」

「也去看熱鬧了。」

江意惜知道計劃可能成功了，歸心似箭，起身就說道：「既有事發生，外頭太亂了，咱們還是先回府吧。」

江洵親自送江意惜回去，轎子繞遠路走另一條街離開，避開鬧區，這條街依然有些堵，外面的議論聲此起彼伏。

「自己女人那麼多，還勾搭兄弟的女人，真不厚道！」

「自己的女人吃膩了，偷的腥才香，嘻嘻。」

「嘖嘖，搶弟弟的女人這種事都幹得出來，真上去了，老百姓可要吃苦頭啊！」

百姓們不敢明說是誰，盡在不言中。

「都說那個戲子長得俊，身段好。」

「再俊也三十了，為這麼個婦人丟了兄弟情分，可見不是個好的。」

事成了！江意惜笑起來，朝堂該熱鬧了。

回到家，浮生居十分安靜，孟辭墨還沒回來，小存存和花花去了福安堂，江意惜打開裝銀票的錦盒，裡面竟有五千二百兩銀子！

南風閣生意不錯，但一年的營利也沒有這麼多，小珍寶可真能幹！

今天雙喜臨門，江意惜很開心，接下來她去了福安堂，男人們都在外院沒過來，在福安堂的女人們已聽說了今天戲園子發生的那件事，再聽江意惜繪聲繪色說了街頭傳聞，更是樂不可支。

太子終於要倒楣了！孟月笑容最盛。

老爺子先前就跟她說了太子在桃花宴上打聽她的事，要她小心太子和文王二人，凡是出府前都要告知他和孟辭墨，他們不在就告知江氏。

再想到前年秋獵，若非有祖父和弟弟在，恐怕死在東宮的就不是趙元洛，而是自己了，至今想起這事，她還是會作惡夢，時刻擔心自己落入太子手裡。

孟月很少如此直接表露情緒，老太太知道她的心思，很是憐惜，飯後還賞了她一根赤金釵。

自從太子和文王在戲園子為了女人大打出手，朝臣彈劾太子的摺子就沒停過，太子這數年間接連不斷的脫序行為也讓皇帝忍無可忍了，從調戲後宮妃子、秋獵時擄走重臣家的黃花閨女，到這次竟以下三濫的手段染指親兄弟的女人……

「容容，對不起，朕要食言了……」

他在寢宮裡坐了整整一夜，眼前出現元后那張年輕的臉。

元后去世的時候才二十一歲，當時父皇仙逝不久，他們前往隱在深山中的名寺古剎為先皇祈福，不知從哪裡從天而降一塊飛石，元后擋在他身前，頓時倒地不起，性命垂危。

當時元后拉著他的手殷殷望著他，始終嚥不下最後一口氣，像有什麼事還在擔心著，最後他向她保證會好好照顧他們唯一的兒子，將來封康兒為太子，把天下交給他，元后才閉上眼睛離世……

寄予厚望的兒子如此不成材，怎能承擔重任？太子不廢，他無顏面對朝臣和天下！

皇帝感到嗓子一甜，吐出一口鮮血，一旁服侍的太監嚇壞了，趕緊傳御醫前來。

三天後，聖旨下，荒淫好色、不幹正事的太子李康被廢，封南王，一家貶去瓊州，永不得入京。文王李紹，為一女子與兄長在鬧市打架，致使事態擴大，有失親王身分，降為郡王，禁足半年。

這兩兄弟受到的處置跟前世一模一樣，李紹終究還是沒能避禍，只不過出事的地點和時間都跟前世有所不同罷了。

雖然這事明顯是幕後有人設下圈套讓兩兄弟跳進陷阱，文郡王也不斷喊冤，但皇上不願徹查，就怕再循線深查會有更多逆子牽連其中，把皇家的臉都丟光了，索性到此為止。

太子已廢，這幾天朝野群臣又開始上摺子建請立儲，在平王一黨的操作下，英王呼聲最高，其次是平王，再就是十四歲的六皇子李昫，只是皇上似乎並不著急，始終未表態。

另一方面，孟家人注意到奇怪的是，文郡王並沒有因此處置彩雲卿，讓太子被廢，惹皇上不喜，害文郡王被降爵位，醜事鬧得滿城風雨的彩雲卿，居然平安度過這一劫，依舊是最受文郡王寵愛的女人，不時就帶她去看戲和去酒樓吃飯……

不管如何，李康終於被趕出京，文郡王被禁足，至少半年不會出來噁心人。英王一黨又有些活躍了不少，趙淑妃和英王盡一切努力討好著皇上。

男人們忙碌著朝堂大事，江意惜也沒閒著，成國公就快娶新婦了，許多事她這個宗婦必須親力親為，同時還要應付李珍寶那個磨人小花癡，隔幾天就會來浮生居一趟，念叨一整天「鄭哥哥」的好，還要力壓「第一美男」孟辭墨。

時序很快進入六月，天氣更加炎熱了，江意惜的肚子越來越大，人也豐腴多了，特別怕熱，平時沒事就只想待在浮生居，偶爾幫老爺子照顧錦園的花花草草，倒也自在舒適。

臨香已出府備嫁，臨梅接替臨香的活計，協助江意惜管理內院。水草和水萍也調了上來，近身服侍江意惜。

臨梅也訂親了，後生是成國公府一個管事的兒子，不過即使臨梅出嫁，也會跟水靈一樣繼續在浮生居當管事娘子。

水清同樣訂了親，未婚夫是成國公府副總管的兒子，在鋪子裡當掌櫃，水清一嫁過去就能當少奶奶，秦嬤嬤極是滿意這門親。

小存存現在已經能讓人牽著到處走，還會喊許多人，「太祖」、「娘親」、「爹爹」、「花花」、「舅舅」、「姊姊」等等，老太太不止一次說：「這孩子長得跟辭墨小時候一模一樣。」因此更喜歡小存存，想把孟辭墨兒時來不及給的愛都補給他。

六月十五，在劉家兩個兄長和嫂子的陪同下，劉恬帶著閨女牛繡來到京城別院，在那裡待嫁。

初七，成國公和孟辭墨、孟二老爺夫婦攜著厚禮去劉家別院看望劉家人，成國公本不想去，是老國公拎著馬鞭把他趕去的。

孟辭墨回來說，劉家舅舅、舅娘都很好，熱情周到，只是有些不悅成國公的有意怠慢。牛繡這丫頭也不錯，性子爽利，愛說愛笑，也不怕生，應該挺好相處。

但這趟就是沒見到劉氏。

他讓江意惜準備一下，明天劉氏的兄嫂下晌會來府裡拜見祖父祖母，並在家裡吃晚飯。

而此時劉家別院裡，劉大老爺和劉二老爺正跟劉氏說著話。

「三妹，要不妳就別嫁了，咱們回吳城，那個孟道明就像尾巴翹上天的孔雀，我怕妳嫁給他受苦。」

「是啊，妳在娘家，哥哥嫂子不會委屈妳，可妳嫁進成國公府，爹娘和我們都不在京城，要是受氣了可沒人幫妳啊。」

劉氏看看著急的大嫂，笑了笑，滿不在乎地說：「孟道明再差勁，還能比牛俊差勁嗎？至少他沒有一邊借劉家的勢，拿劉家的錢養他們全家，一邊還在外面養女人。他那一家子就沒一個好人，而孟家，除了孟道明，父母兒女都很好。

「我信爹，爹說我能嫁，說老太師會像親爹一樣待我，我就能嫁。何況我嫁進孟家，不僅對爹和哥哥們的仕途有幫助，繡繡將來也更好找人家。若是孟道明敢做什麼混帳事，我的巴掌可不是吃素的，他敬著我，我就敬著他，做個好妻子。他敢混帳，老太師信裡也說了隨我打。」

劉大老爺的眉毛都皺緊了。「還沒嫁進去，就要打架了，這裡離咱們家千里迢迢，哥哥姪子不能幫妳，打不贏怎麼辦？」

劉氏道：「老太師信裡說了，孟道明打不過我，孟道明是被老太太嬌養大的，而我是跟哥哥們從小打到大的，特別是在牛家的後兩年，幾乎天天打人，不是揍牛俊幾兄弟，就是揍那些小婦，有實戰經驗……」

想到那幾年的日子，劉氏眼神一黯，反正再如何，也不會像在牛家那麼讓人生氣吧？

翌日申時初，孟家人齊聚福安堂，除了成國公，所有人都面露喜色，老爺子盯著成國公咳嗽一聲，成國公才不得已調整了一下表情。

不多時，劉大老爺夫婦、劉二老爺夫婦攜厚禮來拜見孟老爺子和孟老太君。

劉家兩位老爺都長得又黑又壯，嗓門響亮，一看就是武將出身；兩位劉家夫人也端莊知禮，很會說話，兩家人相談甚歡。

六月二十二，孟家聘禮送到了劉家別院，聘禮加聘金，一共是二萬五千兩銀子。雖然是續弦，但孟家呈上了滿滿的誠意。

這天，沒見識過古代送聘的李珍寶特地前往成國公府看熱鬧。兄長李凱冬月將娶崔文君，可惜到時她已經回昭明庵了，瞧不到自家辦的這場熱鬧喜事。而趙秋月七月底嫁人，作為帶髮修行的小尼姑，她也不能去參加婚禮。

但成國公娶親這天她一定要來，不光是為了參加婚禮，而是想見見好朋友，一整天只在浮生居待著也無所謂，誰讓江意惜大肚子不宜參加婚禮，那天必須窩在浮生居。

內院看不到送聘盛景，只能聽到隱隱的鼓樂聲，她本想去外院看看，被江意惜勸住了。

李珍寶看到忙碌的孟辭墨和江意惜，還有穿著大紅衣裳咧著大嘴笑的存存，笑道：「也只有古……你們，給老爹娶後娘也能這麼高興。」她差點又把「古代」說出來。

江意惜的話把她拉回現實。「他總得再娶的，娶個省心的，比娶付氏那樣的好多了。」

李珍寶又道：「聽我爹說，妳這位新婆婆人不僅高大，性子還挺潑辣，像閻羅婆，成國公會喜歡這款嗎？」

江意惜笑道：「傳言太過了，人家哪裡像閻羅婆，就是高大了些。唉，先前兩位一個美、一個媚都沒能跟他到老，他或許比較適合這一位吧。」

李珍寶道：「也是，有些人就是賤，就得打著罵著才會好好過……」之後又開始念著「鄭哥哥」的好。

江意惜耳朵都聽出繭子了，趕緊讓她牽著小存存去錦園散步。

李珍寶第一喜歡誇鄭玉，第二就是喜歡帶「未來乾兒子」和花花玩，至於家裡的另一位可愛小正太李奇，近來已經開始進皇宮跟那些皇孫皇姪孫一起學習，她看到他的機會就少了。

六月底，大雨瓢潑，劉家還是如期來成國公府安床。

七月初二，朝陽明媚，天空湛藍，被大雨洗滌後的上京城有了些許涼意，今天成國公續娶劉恬，成國公府張燈結綵，喜氣洋洋。

成國公娶妻也算京城的一大盛事，何況娶的還是有閻羅婆之稱的劉恬。

辰時末，皇親國戚、世家新貴、親朋好友就陸續來到成國公府祝賀，客人們不止面帶喜氣，眼裡更有掩飾不住的好奇

今天江意惜不能出面，由孟二夫人和孟三奶奶全權負責接待女客。有了上次的教訓，孟二夫人打足了精神。

孟辭墨一大早去了外院，他和二老爺負責招待男客。

小存存穿得像個小新郎官，紅色緙絲繡金小長袍，同色小開襠褲，還讓乳娘在他的瓦片頭上抹了點娘親用的桂花油。

他也想看熱鬧，拉著乳娘的手拚命往外走，嘴裡嚷著。「看新娘幾，看新娘幾……」

黃嬤嬤哄道：「哥兒，新娘子還沒來呢，要天擦黑才來。」

「不，要看新娘幾……」他挺著肚皮大聲嚎起來。「啊～～啊～～」

江意惜被鬧得頭痛。「他想看，就抱他去正院。」

都是花花鬧的，一大早就跑了，小存存認定牠去看新娘子，那種好事，怎麼能缺了他？

花花的確是去看新娘子了。

小傢伙從昨天就開始興奮，牠在人間待了兩輩子，新婚小夫婦看了好些遍，太尷尬，沒意思。

在牠想來，中年版的新郎新娘新婚夜，一定如那乾柴遇烈火，火花四濺。這一對又特殊，即使碰撞不出火花，也能打出激情澎湃……

聽牠念念叨叨的那些話，江意惜都感到臉紅。那個小東西，有時候特別天真，有時候又特別複雜。

花花也知道新娘子要傍晚才被接進府，但牠實在太興奮，趁沒人時跑進新房，再爬上床頂，趴在這裡，既能聽到壁腳，又能近距離看到新郎和新娘……

第四十五章

午時初，外面傳來鼓樂聲和嘈雜聲，新娘子的嫁妝來了。據說嫁妝一百二十八抬，共計五萬六兩銀子，可謂十里紅妝。

除了李珍寶，所有人都去正院看嫁妝了。

李珍寶的心都飛去了正院，苦著臉說：「憑什麼尼姑就不能看結婚……」

江意惜笑道：「明年妳就不是尼姑了，我家四叔、三妹、薛妹妹都是明年下半年成親，隨妳看，實在著急，明年妳可以一回京就嫁人……」

李珍寶的嘴噘得更高。「我倒是想明年就嫁人，可鄭哥哥還沒拿下呢。」

這時，臨梅進來稟報道：「大奶奶，牛姑娘已經去了流丹院。」

牛繡是同劉氏的嫁妝一起來成國公府的，作為嫂子和內院管家人，又同為大房人，江意惜得去關心關心這位小姑子。

李珍寶已經聽說牛繡是劉氏和前夫的閨女，今年十二歲。

她起身道：「我同姊姊一起去。」

兩人手拉手去了流丹院。

一進門，看到一個穿水紅衣裙的小姑娘站在院子裡東張西望。

小姑娘個子高䠷，比江意惜高了半個頭，比李珍寶高了大半個頭。皮膚白皙，五官還算秀氣，眼裡盛滿了惶恐。

模樣雖然不是很突出，但聽多了傳說中劉氏的長相，小姑娘已經非常非常好了，取了她娘的高、她爹的俊。

李珍寶羨慕地小聲嘀咕道：「『賣糕的』！長相高級，將近一百七，還在長呢，比例也好，若是在……就是當模特兒的好身段啊。」

牛繡愣愣地看著走在前面的這兩人，她猜到大肚子肯定是孟辭墨的媳婦江氏。

外祖父和外祖母、母親都囑咐她要跟江氏搞好關係，說江氏不止是世子媳婦、這個家的內院管家人，還是孟祖父最寵愛的孫媳婦，孟祖父在信裡可沒少誇她，比誇辭墨大哥還多。

她笑咪咪地走上前，屈了屈膝笑道：「妳就是大嫂吧？我是牛繡，叫我繡繡即可。」倒是個見面熟，膽子也大。

江意惜拉著她的手笑道：「繡繡，好可人疼的姑娘，以後我們就是一家人了，妳有什麼事盡可以跟我說。」

牛繡道：「謝謝大嫂。」

江意惜又指著李珍寶介紹道：「她是珍寶郡主。」

她就是大名鼎鼎的李珍寶？哪有傳說中那麼醜，胳膊也沒有那麼長……可見傳言不可信。

牛繡驚訝地打量了李珍寶幾眼，又趕緊掩下眼裡的好奇，屈膝笑道：「小女見過郡主。」

李珍寶一點也不覺得小姑娘唐突，也不拿自己當外人，豪爽笑道：「妳是我姊姊的小姑，也就是我小姑……哦，不對，是我妹妹，以後有什麼事就說，我和姊姊都會幫妳。」

江意惜送了牛繡一支玉簪當見面禮，李珍寶從腕上取下一串念珠送她，牛繡又回贈了她們各一把雙面繡江南團扇。

幾人說笑幾句，江意惜才同李珍寶回了浮生居。

那幾人的背影消失後，牛繡臉上的笑容凝固。

這位大嫂看似人不錯，但哪怕這個家其他人都不錯，可最關鍵的成國公不喜母親，她們母女未來的日子還不知會怎樣。

兩個舅舅都說實在不行就不嫁，可母親偏要嫁，還要帶著她嫁。母親最聽外公的，外公最聽孟老國公的……

另一個院子，孟月正躲在屋裡暗自神傷。

劉氏只比自己大三歲，卻帶著閨女千里迢迢嫁來自家，一定是在娘家過不下去了。

自己這個和離的婦人會不會也被人嫌棄？祖父祖母、弟弟弟媳不會嫌棄自己，但二房三房的人呢？現在又來了個後娘，她會不會也嫌棄自己和馨兒？這個家不知還能待多久……

林嬤嬤知道她的心思，勸道：「姑奶奶想太多了，世子爺和大奶奶如何待妳，妳還不清楚？都說這位新夫人不受國公爺待見，還威脅不到姑奶奶和馨姐兒，妳躲在這裡瞎想，不如去花廳裡找熟人說說話，也開心些。」

孟月搖頭道：「我一個和離的婦人，怎麼好去那個場合？三嬸也沒去。」

林嬤嬤不贊同道：「三夫人是寡居之人，當然不能去。姑奶奶只是和離，不一樣……」

兩人說著話，守門的小丫頭來報。「姑奶奶，戶部郎中李大人府上的三奶奶來了。」

孟月愣道：「李三奶奶，我怎麼不記得認識她？」

小丫頭又道：「李三奶奶說她父親是都察院僉都御史林大人，年少時跟姑奶奶一道賞過幾次花。」

孟月想起來了，這位李三奶奶閨名林荷，年輕時兩人的確見過幾次，她嫁進黃府後兩人也見過面。

這回李家也來參加婚宴，李三奶奶見孟月沒在花廳，特地來看看她。

孟月不喜交際，但人家都來到門口了，只得說道：「請進。」

林嬤嬤倒是笑得一臉褶子。姑奶奶不喜與人結交，無事就喜歡瞎想，若有個談得來的朋友，至少能讓她少沈迷往事……

吃完晌午的喜宴，客人們有在花廳看戲的，有去湖邊划船的，更多的人是來聞名京城的錦園賞花。

不熟悉的人就算了，若是有身分的長輩來錦園，江意惜還要挺著大肚子出去說說話。李珍寶已經很疲倦了，帶著小存存在炕上午歇。

大概申時，外院傳來爆竹聲和鑼鼓絲竹聲，新娘子的轎子被抬進來了。

小存存一下激動起來，又趔趄著往外衝。「看新娘幾，看新娘幾……」

黃嬤嬤只得帶他去正院看新娘子。

李珍寶也激動起來，但卻不能去洞房看熱鬧，她悄聲對江意惜說道：「妳說，成國公會痛快地跟新娘子成就好事嗎？」

江意惜紅著臉嗔了她一眼，不好意思多說長輩的這種事，但她知道，昨天老夫人跟成國公談了許久話，總的意思是，不管以後如何，新婚之夜必須「花好月圓」。

聽花花說，成國公是哭著離開福安堂的。之前他是想把劉氏娶回來當擺設，他沒想到這麼卑微的願望都不行，也因為成國公的態度，花花對他們的新婚之夜才更充滿期待。

不多時，聽看了熱鬧的水靈回來說，她在路邊看到了被成國公用紅綢牽進正院的新夫人，很高很壯，比她要高那麼多……她用手在頭頂比劃了一下。

李珍寶估算，水靈有一百七十二，劉氏就有一百八，只比鄭玉矮一點。這種身高在前世可以當超模了，在這裡嘛，難免就會被男人嫌棄了。

天色漸黑，喜宴開席，江意惜和李珍寶也開始吃飯，江意惜還讓人端了浮生居小廚房做的兩樣點心給牛繡。

飯後，雍王遣人來接李珍寶回府。

孟辭墨則忙碌到戌時末才回浮生居。

他和江意惜相視一笑，沒有明說，都在想成國公今天夜裡將如何度過。

江意惜已經得了老太太指示，夜裡內院多安排幾個婆子值夜，若那邊打起來，趕緊進去拉架。

今夜星光燦爛，夜風習習，所有孟家人都沒有睡意，小窗大開，想第一時間聽到正院的動靜，可等到子時，正院靜謐得沒有一點聲音。

老太太欣慰地笑笑，她就說嘛，她的大兒不是好色之人，之前犯錯是被付氏蠱惑了。

老爺子放下書上床歇息。可以睡個安穩覺了，但願那小子能好好珍惜，跟這個媳婦過到老。

孟二老爺對二夫人笑道：「大哥改了性子，很好，咱也睡吧。」

沒聽到熱鬧，讓孟二夫人很有些失望。

一眾晚輩都納悶——

「呵呵，大伯父新婚燕爾，郎才女貌，可喜可賀呀。」

「大伯父真的跟……哈哈，還是那誰說得好，燈一吹都一樣。」

「大伯父也不是以貌取人嘛……」

倚在床頭的孟辭墨看看睡得正香的媳婦，小媳婦最喜歡看熱鬧，今天卻睡得這樣早。他躺下來，抱著媳婦的大肚子沈入夢鄉。

後半夜，花花從院牆翻下來，喵喵叫著，聲音特別大。牠興奮極了，想把娘親吵醒去牠住的西廂，把第一手情報跟娘親分享。

找了牠一天的水清跑出來抱住牠，小聲罵道：「越來越野，看水靈明天打不打你屁股！」

花花氣惱地伸出爪子扯了一下她頭髮。

江意惜被吵醒了，可她再好奇也不可能這時候去聽貓語，側身拱了拱後面的孟辭墨，又睡著了。

清晨，孟辭墨去外面練拳，更多的人是去院子外面往正院方向眺望，包括下人。

花花趁人不注意偷溜進臥房，牠掀開紗帳鑽進去，站在腳踏板上立起身，見娘親還睡得香，就用小爪子扯了扯被子，小聲「喵」了一聲。

江意惜睜開眼睛，想起昨天是成國公的新婚夜，花花還去聽牆腳了，問道：「昨天夜裡沒鬧出動靜，是『花好月圓』了？」

花花極是沮喪，喵喵叫道：「沒有花好月圓，也沒有打起來，他們先是冷戰，然後談判，最後一個睡床，一個睡地。唉，可惜我在床頂趴了一整天，動都不敢動一下，卻只看了個寂寞。」

「啊，到底怎麼回事？」江意惜感興趣極了，扶著大肚子坐起來。

水草聽到花花的叫聲，跑進來小聲說道：「不要打擾大奶奶歇息。」

紗帳裡傳來江意惜的聲音。「我已經醒了，妳出去吧。」

水草退出去，又關上門。

花花叫道：「孟道明新婚夜實況轉播現在開始！」

牠先站去右邊，立著身子叫道：「老爺，娶我進門，你很不情願吧？」

然後又站去左邊。「嗯。」

再站去右邊。「不是我硬要嫁給你，而是你父親寫信求娶，再請官媒提親，你們孟家用八抬大轎抬我進來。」

「嗯。」

「那種事是你情我願，我並不強求，我願意當你名義上的妻子，也願意你當我名義上的丈夫。」

花花又跳到左邊，兩隻琉璃眼一副不可思議的樣子。「哦，妳真的這麼想？」

再跑來右邊。「是，我還會盡到妻子本分，孝敬公爹、愛護子女，做一個知書達禮的好妻子，不讓老爺丟人。不過，我給了你體面，你也得給我體面，必須答應我三個條件。」

「好，什麼條件，我都可以答應妳。」

「第一，要善待繡繡，將來給她找個好婆家。」

「沒問題，我答應。」

「第二，在外人面前，你也得做個好丈夫，尊重我。」

「好說，第三呢？」

花花又站去右邊，咧了咧大嘴。

江意惜看得出牠那是嘲笑，急道：「賣什麼關子，快說啊！第三個條件是什麼？」

花花喵喵叫道：「第三，老爺要嚴格遵守孟家家訓，不許納妾，不許置外室，不許狎妓。講得再明白些，公爹本意是讓我進門督促老爺上進，我當然要順公爹的意，若你不上進，反倒又違反家規，就是我的罪過了。」

花花跳去左邊，嘴巴張得大大的。「不行，我不同意，那樣我豈不成和尚了？」

牠又跳去右邊。「和尚不是我讓你當的，是你自己要當的。若你違反家規被我知道，我不僅會請公爹揍你，我的手也不會閒著。」

花花跳去左邊，瞪圓了眼睛。「潑婦，妳敢！」

「呵呵，我劉恬不止潑，還惡。你若不給我臉面，不聽我一再勸告，我也不會給你留臉面，我這輩子不怕吃糠咽菜，就怕吃癟。」

「潑婦，老子先打死妳！」又跳去左邊的花花伸出右爪子，一爪揮出去，揮到一半，爪子就停住。「哎喲，哎喲，潑婦放手！」

花花再跳去右邊。「老爺，你打不過我，信不信，現在你家所有人都伸長了耳朵想聽咱們有沒有打架？若聽到你被我按在地上打，很丟人的。」

花花又跳去左邊，慫著鼻子，一副無語凝噎的樣子。

「老爺，我也不喜歡無事就打架，若你同意這三個條件，我們就相安無事好好過，若不同意，現在我便去跟公婆告罪，帶著閨女和嫁妝回吳城。」

花花跳去左邊，先把眼睛鼓得牛眼大，後又慢慢變成一條縫，似乎在審視面前這個女人，思考是閉著眼睛上這個女人，還是當和尚，抑或拚著挨打去睡外面的女人……最後閉了閉眼睛，惡狠狠說道：「劉氏，算妳狠。」

說完就一下倒在腳踏板上，意思是「寧死也不睡劉氏」。

江意惜以為實況轉播完了，只見花花又突然站起說道：「唉，老爺真是個急性子，我話還沒說完呢！既然我要跟你過下去，也不願意讓你一直不舒坦，老爺喜歡漂亮女人，還是有法子。」

哪怕是透過花花的聲音，江意惜也聽出了失望和悲傷，劉氏一開始或許抱著一種僥倖，希望透過第三個條件強迫成國公能跟她成為真正的夫妻，可成國公堅決不願意，她也就死心了。做表面夫妻，沒有夫妻情感，也就無所謂他睡別的女人了。

不過，這與她的第三個條件不是背道而馳了嗎？

花花躺下又一下跳起來，站去左邊說道：「什麼法子？」

聲音裡有劫後重生的喜悅，眼裡也冒著精光。

花花跳去右邊，眼神都暗了下來。「我得了婦科病，無法服侍老爺，老爺正值壯年，我願意抬一個通房代我服侍，一個通房，也不算違背祖訓。」

「哈哈，夫人賢慧，成交！這三個條件我都同意。」聲音裡充滿了歡愉。

「老爺不要高興得太早，那三個條件是明面協議，還有附加協議，也是三個條件。」

「什麼條件？」

「明面協議第二條，老爺對外要做個好丈夫，給我這個正妻最起碼的尊重。雖說是演戲，但也要別人相信不是？所以這一條有三個附加條件，第一個條件，成親一個月後我得此病，三個月後再抬通房。第二個條件，通房不能生孩子。這條不關我事，我只是不願意惹公爹和辭墨夫婦不快。

「第三個條件，老爺要多讀書勤練武，每五天我要跟老爺比試一次。前三個條件和後三個條件老爺都能做到，咱們就是外人眼裡的好夫妻，老爺做不到，就休怪我不客氣。」

花花跳去左邊，張了好一會兒嘴才說道：「好，我答應。」

花花伸出爪子在江意惜枕邊摸出一塊手帕，站去右邊，雙手做出捧上的姿勢。「老爺答應，就簽字畫押吧。」

牠又跳去左邊拿著手帕看了一眼，不高興說：「這裡多了一句話，不行，我不同意。」

「老爺既得名聲又睡美人，也得給我留條活路不是，我已退無可退，願意就簽字畫押。不願意，我只得帶著嫁妝和閨女回吳城了。」

花花看著帕子許久，才視死如歸說道：「拿筆來。」

然後花花把帕子交給江意惜，躺在腳踏板上，意思是成國公簽字畫押後睡在了地上。

江意惜急道：「多了一句什麼話？」

「我又不識字，怎麼知道？」花花跳起來，幸災樂禍喵道：「嘻嘻，孟傻帽這麼好色，根本憋不了三個月，哈哈哈！以後有熱鬧看了，人家好期待哦。」

說完就跑出去跳上房頂，釋放心裡的興奮。

江意惜倚在床頭，笑不出來。

劉氏真的不錯，是個講原則的聰明女人，不是個好欺負的，還好面子，不管那句話寫的是什麼，一定不是她願意的，卻不得不以這樣一種方式在這個家過下去……

若孟道明聰明些，就不該以貌取人，錯過這個女人是他的損失。

江意惜希望成國公能憋滿三個月，之前他喬裝改扮去過兩次青樓，晉和朝不限制官員狎妓，但高階官員都是去教坊司，老爺子知道後悄悄揍過他一頓。去青樓被老爹揍已經夠丟臉，被媳婦揍就不要活了。

早飯後，孟辭墨和還在黃嬤嬤懷裡睡覺的小存存去了福安堂，江意惜則拐了個彎去叫牛繡。

小妮子穿了一身綠衫，正忐忑地站在窗前，見江意惜親自來接她，高興地迎出去。

「大嫂。」

江意惜牽著她的手，一邊走一邊介紹。「那裡是大姊和馨兒的院子，那裡和那裡是三妹妹、四妹妹的院子，那裡是我的院子，旁邊是錦園，再過去是妳二嫂的院子……」

牛繡看向錦園的方向。「我聽說，成國公府的錦園僅次於皇宮裡的御花園……」

兩人一路來到福安堂，廳屋裡已坐滿了人，連族親孟辭新一家都來了。

見孟霜和黃馨之間空了一個座位，江意惜示意牛繡去那裡坐，暫時先不急著為她介紹家裡人，等新郎新娘見了禮後才是她。

眾人好奇地看了牛繡一眼，又更加對她娘感到好奇了，不知那位新婦能否討孟道明歡心？

此時外面守門的小丫頭突然喊道：「國公爺、大夫人來了！」

眾人往門口那架九扇圍屏望去，成國公領著一個高大的女人繞過圍屏走進來。

劉氏年近三十，跟成國公一樣高，略胖，穿著大紅遍地金撒花褙子、洋紅馬面裙，頭戴嵌寶大鳳頭釵、赤金菊花掩鬢，或許為了遮住原膚色，妝粉比較厚，臉蛋、眼睛、鼻子、嘴巴都偏大，五官還算端正。

她眼裡含著笑意，嘴角上勾，觀之可親。

除了高大一些，劉氏完全不像傳說中的那麼凶和醜，只不過這模樣也的確不是孟道明喜歡的類型。

成國公脹紅了臉，看著比新娘子還要害羞和扭捏，看不出高興，也看不出不高興。

這是睡了，還是沒睡？夫妻和睦，還是不和睦？看不出來，眾人有些失望。

剛才還提心吊膽的老國公和老太太都露出滿意的笑。不錯，臉上沒掛彩，也不是打著進來的。

新人走到老夫婦前面，成國公說道：「爹、娘，這是劉氏。」

他們跪下磕了一個頭，丫頭端來放著茶盅的托盤，劉氏端起一杯茶，雙手舉過頭頂。

「兒媳劉氏，請公爹喝茶。」

即使刻意壓低嗓門，聲音聽起來還是比較渾厚。

老爺子笑著接過茶，喝了一口說道：「好孩子，嫁進孟家，要孝敬長輩，厚待晚輩……當然，也不是要妳一味委曲求全，對於不好的人和事，也不能慣著，妳解決不了就告訴我，我幫妳。」

成國公的鼻子都氣歪了，「不好的人」不就是指自己嘛，老父越來越過分，竟這麼幫潑婦。

老太太也不喜聽那話，但不敢表現出來。老爺子不止一次跟她說，大兒子若沒個厲害的夫人管著，遲早要出事，到時害的不只是他一人，恐怕連這個家都會搭進去。

劉氏笑出了聲。「呵呵，謝謝公爹。」

老爺子給了她一串水頭極好的冰種翡翠珠串，意思是，該沈穩的時候還是要沈穩。

劉氏又給老太太敬茶。「兒媳劉氏，請婆婆喝茶。」

老太太接過茶喝了一口，說道：「好孩子，要夫妻恩愛、夫唱婦隨、尊老憐幼。」然後送了她一套金鑲玉頭面。

劉氏明白了，老太太不希望自己壓過孟道明。

她非常賢慧地說道：「是。」

成國公感激地看了老娘一眼，還是老娘好。

成國公和劉氏起身，坐到老爺子下首。

除了老倆口，這屋裡就他們倆身分最高，孟辭墨緊接著帶著妻兒過來磕頭見禮。

孟辭墨和江意惜喊「太太」，孟照存已經醒了，小傢伙磕了頭喊道：「新娘幾、新祖母，好好看。」然後就眼睛一眨不眨盯著劉氏看，他覺得新娘子衣裳上和頭頂上的大鳥特別好看。

眾人被逗得大樂，劉氏更是笑得開懷，只有成國公暗自翻了個白眼，誰說小娃不說謊。

劉氏長這麼大是第一次聽人誇她好看，她笑道：「存哥兒聰明，以後祖母教你練武，還給你做甜糕吃。」

聽說有甜糕吃，存哥兒高興地又磕了一個頭表示感謝。

劉氏後面的丫頭端上放著見面禮的托盤，上頭分別是玉擺件、一串南珠項鏈和一本書。

接著是孟月和黃馨來磕頭見禮，孟月一看到劉氏心裡就狂跳，這位繼母，看著比付氏還可怕……

劉氏給她們的見面禮是一串南珠項鏈和一支蓮花玉簪。

然後是二房、三房、孟辭新一家人上前見禮。

新娘子認完親了，江意惜又親自牽著牛繡來跟大家見面。

先把她牽到老夫婦面前站定，江意惜笑道：「她是繡繡，以後祖父祖母又多了一個孫女承歡膝下。」

牛繡跪下磕頭。「孫女繡繡，見過祖父、祖母。」

老爺子朗聲笑道：「這裡是妳的家，不要拘束，有缺什麼就找妳大嫂，受了委屈找我。」

老太太又笑道：「好可人疼的孩子，老婆子又多了一個漂亮孫女，有福啊！多跟嫂子姊姊們在一處玩。」話剛說完，突然一條黑影一閃，花花跳進老太太懷裡，老太太笑道：「這是花花，跟安哥兒、存哥兒、馨姐兒一樣，是我們全家人的寶，妳無事也可以跟牠一處玩，牠比人還聰明，可有趣了。」

牛繡眼睛亮晶晶地看了一眼花花，樂得露出兩顆小虎牙，老夫婦又送了她價值不菲的見面禮。

待所有人都介紹完，也到了晌飯時間，當全家人其樂融融吃完飯，各回各院之前，老爺子說道：「我們倦了，下晌只道明和他媳婦兩個來陪我們說說話，吃個飯就好，其餘各房在自家院裡吃吧。」

老爺子和老太太對劉氏非常滿意，要讓全家人看到，他們很看重她。

成國公欲哭無淚，下午他可不想再看到這悍婦，想自己待在外書房看看春宮圖，但老爺子都這麼說了，他也不敢不聽。

兩人回到正院，本往上勾的嘴角就垮了下來，劉氏直接走去上房臥房歇息，成國公拐彎去了東廂書房。

能進正房服侍的，都是劉氏帶來的丫頭婆子，她們今天一早看到新姑爺睡在地上時，簡直欲哭無淚。

劉氏把從娘家跟來的劉嬤嬤和大丫頭巧蘭叫進屋，講了她和成國公以後的相處模式。

「我和他目前就這麼過，這事只限我們幾人知道，莫要傳出去。」

劉嬤嬤落淚道：「夫人，沒有不透風的牆，若討了公婆的嫌——」

劉氏截了她的話。「透出去再說。公爹婆婆明理，我只要佔了理字，討嫌的就不會是我。好了，我昨兒沒歇好，想先睡一會兒，未時末叫我。」

她躺上床，一時還睡不著，眼前浮現出成國公的樣子。孟道明長得比牛俊還要相貌堂堂、氣宇軒昂，可惜跟牛俊一樣，都是只看外貌的臭皮囊……

劉氏氣得胸口痛。離開吳城時，父母一再告誡她，不要像在牛家那樣隨便打人，而是要站住理再打，否則老國公雖能寵著她，可老太太心疼兒子，肯定不願意兒子被媳婦欺負。

但劉家的閨女也不是可以隨意被人欺負的，她設定三個月期限，是對那個男人還抱著最後一點期望，不是期望他能對自己如何，而是希望他有一個成年男人該有的底限，後半輩子她才能跟他心平氣和相處下去。

但願孟道明能信守協議，若這個男人連三個月都不能忍，她也就不必懷有任何期待了。

她嘲諷地笑了笑，鼻子有些酸澀，自己這輩子，就不再想那種夫妻和美的日子了。

雖然孟老國公和孟辭墨有承諾，但老國公已經六十多歲，孟辭墨她還不敢完全相信……

申時初，打扮好的劉氏走出上房來到東廂書房。

她非常賢慧地說道：「老爺，該去福安堂陪公爹和婆婆了。」

成國公把手中的話本往桌上一撂，看都沒看她一眼，起身向外走去，但餘光還是隱約看到了，那麼大一坨，臉上抹得像個猴屁股……他嫌棄地皺了皺眉，這是自己的媳婦？

他的眼前又情不自禁浮現出曲氏美麗溫婉的面孔，早知今日，該好好善待她的，她若活著，自己何須面對這個又醜又潑的閻羅婆？不僅被人笑話，還要當三個月的和尚，再想到嬌嬌的小模樣，又重重嘆了一口氣……

劉氏也看到了成國公眼裡的嫌棄，心裡冷哼，大步搶在成國公前面走，他不想看，她就是要讓他看。

成國公氣得瞪了一眼前面那個又寬又厚的肩膀，暗罵一聲「悍婦」，真把爺看成吃軟飯的牛傻了？是可忍孰不可忍……

出了正院，劉氏的步子才緩下，與成國公同行，臉上的戾氣也沒了。

老夫婦正坐在側屋羅漢床上等他們，老太太膝上還趴著一隻貓。

兩人行了禮，成國公挨著老國公坐，劉氏挨著老太太坐。

那隻貓一直盯著劉氏看，劉氏納悶極了，笑道：「婆婆，我怎麼覺得花花在對我笑呢？」

成國公鼻子「哼」了一聲，不屑說道：「傻……了，貓怎麼會笑？」

「娘兒們」兩個字沒敢說出來，老爺子也知道他想說什麼，沈了臉。

看到老爺子威脅的目光，成國公趕緊調整了一下表情，心中鬱鬱。什麼嘛，搞得自己像討嫌的上門女婿，那個悍婦像這個家的親閨女。

悍婦也真會裝，私下惡得像閻羅婆，現在一副賢兒媳婦樣……

老太太笑道：「咱們府的花花最是聰明，真的會笑呢。牠跟妳笑，就說明想跟妳親近。」

她的話音一落，花花就跳去劉氏膝上趴著，逗得劉氏大樂。

老太太說了幾句家裡的事，又道：「江氏快生了，家裡的事妳要接手管一管……」

劉氏呵呵笑道：「照理說兒媳不該偷懶，可兒媳是個大剌剌的性子，最不擅長管家，我爹常說，若我生在平常人家，家裡說不定會被我敗光，我爹我娘還巴望我嫁進來後能多得婆婆調教，婆婆可別嫌我煩……」

劉氏婉拒了。孟月是姑奶奶，是客，所有人都知道她是幫忙管家，而自己雖是成國公夫人，是國公府的女主人，不過她也清楚地知道，成國公不待見自己，自己也不可能給孟家生兒子，這個府遲早是孟辭墨夫婦的，自己何苦費力不討好去多攬這事？而且，老太太也不會真的把管家權交給她。

來京城之前，父母一再囑咐她，她只是後娘，繼子已經長大，她來了只管享福，不用管其他。而孟辭墨雖然外表冷漠，卻是重情守義之人，老國公也極為稱讚孟辭墨媳婦，她只要跟他們夫婦搞好關係就好，將來便靠他們養老……

關於這點，劉氏想得更通透。自家男人都靠不上，怎麼能靠人家的兒子？養老不敢想，自己有花不完的銀子，只要不給她添堵，讓她清清靜靜過日子，兌現承諾讓她進祖墳進祠堂，就是他們有情義了。

她瞥了眼沈著臉坐在對面的孟道明，暗哼，真正能給繡繡找好婆家的人，絕對不是這個男人，而是老國公和孟辭墨夫婦。

聽到劉氏婉拒，老太太笑意更濃。這個兒媳婦，看著粗枝大葉，但不糊塗、不貪心。

兩婆媳喜笑顏開說著話，老國公看到兒子討打的樣子就手癢，只得起身說道：「走，去下兩盤棋。」

回到浮生居，孟辭墨和江意惜才注意到劉氏送小存存的那本書是前朝書聖霞道子的真跡。

劉家是武將之家，能找到這本書當見面禮可謂誠意滿滿，孟辭墨翻著書說道：「這位大太太不像表面那麼粗糙，她最在意的是繡繡，妳記得多關心那孩子……」

江意惜笑道：「我曉得。」

她知道，跟劉氏搞好關係，不止是為了家庭和睦，還出於政治考量。

孟辭墨突然壞笑著悄聲問：「妳說，成國公和太太那個了嗎？」

說完他臉還紅了，覺得談論老爹這種事不好，但是他心底深處確實也從來沒把成國公當父親那樣尊重。

江意惜說道：「成國公喜好美色，眼光又高，我覺得沒有。」

孟辭墨搖頭道：「太太脾氣不好，若成國公敢無視她，她可不會好脾氣地忍著，早打起來了。」

江意惜想到那兩個協議，笑道：「大太太或許比我們想的還有智慧，最終降服了成國公也不一定。」

孟辭墨道：「若成國公真能被太太降服，還是他的福分。」

江意惜深以為然。

歇晌起來後，江意惜遣人去把牛繡和黃馨請來浮生居玩。

牛繡住的院子離浮生居近，先來了，還送了小存存一瓶香甜的茉莉花藕香露、花花一包蝦仁酥，居然也給沒見過面的小啾啾帶了一包奶香松子仁。

「我在吳城就聽說過啾啾，知道牠特別會念詩，還知道牠是鄭大將軍送的……我娘最崇拜的英雄第一是祖父，第二是我外公和鄭大將軍。」

江意惜笑著替他們道了謝。

黃馨來了，喊牛繡「小姨」，喊得小姑娘小臉紅紅，又送了小姪女一條自己繡的帕子。

牛繡比黃馨大三歲，雖然差了輩分，這個府裡的女主子她們年紀最相近，才半天兩人就手牽手玩開了。

次日，劉氏回娘家。

她不僅帶了成國公和牛繡去劉家別院，還帶了孟辭墨一家和黃馨，孟月則託辭身體不好，沒出門，劉氏無所謂，她早就聽說孟月不喜見生人。

成國公和孟辭墨騎馬，劉氏母女一輛馬車，黃馨和抱著小存存的黃嬤嬤一輛馬車，江意惜坐轎。

自從嫁進成國公府，劉氏母女這是第一次單獨相處，劉氏低聲問道：「還習慣嗎？」

牛繡摟著她的胳膊笑道：「比在牛家好，也比在外公家好。孟家祖父跟外祖父一樣和善，大嫂和馨姐兒、小存存非常好，我們很說得來。其他人，目前看來還好，至少比牛家人好得多，哦，還有花花和啾啾，很好玩呢。」

牛家人只想要母親的錢財，氣得母親天天想打人。外公、外婆、舅舅很好，可舅娘和幾個表姊妹不好，嫌棄母親名聲不好，影響表姊妹找婆家……

劉氏見閨女笑得眉目舒展，不似說謊，高興道：「那就好，要好好跟他們相處，相處好了，以後就把『牛』姓改成『孟』姓。」

改姓「孟」才更好找婆家，老牛家遠隔千里，不會知道，知道也不怕他們。

牛繡跟老牛家沒有感情，點頭道：「聽娘的。」又問：「父親對娘好嗎？」

劉氏臉色微沈。「他好不好無所謂，這個家妳祖父作主。」

牛繡把臉枕在劉氏肩上，粲然笑道：「這個祖父頂好，不僅不嫌棄娘，還一直說娘好。」

劉家兩位老爺兩位夫人對除了成國公以外的幾人都十分熱情，除了吃飯，兩位老爺還陪孟辭墨打「鬥地主」，兩位夫人陪劉氏和江意惜打馬吊，牛繡和黃馨、小存存一起玩，笑聲不時響起。

成國公自己坐在一邊自斟自飲想心事，無法融入其他人裡頭，也不想融入。

直到天色漸黑，一行人才回成國公府，成國公和劉氏依然是肩並肩回正院，也沒打架。

第四天起，成國公開始極有規律的生活，兩天歇在外院，一天歇在正院，理由冠冕堂皇，要多跟老爺子請教，多跟幕僚商議朝政。

休完十天婚假，就四天歇在外院，一天歇在正院。歇在正院的那天早上，除了上早朝，還會在卯時初跟劉氏練武打拳，據說劉氏的大拳頭和大巴掌虎虎生風，兩人比武，成國公明顯處於弱勢。

老國公和男人們都驚喜地發現成國公變得比之前勤勉，開始看書和練武了，老國公尤其滿意，覺得這個兒媳婦找得好，比想像中還要好。

而劉氏每日除了去福安堂，基本上都是待在正院，最常做的事就是練武和跟幾個心腹丫頭打馬吊，跟孟家其他女主子相處融洽，又不跟誰過分親密，主要對江意惜和黃馨是最友好的，應該是因為牛繡的原因吧。

孟月不愛說話，牛繡便較少去她的院子找黃馨玩，兩個女孩不是在牛繡那裡，就是相約在浮生居或者錦園玩。在浮生居的時候最多，這裡不僅有好吃的，還能逗存存和花花、啾啾玩。

總的來說，在別人眼裡，成國公和劉氏雖然不是好得蜜裡調油，但還算夫妻和睦、相敬如賓，劉氏的閨女在孟家過得也很好。

除了江意惜知道內幕之外，老太太認為兒子是記取了付氏的教訓改邪歸正，而其他幾乎所有孟家人都納悶，這不符合成國公的性格呀！又想著，或許是劉氏有特別的魅力，讓極度看重外貌的成國公開始注重心靈美吧。

外人就更好奇了，他們還等著看成國公府的熱鬧，怎麼過了那麼久也沒傳出那兩口子打架的任何消息，難道這兩人真的睡了？呵呵，成國公對女人的愛好果然不拘一格，最美的、最媚的、最潑的，他都能一網打盡。

好奇的人也包括李珍寶。

她又被太后娘娘接進了皇宮，因此沒能實現來成國公府親眼見成國公新夫人一面的願望，索性就寫信問江意惜。

江意惜很頭痛，寫信打聽這種事，也只有李珍寶幹得出來，她只回了幾個字：相敬如賓。

這四個字的確是成國公和大夫人目前的相處狀態，只不過實際上「賓」應該換成「冰」才貼切。

七月下旬，江意惜的預產期快到了，兩個接生婆已住進浮生居預備，老倆口和孟辭墨都緊張起來。

老太太只許江意惜在浮生居和錦園兩個地方活動，讓小存存和花花白天去福安堂玩。

孟辭墨每天下衙都會回家，戌時到家，次日寅時末離開，非常辛苦。

江意惜倒不緊張，已經生過一次孩子，體內有光珠護體，吃食裡還有特殊「補品」，番烏僧都沒能把她怎樣，能出什麼事？

她不願意孟辭墨這麼辛苦，忍不住說道：「你每天只睡兩個時辰，還要騎那麼長時間的馬，都累瘦了，忙的話不用天天趕回來。」

可孟辭墨不聽，依然天天回來。

八月初一上午，李珍寶要直接從皇宮回庵堂。她的身體已經非常不好，不能來成國公府跟江意惜告別，江意惜也不能去送她，只能做幾樣點心和一罐補湯讓人送去給她。

孟嵐、孟霜、黃馨、牛繡四人，和李珍寶在京裡的幾個手帕交會去宮外為李珍寶送行。聽她們回來說，李珍寶身形暴瘦，走路都有些費勁。

江意惜極是心疼，怕這一世李珍寶的命運有所改變。

這天下晌，江意惜被吳嬤嬤扶著在樹下散步，此時已經初秋，少許樹葉開始泛黃，樹下的風也帶了些許涼意，啾啾在大籠子裡繼續背著情詩。「巧笑倩兮，美目盼兮……」

臨梅急匆匆進了院門，走過來悄聲稟報道：「大奶奶，千金堂的老王大夫去正院給大夫人瞧了病，好像大夫人有嚴重的婦科病……大夫人很難過，去了福安堂。」

江意惜了然。他們成親已經一個月，劉氏該稱自己有婦科病了。

長輩這種事她不好多說，只是囑咐道：「太醫院有幾個善婦科的御醫，若太太有需要，讓人腿跑快些。」

晚上，一個勁爆的小道消息在成國公府小範圍裡傳開。

原來大夫人得了嚴重的婦科病，想找一個通房代她服侍國公爺，但老國公和老太太、國公爺都不同意，說有違祖訓。

大夫人哭得厲害，說她的身體若不能調養好，他們又不同意那個法子，她只得求去，總不能委屈正值壯年的國公爺。

老國公和老太太只讓她繼續治療，實在治不好再說。

吳嬤嬤悄聲道：「媳婦娶好了就是好，看看國公爺，大夫人一進門整個人都變了，那種病也不嫌棄。」

這事傳得這麼快，或許有大夫人的授意……

江意惜馬上看出其中蹊蹺，笑笑沒言語。

吳嬤嬤搖搖頭，聲音壓得更小。「若大夫人的病一直治不好，國公爺正值壯年，不可能一直不找女人……以後可熱鬧了，那些小浪蹄子，之前不敢想，終於有了機會，不得爭破頭啊。」

她繼續低頭縫小衣裳，不一會兒又抬頭道：「給夫君抬通房，一般都會抬自己的丫頭，可大夫人的幾個陪嫁丫頭都相貌普通，只有兩個勉強算清秀，國公爺眼光高著呢，不一定看得上……」

江意惜沒聽進她後面的話，眼前突然躍出鄭吉俊朗堅毅的面孔，從青年到壯年，他因為思念和自責，連身體的本性都壓抑住了。

江意惜不由得生出幾分心疼，這麼多年一直活在追思裡，多痛苦。

若扈氏活著，大概也希望他餘生能有個知他懂他的女人，好好過完這一生吧……

窗外傳來熟悉的腳步聲，以及丫頭的聲音。「世子爺回來了。」

吳嬤嬤趕緊從小杌子上站起來，把坐在炕上的江意惜扶起來。迎出廳屋，孟辭墨已經走進來。

江意惜嬌嗔道：「都說了不讓你回來，你又回來。」

兩人攜手走進臥房，水草服侍孟辭墨進淨房洗漱，江意惜從衣櫃裡找出一套家居服。

孟辭墨吃飯的時候，江意惜親手斟了一杯酒，講了府裡的傳言。

孟辭墨停下筷子，思索片刻便了然了。「我說我爹怎麼這麼老實，原來他們達成了某種協定。」又搖頭嘆道：「可惜了，這麼好的女人他不知道珍惜。」

江意惜驚訝道：「你猜到了？」覺得說漏了嘴，又笑道：「我也猜他們私下或許有協議。你說，祖父會同意嗎？」

孟辭墨道：「我們都猜到了，祖父那麼睿智的人，肯定也猜得到。那是他們共同的選擇，不同意還能怎樣？唉，儘量讓太太在其他方面好過吧。」

江意惜長長嘆了一口氣。「我突然想到鄭將軍，這麼多年一個人孤單在外，也挺不容易的。我娘已經去了那麼多年，心裡早沒有他了，他應該要有自己的生活……」

孟辭墨看了她兩眼，笑道：「若鄭叔知道妳關心他，一定很高興。」

江意惜嘴硬。「誰關心他了？」

次日起，江意惜就聽臨梅說有幾家人給她送禮，臨梅不屑道：「奴婢沒收，都讓她們拿回去了，她們是想讓奴婢在大奶奶面前說些好話，希望能把自家姑娘調去國公爺的外書房當差……」

成國公的外書房有五個下人，兩個小廝、兩個丫頭、一個做粗活的婆子，那兩個丫頭都長相一般，還都訂了親，她們是不可能給國公爺當通房的，許多有漂亮姑娘的人家就有了想法。

水靈冷哼道：「為什麼讓她們拿回去？那些人起了不好的小心思，妳就應該收下，讓她們竹籃打水一場空。哼，我最討厭想當小婦的狐媚子。」

不僅如此，這天，連福慶院的衛嬤嬤都來了浮生居，江意惜直覺這人八成也是為了那件事而來的。

江意惜自認不是特別會記仇的人，但這個衛婆子卻是特別可恨。

前世老國公和孟辭墨大多時間待在孟家莊，有一次他們兩人都回來了，江意惜便想去福安堂找老國公，想求求老爺子讓她去扈莊住，之後就能找個生重病的藉口自請下堂。

沒想到她都走進垂花門了，卻被衛婆子趕了出去。關鍵這個婆子並不是看門婆子，而是小廚房的管事，她沒能離開，幾天後和孟辭墨就被設計了……

這幾年間，付氏的爪牙都被清除，但這個衛婆子算不上付氏的爪牙，又在福安堂當差，江意惜就沒動她，她今天倒找上門了。

江意惜忙道：「請進。」

衛嬤嬤進來施了禮，說笑幾句後進入正題。「不瞞大奶奶，老奴的小閨女衛紅蓮今年年方十五，長得尚可……」

臨梅笑道：「衛嬤嬤過謙了，都說衛嬤嬤會生，三個閨女個個水靈漂亮，比兒子還當用。」

衛嬤嬤笑得一臉菊花。「我那幾個閨女不敢說特別水靈，不過是手腳勤快些，脾氣也好，溫柔和順……呵呵，聽說國公爺外書房的兩位姑娘年紀大了，快出閣了，若那裡有空缺，老奴厚顏求大奶奶幫幫忙，讓老奴的小閨女去頂個缺。」

江意惜為難地笑道：「這事啊，已經有幾個人求上門了，我都沒敢答應，如今有了新夫人，我作為兒媳婦怎麼好插手公爹屋裡的事？這樣吧，若太太問我，我就舉薦嬤嬤的小閨女，若太太直接安排人，這事就由太太作主了。」

衛嬤嬤極為失望，又說了幾句閒話，隨即起身告辭。

她一出門，江意惜就跟吳嬤嬤耳語幾句，吳嬤嬤笑笑，追出院子叫住衛嬤嬤，把她拉去一棵樹下說道：「衛嫂子挺機靈的人，怎麼這麼簡單的事都想不通？」

衛嬤嬤納悶道：「什麼意思？」

吳嬤嬤的表情變得神秘，聲音更小。「衛嫂子求錯人了，應該直接求大夫人身邊的劉嬤嬤和巧蘭姑娘。特別是劉嬤嬤，大夫人極為看重她。」

衛嬤嬤尷尬地笑笑。她也想走那條門路啊，可所有人都說大夫人是醋罈子，愛打人，若知道自己有這個心思，不得一巴掌拍死她。

吳嬤嬤又提點道：「既然大夫人也同意這件事，總要有個人服侍國公爺，她同意過去的人，就算她半個心腹了，她不就更放心了？」

衛嬤嬤如醍醐灌頂，拍了一下自己的腦門笑道：「哎喲，這麼簡單的事我竟沒有想透，謝妹子提醒，等事成了，我再送妹子大禮。」說著就要走。

吳嬤嬤又拉住她，囑咐道：「我跟衛嫂子相處得好才多說幾句，妳千萬不要把我賣了，若被大奶奶知道，少不得一頓訓斥。」

衛嬤嬤道：「妹子這是幫我，我當然不會讓妳難做人。」

下晌，下起了秋雨，劉氏斜倚在屋裡的榻上吃葡萄，巧蘭給她敲著腿，劉嬤嬤往她嘴裡餵著葡萄，香爐飄著淡淡的青煙，屋裡瀰漫著茉莉香味。

劉嬤嬤撇了撇嘴，小聲說道：「那件事傳出去後，好些人去求大奶奶身邊的臨梅姑娘，還有去求大姑奶奶的。」

劉氏冷哼道：「哪裡都少不了這種人，只要有兩分姿色就恨不得給男人當小，從此一人得道雞犬升天，最好再把大婦踩下去……不要臉的狐媚子！」

她越說越氣，眼睛都鼓圓了。

劉嬤嬤說道：「老奴還是覺得，給國公爺的人，應該是大夫人的人，要不，請舅爺幫著買個瘦馬，那種貨色長得俊，會勾人，不會生孩子，書契又在您手裡……」

劉氏氣道：「那些髒的臭的，讓人噁心，我才不會親手給孟道明奉上！只要他按照協議辦事，找哪個女人都不關我的事……」

劉嬤嬤和巧蘭失望地對視一眼，她們勸了夫人多次，可夫人就是不聽。

這時，一個小丫頭進來低聲道：「劉嬤嬤，福安堂的衛嬤嬤說有事找妳。」

劉嬤嬤愣了愣。衛嬤嬤是福慶院那邊的，主管福安堂小廚房，她們並不熟悉。

劉氏冷笑道：「這是求她們沒管用，求上咱們這兒了，膽子忒大。」

「老奴不見她。」劉嬤嬤又對小丫頭說：「去跟她說我不在。」

劉氏說道：「答應下來。這麼等不及，就如了她們的意。」聲音極慢極冷。

第四十六章

八月初八傍晚，吳嬤嬤扶著江意惜在錦園散步。現在已是預產期，江意惜身邊任何事吳嬤嬤都不放心別人做，她全權包辦。

夕陽下，幾十盆菊花迎風怒放，微風夾雜著花香四處瀰漫著，極是愜意。突然，江意惜扶著肚子喊道：「嬤嬤，我肚子開始痛了。」

吳嬤嬤急道：「大奶奶要生了，快，去後院！」

江意惜由吳嬤嬤扶去後院西廂產房待產，交代道：「嬤嬤，讓人把那支參煮了。」

幾天前，她就在臥房桌上放了一支經過處理的參。

臨梅嚇得臉都白了，趕緊派人去跟福安堂稟報。

花花第一個跑回來，又像上年一樣爬到窗外那棵大樹上，喵喵叫著為娘親加油。

聽著這熟悉的叫聲，江意惜沒來由的心安下來。此時，她第一想孟辭墨，第二就是想花花了。

沒一會兒，老太太、劉氏、孟二夫人、孟三夫人、孟月、孟二奶奶都來了浮生居後院。怕嚇著孟照存，沒讓他回來，夜裡也會在福安堂歇息。

等到晚上，劉氏把老太太、二夫人、三夫人勸回去，她和孟月守在浮生居。

今天孟辭墨有事先去了趟別院，到府已經戌時末，他一到角門，就聽候在門房的吳有貴說大奶奶要生了，他把馬鞭扔給孟連山，一路小跑回了浮生居。

剛跑進院子，就聽到江意惜的慘叫聲，他又快步跑去後院。

產房的小窗關得緊緊的，透著明晃晃的橘光，孟辭墨對著小窗說道：「惜惜，我回來了。」

聽到這個聲音，江意惜心安下來，陣痛也減弱下來。她輕聲說道：「大爺回來了，我還好。」

劉氏又道：「聽接生婆說，宮口已經開了六指……」

夜深了，月朗星稀，夜風微涼，樹葉在風中打著轉。江意惜的陣痛越來越頻繁，在寂靜的夜空越顯淒厲。

劉氏和孟月被勸去西廂歇息，廳屋有一張羅漢床，又搬來一張竹榻，兩人和衣斜臥，都睡不著，有一句沒一句說著話。主要是劉氏說，孟月偶爾附和一句。

孟辭墨駐立在產房外，怔怔望著小窗。

江意惜一喊痛，孟辭墨就會對著小窗說說話，暢想一下未來，頭頂的樹杈上也會傳來貓叫聲，喈喈的，似在勸慰屋裡的人。

對面的西廂裡，劉氏低聲說道：「平時就看得出世子爺心疼媳婦，沒想到這麼心疼，江氏好福氣，唉，我將來的女婿若有一半這麼疼閨女，我就心滿意足了。」

這也是孟月的心聲。「我也這麼想。」

江意惜這胎生得比較順，次日寅時就生了一個閨女。

接生婆大聲笑道：「恭喜大奶奶，生了位姐兒，白白胖胖，漂亮極了！」

劉氏從西廂跑出來，笑道：「恭喜世子爺，如今是兒女雙全了。」

孟辭墨笑眯了眼。

過了秤，一個接生婆又道：「七斤六兩！」

孟月也笑道：「真是個大胖閨女。」

只聽得一聲貓叫，花花從樹上跳下來，迅速跑進了產房。

這次牠沒先去看娘親，而是站在產床一角立著身子看妹妹，喵喵叫著。「是妹妹，妹妹比弟弟好！」

這兩位接生婆也是上年接生孟照存的，對花花這番動靜見慣不怪。

現在的夜晚已經有了涼意，不適合把孩子抱出來，等到把江意惜收拾好，抬去北屋，孟辭墨和劉氏、孟月才欣喜地進去。

孟辭墨直接去看江意惜，她已經睡著，頭髮濕漉漉地貼在頭上。

孟辭墨摸了摸她的臉，又理了理她的頭髮，柔聲笑道：「咱們兒女雙全了……」

劉氏和孟月先後抱著大姐兒看。

劉氏笑道：「長得可真俊，像江氏多一些。」

孟月也笑得眉眼彎彎。「是呢，跟存存一樣俊。」

孟辭墨過來抱過孩子，看孩子的眼裡盛滿了寵溺，笑道：「音兒像惜惜多些，比存存俊。」

孟音兒，是孩子的名字，老爺子早就取好的。

孟家有個不成文的規矩，若是男孩，名字必須由當家人取。若是女孩，孩子父親取就行了。老爺子霸道，孟辭墨和江氏的孩子，哪怕是女娃，他也要取。

他還說：「咱們孟家的女孩嬌貴，給她們取個嬌滴滴的名字，讓她們一生舒適安好。」

老爺子還在為沒護好孟月、孟華自責，特別是那個只有幾面之緣的兒媳婦曲氏，她也是別人家嬌滴滴的女孩，卻在自家受了那麼多苦，過早凋零。若是自己把大兒子教好，或是不聽老太婆的話直接把他帶去戰場，大房也不會那麼慘。

孟辭墨知道，若惜惜生的是女孩，老爺子會把她寵到天上去。因為成國公的不負責任，大房這一房的女人，除了惜惜和剛進門的太太，另幾個都沒有好結果。

孟辭墨也暗暗發誓，他的閨女，誰都不能夠欺負……

江氏母女平安，劉氏和孟月準備告辭了，孟辭墨連忙作揖感謝。「太太辛苦了，大姊辛苦了。」

廚房的紅雞蛋已經煮好，水珠拿了一籃子過來，她們主僕各吃了一個，又帶回去一些。

天邊已經出現一絲曙光，晨風拂面，讓劉氏倍感涼爽和愜意。她想到了繡繡，繡繡生下來也是這麼重，跟音兒一樣漂亮，一晃眼，她就這麼大了，該說婆家了……

劉氏進了上房，見劉嬤嬤迎上來，問道：「天都快亮了，嬤嬤怎麼沒歇息？」

劉嬤嬤臉色不好，揮退丫頭，悄聲跟她耳語幾句。「聽梁婆子說……」

梁婆子是成國公外書房做粗活的婆子，年輕時是老國公的女暗衛，她男人和兒子都在國公府的私兵隊裡做事。

她已經回家享福了近十年，付氏死後，老國公把她召回安排在成國公身邊，劉氏嫁進來，又讓她私下聽命於劉氏，這也是老爺子向劉氏表現的最大誠意之一。

劉氏一下沈了臉，啐道：「那個人就沒長心，兩個月都憋不住，先不說他是否違背協議，就說江氏生孩子，那可是他親兒媳婦，在鬼門關前走了一遭，他兒子急得在院子裡站了一宿，祖父和二叔幾次遣人來問候，連我這個後娘都守了大半宿，他不僅不管，還有心思跟丫頭做那事。」

劉嬤嬤也罵道：「紅蓮那個死丫頭，才去外書房三天，就等不及勾爺兒們了。」

劉氏冷笑道：「她是趕早不趕晚，怕再來一個搶在她前面。哼，姦夫淫婦，給臉不要臉，真當老娘好欺負。」

說著，她的雙手不受控制地捏緊了。

劉嬤嬤忙勸道：「夫人，收收脾氣，這裡是國公府，不是牛府。多想想繡姐兒，想想夫人的將來，不要打架，明天跟國公爺好好說……」

劉氏冷靜了一會兒，拳頭鬆開，冷哼道：「捉姦捉雙，明天跟他說，他會認嗎？哼，偷腥的人，有了一次就會有二次。」想了想，又道：「妳私下跟臨梅說說，讓人配一把二門的鑰匙。老娘收拾人，也會占住理。」

劉嬤嬤為難道：「夫人不管家，不好要二門鑰匙吧？」

「我沒管家，也是這個府的當家人。辭墨媳婦通透，她會同意的。好了，我乏了，準備水，我要沐浴。」

江意惜是被存存的笑聲和耳畔的貓叫聲吵醒的。

花花的聲音更嬌了，似乎牠才是剛被生下來的嬌滴滴的女娃。

牠一直蹲在江意惜的枕邊守著，任誰都趕不走。見江意惜終於醒了，伸出舌頭舔了舔她的耳朵，喵喵叫道：「娘親，人家想喝奶奶。」

嬌得舌頭都打起了捲。

江意惜沒理牠，側頭看到老太太坐在床前，手裡抱著用紅色包被包著的音兒，一臉慈笑。

存存踮著腳尖看妹妹，嘴裡呵呵傻笑著，站不穩，兩隻小手緊緊抓著老太太的衣裳。

「偶妹妹，偶的，不是大哥哥和三弟弟的。」

有了妹妹，刺激得他說了這麼一長串話。但所有人的注意力都在孟音兒身上，沒聽到。

二夫人和三夫人、孟二奶奶坐在一旁，都急著想抱一抱孩子。幾位姑娘和孟辭令、孟照安坐在廳屋，他們不好進臥房，不停地讓人把音兒抱出去給他們看。

見江意惜醒了，老太太才把孩子遞給二夫人，拉著她的手笑道：「音兒是孟家這一輩中第一個女娃，我們喜歡著呢，辭墨和老公爺也喜歡。」

她怕江意惜想生男娃失望，故意這麼說。

二夫人幾人抱了抱，又由乳娘抱去廳屋給那幾人看，得了一波誇讚，孩子才回到江意惜手裡。

孩子醒著，靜靜看著江意惜。

孩子的眉眼的確像自己多些。江意惜心裡一片柔軟，俯身親了親她的小臉。

終於等到孩子被乳娘常嬤嬤抱去餵奶，老太太幾人走了，花花又叫道：「娘親，人家要吃奶奶。」

江意惜伸出指頭戳了一下牠的小腦門，還是認命地拿來一個茶碗，擠了大半碗奶，讓牠悄悄躲在角落喝。

今天休沐，老爺子和二老爺、二爺、三爺都來了浮生居。他們不好去後院，坐在上房廳屋喝茶。

老爺子特別盼望江氏能生個閨女，這次還真生了個閨女。大房的這個女孩，他一定要給她最好的，把自己的虧欠都補上。

老爺子聽孟辭墨講著音兒如何俊俏、如何像惜惜，心都飛去了後院，但也只能等到後天洗三時再見。

坐了兩刻多鐘，二老爺提醒老爺子該走了，這時還沒見到成國公來看孫女，連派下人問候都沒有。

老爺子起身，沒回福安堂，而是氣呼呼去了前院找人。

那個混帳，除了付氏當初的兩個孩子，他從來沒把曲氏的後人放在眼裡。

所有人都知道老爺子去前院打人，都默契地裝作沒看出來。

孟辭墨去了後院，孟音兒睡在床上，江意惜和小存存都眉眼含笑看著她，孟辭墨也坐過去看著閨女笑。

花花喝完了奶，也想湊過去看妹妹，可那三個人把妹妹圍在裡面，根本沒有牠的位置，牠只得跳上床邊的小几，直著身子看。

牠本來就氣自己被排擠，孟老大的大腦袋還擋住了牠的視線，牠更生氣了，朝著他的大腦袋拍了一爪子，收回爪子時扯斷了幾根頭髮。

孟辭墨莫名其妙挨打，伸手想把花花扔下地，江意惜忙攔住他。

「花花也是咱們的兒子，態度好些。」又讓存存挪挪地方，空出一小塊空間讓花花坐過來。

花花都快感動得流下淚了，世上只有娘親好，有娘的孩子像個寶……

牠跳上床，幾人一貓擠在一起看小寶寶。

存存拍著手說：「偶的妹妹最好看……」花花喵喵附和著。

晌飯前，小丫頭來報。「國公爺來了，在正房。」又小聲道：「國公爺好像挨了打，眼睛青了，走路有些瘸。」

孟辭墨和江意惜對視一眼，有些納悶，這也不是什麼大事，老爺子怎麼會下這麼重的手？

孟辭墨去了前院，心裡想著，若成國公把氣發在他身上，他就躲快些。

只是更讓他納悶的是，黑眼圈的成國公並沒有生氣，也沒把氣發在他身上。

成國公若無其事地問了諸如孩子幾斤、幾時生、什麼名兒等幾個問題，從懷裡拿出二百兩銀票當賀禮，而後就起身走了。

想到昨天的蓮兒，成國公無比的滿意，雖然比不上香香的柔軟，更比不上付氏的攝人心魄，卻也可心得緊。

小浪蹄子，第一次就這麼可心，以後不會比香香差。

蓮兒是劉氏安排進來的，這劉氏嫁進孟家一個多月，除了每次比武都不知輕重會把他打傷打痛之外，其他事情做得都將就，就給她個體面，去正院陪她吃頓晌飯吧。

想到劉氏的模樣，成國公皺了皺眉。算了，去看看她，回外書房吃晌飯。

正院裡靜悄悄的，成國公走進上房，巧菊屈膝行禮。「國公爺。」

「你們夫人呢？」

巧菊道：「稟國公爺，大夫人昨天在浮生居裡守了一宿，還歇著呢，奴婢這就去叫大夫人。」

成國公擺手道：「罷了，讓她歇著，我走了。」

他來過了，該給的體面給了。

下晌，得到消息的江大夫人、江三夫人、江大奶奶、江意珊、江洵都來了浮生居。

武舉鄉試將在十月舉行，還剩兩個月，江洵無比用功在家練習箭法，聽說姊姊給自己生了一個外甥女，樂得一跳老高，開心地前來成國公府探望。

只是到了浮生居，其他人都被請去後院，獨獨男客的他被請去正房坐，江洵欲哭無淚。這麼多人，只有他跟小音兒的關係最近處不好。

孟辭墨親自過來陪小舅子說話，江洵急切地問：「姊夫，你說我外甥女像誰？」

「像你姊多些。」

江洵大樂。「像我姊多些，不就是像我多些嘛，哈哈哈哈……」

孟辭墨仔細看了江洵一眼，心裡暗自遺憾，音兒的確像惜惜多些，不過可一點都不像江洵，想必是遺傳自鄭吉的特徵……

看到江洵亮晶晶的雙眸、笑得那副開心樣，孟辭墨都覺得有些對不起小舅子了，違心笑道：「的確比較像你。」

他在心中暗道，再努力多生幾個吧，不管男孩女孩，總要生一個像丈母娘和小舅子多些的孩子。

江家人被留在浮生居吃過晚飯，才把他們送走。

孟辭墨等到江意惜睡著，獨自去東廂書房給鄭吉寫信，鄭吉離京前特別交代，若惜惜生了，要第一時間寫信告訴他。

孟辭墨寫了半頁紙後停下筆，走到窗邊，望向窗外，月光如銀，清輝滿地，滿庭院的錦繡繁華與邊陲的磅礴大氣截然不同……

思考許久，孟辭墨又坐到桌前，把孩子長得有些許像鄭叔的事寫在信裡。雖然知道惜惜可能會不高興，但他還是寫了。

過去這些年鄭叔是怎麼過的他都知道，他想讓鄭叔過得開心一些。

在他的記憶裡，很少看到鄭叔笑，若知道音兒像他，一定會笑得跟自己一樣開懷吧？

兩日後的洗三宴，一早，江意惜就被捂得嚴嚴實實抬去正房。

前院和屋裡都佈置得極是喜慶，老國公已經等在正房廳屋多時了，這兩天他特別想看重孫女，覺都沒睡好。

當乳娘常嬤嬤抱著音兒進屋，看到老國公向她伸出手，她愣愣地看著老爺子，不敢不給，又不敢給，怕他不會抱奶娃娃。

孟辭墨笑道：「我祖父抱孩子比我動作還標準。」

常嬤嬤聽了，才把音兒放進他蒲扇一樣的大手裡。老爺子笑眯了眼，連笑聲都不敢太大，怕把睡著的孩子驚醒。

看著音兒可愛的臉，他似乎看到孟月和孟華小時候，這花兒一樣的小模樣，怎麼能受一點點苦……

今日洗三只請了少數幾家姻親及朋友，包括平王、江府及鄭府。鄭府是指鄭少保府，而不是宜昌大長公主府，但沒想到不只鄭少保府的許多人來了，連同大長公主府的所有主子也來了，甚至連沒受邀的雍王世子李凱也得到消息主動前來，他是看在妹妹李珍寶的情分來送賀禮的，文郡王還在禁足，自然沒有跟著來。

孟家大房有喜事，如今江意惜還在坐月子，來客女眷便主要由大房大夫人劉氏在花廳招待，若有更長一輩的女眷及不能怠慢的貴客，孟老夫人則會另外安排讓人請去福安堂，大長公主便是如此。

至於何氏和鄭璟，則跟著謝氏及鄭婷婷姊妹來到浮生居，這幾天是文舉會試時間，鄭璟今年不下場，便有空跟母親一道來。

鄭婷婷姊妹們迫不及待前往正房看江意惜，何氏和謝氏則先在院子裡賞花。

江洵和江意珊已經在正房了，不多時，江意慧和江意柔也到了，江意柔懷孕一個月了，今兒還是她懷孕後第一次出門。

看著躺在床上的音兒，江洵笑道：「真的很像我。」

江意柔笑道：「哪裡像你了，一點都不像。」

江洵嘴硬道：「連姊夫都說音兒像我……」

正爭執著，鄭婷婷三姊妹來了，江洵和鄭婷婷比較熟，又說笑了幾句便告辭去外院，把地方留給女眷們聊天。

人都走在院子裡了，江洵又忍不住回頭望了望那扇小窗，聽到裡頭傳出來的笑聲，以鄭婷婷的聲音最清脆，少年臉上浮現一絲紅暈。

房裡頭，當鄭婷婷提到大長公主和何氏也來了，江意惜吃驚不已，脫口道：「鄭夫人怎麼會來？」

鄭婷婷笑道：「我嬸子只有一個兒子，喜歡閨女，聽說妳生了個閨女，就想來看看。伯祖母極是高興呢，自從吉叔去了邊關，這還是嬸子第一次想出門。」

想到何氏那不善的眼神，江意惜眼皮跳了跳，雖然知道何氏不會把音兒如何，但就是抗拒何氏來看音兒。

幾人說笑一陣，江意惜就把江家姊妹打發去花廳，她知道江家和江意慧、江意柔的婆家讓她們來成國公府的目的，其一是跟孟府搞好關係，其二是利用機會多結交其他官家女眷。

房裡只剩鄭婷婷三姊妹，江意惜這時便跟鄭婷婷說了一件相求之事，鄭婷婷笑道：「那有什麼問題，我還沒去給孟老太君磕頭，過會子就去福安堂。」

洗三儀式開始之前，劉氏領著要觀禮的婦人來到浮生居，人還在院子外面，屋裡的人就能聽到劉氏爽朗的大笑聲，顯得特別突兀。

先前老太太就提醒過多次，要劉氏說話聲音小一些，但收效甚微。老爺子倒是看得開，那麼大的個子，嗓門大些也正常，何況讓劉氏進門的目的是讓她管住大兒子，若像其他女子一般唯唯諾諾，恐怕只有被欺負的份。

婦人們大多在錦園賞花，跟江意惜關係親近的人進了臥房，更親近的人還抱了孩子，比如平王妃、江老太太、謝氏，何氏自然也跟謝氏一起。

謝氏抱著孩子笑彎了眼。「哎喲喲，這孩子跟我有緣呢，眉眼有些像婷婷小時候。」

鄭婷婷又湊過來仔細看看，笑道：「我和嫂子五百年前是親戚，當然像了。」

江意惜快速看了何氏一眼，笑道：「真是緣分呢，音兒像婷婷，還有些像鄭夫人。」

她刻意往謝氏和鄭婷婷身上牽扯去，也是這時才發現，這孩子像自己的特徵，實際上是像了鄭吉，甚至比自己還像鄭吉。

這就是李珍寶說過的「隔代遺傳」嗎？坊間百姓都說李珍寶長得特別像高祖帝，她就曾經說過這個詞。

何氏起先發現這小娃的眉眼有些像鄭吉和鄭璟，再聽謝氏這麼說，氣得差點一口氣沒喘上來。

她揉了揉胸口，強扯出一絲笑容，伸手欲抱孩子。「是嗎？我瞧瞧。」看到謝氏把孩子交給她，江意惜的心霎時提得老高，想把孩子搶回來，偏又離得遠搆不到。

她知道何氏不可能在這種場合「失手」把孩子掉在地上，但她就是不想讓何氏抱孩子，有種莫名的驚慌。

她下意識吸了吸鼻子，吩咐常嬤嬤道：「姐兒好像尿了，快去看看。」

常嬤嬤趕緊上前伸出手抱過孩子。「是，奴婢去給姐兒換片子。」

何氏把孩子交給乳娘的那一剎那，真的想「失手」讓孩子落在地上，只是一絲理智尚存，又讓她把孩子穩穩地交到乳娘手裡，末了還笑著誇上一句。「孩子真俊，還是像孟世子多些。」

洗三儀式開始了，眾人都去了廳屋，何氏走在最後，出門前回頭看了江意惜一眼。

何氏轉身離去後，江意惜望向她的背影，一臉若有所思。

何氏更瘦了，眼角皺紋也更深，之前的溫婉已不復存在，眼裡情緒莫名，略高的顴骨和尖尖的下巴看起來多了一絲凌厲。何氏年輕時可是京城出名的才女加美女，否則大長公主也不會妄想用她拴住鄭吉的心。

相由心生，看來鄭吉回家一趟，又嚴重刺激了她。說到底，何氏也是個可憐人。

江意惜不止一次想過，若何氏是那個懂鄭吉知鄭吉的人該多好，或許鄭吉真的有一天能被她感動，那樣一來，鄭吉有個陪伴他餘生的女人，何氏也有個體貼她的丈夫。

可何氏卻把愛變成了恨，不是恨鄭吉，而是恨自己和扈氏，現在又加上一個音兒，自家這三代人何其無辜……

此刻廳屋響起男人的說笑聲，老爺子和孟辭墨、江洵、江三老爺、鄭玉等幾個男性長輩和親戚都到齊了，洗三儀式開始了。

孟照存本來乖乖待在一旁，突然看見妹妹被一個老婆子抱出來，哭得好傷心，以為妹妹被老婆子打了，他也跟著大哭往前衝。

「壞人打妹妹了！太祖、爹爹，打壞人，搶妹妹回來，嗚嗚嗚……」

他無助極了，後頭的乳娘趕緊抱起他回東跨院。「哥兒誤會了……」

洗三結束後開席，浮生居終於安靜下來，只有孟音兒的大哭聲還迴盪著。

孟音兒剛才被驚到了，大哭不已，常嬤嬤怎麼哄都不行，江意惜把孩子接過來哄，孟音兒閉著眼睛大哭，眼淚大滴大滴往下落，哭聲比存存當時還要大，到了娘親懷裡，哭聲才漸漸歇止。

看到這個小模樣，江意惜又想到鄭婷婷，她長大後，也會像鄭婷婷一樣有一股子英氣吧？

這總比柔柔弱弱的好。江意惜最喜歡鄭婷婷的，就是她的爽利和英氣。

這時黃嬤嬤把臉上還掛著眼淚的孟照存帶了過來，看到妹妹終於回到娘親的懷裡，存存激動地大叫。「妹妹回來了！」

他跑過去爬上床，抱著妹妹親她的臉，嘴裡說著。「妹妹不哭，有哥哥，不許壞人打妹妹……」

雖然他聽乳娘說妹妹不是被欺負，大家是在給妹妹「洗三」，太祖和爹爹也不是不管妹妹，他心裡還是難受，還是生太祖和爹爹的氣，哭了許久。

江意惜聽乳娘說了經過，笑道：「存存真是個好哥哥，以後好好練本事，有本事了才能護好妹妹……」

這是江辰從小就教江洵的，只不過她把「姊姊」換成了「妹妹」。

申時初，客人們陸續離開，江老太太一上馬車，臉色就陰沈下來，今天她依然沒被孟老太太請去福安堂，她低聲罵道：「惜丫頭莫不是生孩子生傻了？那劉氏是繼婆婆！牛小丫頭是八竿子打不著的牛家種，跟她一文錢關係都沒有，她倒好，對她們比對親祖母和親姊妹還要好……」

江大夫人跟老太太一輛車，她知道老太太最氣什麼，但她也不希望老太太被請去福安堂，那幾個老封君打心裡瞧不起她，若是不搭理她或是說話不好聽，豈不是平白無故惹閒氣，但這話可不能明說。

江大夫人笑道：「婆婆這麼聰明的人，還沒看出玄機？二姑奶奶是把咱們當成自己人，夠放心，說話行事才隨便些，可那對母女是外人，二姑奶奶對她們自然要客氣些。婆婆想想，大爺上個月調去油水足的衙門，又官升一級了，都是孟二老爺幫的忙，這才是實在的……那些虛的，咱不要也罷。」

男人們有出息、閨女嫁進好人家，的確是江家目前最需要的。

老太太撇撇嘴，又說道：「那個劉氏忒粗俗，說話大聲又不知所謂，長得也醜，孟家還讓她出來丟人現眼，哎喲，還是咱們江家會調教閨女，惜丫頭一看就是又賢慧又能幹的當家主母。」

江大夫人跟著捧了一句。「惜丫頭從小沒有母親，都是婆婆教導得好。」

江老太太才又高興起來。

而此時在成國公府，送走客人後，孟老太太累著了，便讓人傳話，晚飯各吃各的。

正院上房側屋裡，劉氏和牛繡坐在炕上說悄悄話。

夕陽把窗紗染紅，光暈透進來，給牛繡的小臉打上胭脂色，顯得小姑娘更加清俊可人。看著心愛的閨女，劉氏笑意更濃。

牛繡眉開眼笑，手裡拿著一串纏了金絲的香珠，講著她和黃馨被召去福安堂給宜昌大長公主磕頭的事。

「晶晶妹妹陪我們去的，大長公主極喜歡我呢，拉著我的手誇我舉止沈穩……」

宜昌大長公主誇閨女「舉止沈穩」，劉氏開心得不行。

她今天是第一次以成國公府當家主母的身分招待客人，老太太又讓孟二奶奶跟在她左右，有事提點她。雖然那些人的眼裡有詫異和好奇，少不得心裡也在笑話她，但表面不失尊重。

她們表面尊重，自己也是面子情，又不交心，這就夠了。

今天收穫最大的，就是閨女的表現得到一致好評，幾乎所有夫人奶奶都說她端莊穩重、清秀俊俏，還跟鄭府三姑娘鄭晶晶成了手帕交。

今天來的客人不多，除了江家，都是有身分的皇親世家，閨女的好名聲也算在權貴圈子傳出去了。

劉氏知道是江氏拜託鄭婷婷在大長公主那裡說了好話，這個人情她領了，還有黃馨，隨時都牽著閨女的手跟那些小姑娘們玩。

飯後，劉氏從嫁妝裡找出一疋適合小姑娘做衣裳的粉色軟煙羅、一對南珠耳墜，讓人分別給黃馨和江氏送去。

夜色沈沈，半輪明月高懸空中。

孟府，靜極了。

二門不遠處有一片小樹林，裡面有兩間廂房，住著巡夜的三個婆子和一個看守二門的守夜婆子。

府裡有規定，戌時末鎖二門，二門只要上了鎖，只有老國公和老太太有權力讓人把鎖打開，還有就是出了什麼大事。過了這個點，即使是國公爺和世子爺想從外院回內院，也只能爬牆。

巡夜的婆子每兩個時辰會繞著內院走一圈，現在時候到了，三個婆子又巡夜去了。

細碎的腳步聲越來越遠，外院牆邊突然傳來幾聲貓叫，跟花花的叫聲有些相似，不知道的人還以為是大奶奶院子裡的寵物貓跑出來玩了，只有看二門的守夜婆子認出，那不是花花的聲音。

守夜婆子來到窗邊，大大咳了兩聲，貓叫聲又傳來。

有情況！

那婆子趕緊穿上衣裳，來到二門外，輕叩了二門兩聲，門的另一邊扔過來一個小紙團。

她把紙團撿起來打開，裡面的幾個字她不認識，但看到上面畫了一隻烏龜。

她只瞄了一眼，隨即又把紙揉成一團，轉身向正院跑去，正院離二門很近，小半刻鐘就到了。

劉氏在屋裡睡得正沈，巧蘭突然把她叫醒。「大夫人，外面送信來了。」

劉氏起身，接過紙團看了，冷笑兩聲。

她對那個男人已經死心，此時不是難過，而是生氣。口頭答應、紙上畫押，只短短的一個月，他就違反了承諾，他敢如此，完全是沒把自己放在眼裡，她若容忍下去，那一紙協議還有個屁用？也白費老爺子特地給了她一個「暗樁」。
劉氏道：「讓巧梅、巧鵑抄傢伙過來，叫上兩個粗使婆子，再把我的男裝找出來。」
她現在的貼身丫頭巧蘭和巧菊沒跟她一起去打過架，劉嬤嬤是她的乳娘，不僅歲數大，還會礙手礙腳。
巧梅和巧鵑是她早年的丫頭，跟她在牛家打架所向披靡，嫁了人也一直跟著她。
巧蘭和巧菊都變了臉，知道大夫人這是要去打架了，巧蘭打開衣櫃找男裝，巧菊跑去後院叫人。
一刻鐘後，盤著頭髮、穿著男式勁裝的劉氏就帶著四個膀大腰圓的女人出了正院。那四人手裡都拿著東西，有拿繩子的，有拿棍子的，還有拿梯子的。
月光如水，銀輝滿地，幾個人快步走著，寂靜中，幾串細微的腳步聲尤為明顯。
她們還沒走到二門，後面就傳來幾聲輕吼。「誰？站住。」
接著是跑步聲，三個巡夜的婆子追上來。
「大夫人？」一個婆子驚叫道。
「我去外院找孟道明有要事。」劉氏面不改色說道。
她見幾個婆子很為難，又道：「妳們只當沒看見，不會連累妳們。」
婆子們猜到大夫人或許要去收拾人了。神仙要打架，她們還敢說不？
「哦，我們什麼都沒看見。」說著，幾個婆子轉身走向另一邊。

來到二門前，守門婆子沒敢出來，劉氏直接把鑰匙遞給叫巧梅的婦人，婦人打開門，幾人走了出去。

人放過去了，守門婆子不敢再裝傻，一溜煙向浮生居跑去。老太太歲數大又身體不好，老爺子和國公爺都住在前院，她只得去跟世子爺稟報。

劉氏等人快速來到成國公的外書房，她之前沒來過，但聽人說了大概位置和建築特點。

幾人在門口前停下腳步，巧梅拿著梯子爬上牆，翻過去內院後，很快從裡頭把院門打開，幾人腳步放輕走進院子。

這是一個一進三合院，院子裡栽著一棵參天大樹，樹葉不時被秋風吹落，劉氏打量著小院，看見上房西屋小窗透著微弱的光亮，仔細聽，裡面還傳來男人的說話聲，間或有女人的聲音。

劉氏似回到幾年前，每隔幾天她就會去「捉姦」，有時在自家捉，有時在外面捉，捉到後就打……

她以為那種日子一去不復返，沒想到今天又開始了。

劉氏在院子裡站了片刻也沒見到小廝出來，應該是被打發走了。

服侍成國公的小廝也是他的親兵，有武功，不可能她們進來沒聽到動靜。

而外院的丫頭戌時末以後是不能待在男主子的院子裡，都必須回到專供下人歇息的院子歇息。

們。

劉氏帶著巧梅和巧鵑大步往窗邊走去，讓兩個婆子守在門口，若有閒人打擾就擋住他們。

窗裡傳出男人女人的喘息聲，劉氏暗罵，不要臉的姦夫淫婦，浪到這時候還沒停。

不多時，又聽見孟道明的說話聲。

「這些銀子妳拿去，喜歡什麼自己買。」

一個嬌滴滴的女聲回應。「老爺，奴婢不想要銀子。」

「那妳想要什麼？」聲音有點不高興。

劉氏冷哼。丫頭就是丫頭，要了男人不想給的，男人就不高興了。

衛紅蓮忙格格嬌笑幾聲，說道：「呀，老爺誤會奴婢了，奴婢想要的是……」

她本來想說「老爺的心」，見成國公沈了臉，知道那東西自己要不起，就把小嘴湊去他耳邊，低聲說了幾個字。

成國公朗聲大笑。「小妖精，倒是會討巧，爺這就給……」

話還沒說完，就聽見廳屋門被人一腳踹開，幾個人走進來。

成國公大叫道：「是誰？來人！快來人——」

臥房門沒插，被人一把推開，以劉氏為首的三個婦人氣勢洶洶闖進來。

在床上的衛紅蓮嚇得尖叫一聲，用被子緊緊裹住身體。成國公也抓起枕頭擋住身體，大聲喝道：「潑婦，妳來幹什麼，滾！」

劉氏沒滾，大步走至床頭，衛紅蓮睡在外面，嚇得又把頭鑽進被子裡，抖成一團。

劉氏一把將被子抓起來扔了，赤條條白花花的衛紅蓮暴露在外，隨著她的尖叫，被劉氏拉下床。

衛紅蓮大聲哭叫。「國公爺救我！大夫人饒命！大夫人饒命——」

劉氏冷冷道：「給我綁起來。」

巧梅和巧鵲過來綁衛紅蓮，邊綁邊打，打在肉上的啪啪聲與衛紅蓮的尖叫聲傳出去，飄蕩在成國公府上空。

成國公眼珠子都氣紅了，跳下床伸手把長袍拿過來穿上，大巴掌向劉氏打去。

「潑婦，老子今天打死妳。」

劉氏左胳膊擋住他的巴掌，右手抓向他的肩膀，左膝蓋提起撞向他的命根子。

成國公左手擋劉氏的右手，身子向後躲避劉氏膝蓋的偷襲，劉氏的左手又迅速抓向成國公的臉。這是劉氏在實戰中練出來的，百發百中。

成國公頓覺臉上一痛，多了幾道長痕，同時，他的頭髮落入劉氏的手中。

幾招一過，成國公被劉氏抓著頭髮打，被壓一頭的成國公也不甘示弱，四肢齊上，一陣叮叮咚咚、噼哩啪啦……花瓶倒了、銅盆落了、高几翻了，上面的茶盅、茶壺、燈盞掉落地上……臥房裡一片狼藉。

成國公怒極，手裡打著人，嘴裡大罵著。「潑婦，我要休了妳……」

劉氏沒有多餘的話，只咬著牙打人，院門口已經有幾個巡夜的護衛及幾個小廝跑了過來，被兩個婆子攔在外面。

「我們大夫人在裡面跟國公爺敘話，你們不能進去。」

動靜鬧得那麼大，哪是在敘話，明明是打架嘛……不過這打架也是兩口子打架，他們該不該進去？

護衛和小廝很為難，不知該怎麼辦才好，除了他們，還有大樹後面、圍牆後面，都伸出來一些腦袋往這邊眺望，還有由遠及近的腳步聲，幾乎住在外院的所有人都被這裡的動靜吵醒了。

不多時，老國公帶著一個下人匆匆趕來，他沈聲喝道：「滾！」

聲音不大，卻比成國公大吼還讓人害怕，堵在門口的人頓時一溜煙跑了，比兔子跑得還快，瞬間消失在夜色中，樹後牆後的腦袋也默默縮了回去。

當老國公沈著臉走進臥房，成國公一看老爹來了，眼淚都落了下來，立刻跑過去跪下，抱著他的腿哭道：「爹！我要休了這個潑婦。」

除了被付氏設計，成國公長到四十幾歲，一路順風，雖然文不成武不就，還是靠著老爹官越做越大，即使被人笑話，也不敢當著他的面笑話。除了老爺子，從來沒有一個人像這個潑婦這麼打他，他又氣又羞又委屈。

劉氏也停了手，走過去跪在老國公面前，說道：「公爹，國公爺違反祖訓睡丫頭，兒媳沒忍住打了他，請公爹責罰。」

老國公看看面前跪著的兩人，劉氏表情冷靜，衣裳整齊。而孟道明披頭散髮，臉上和脖子上有血痕，敞著懷，胸膛和肚皮都露出來，胸脯上也有幾道抓痕。

老爺子怒其不爭，自己戎馬大半生，立下戰功無數，被君王賞識，被百姓愛戴。可這個他曾經寄予最大希望的大兒子，卻總是以這樣一種姿態出現在自己面前。

他雖然讓梁婆子私下聽命於劉氏，但還是希望兒子能夠爭氣，在劉氏的規勸和嚇唬下改掉某些毛病，卻不想，這才剛剛過了一個月，就出了這種事，還被打成這樣。

他一腳把成國公踹倒在地，罵道：「畜生！我怎麼生了你這樣一個沒用的兒子？」

這時候，孟辭墨和二老爺、二夫人趕來了，當他們走進臥房，看到屋裡的情景，都愣了愣。

地上一片凌亂，老爺子氣咻咻地負手而立，成國公披頭散髮衣衫不整的坐在地上，面無表情的劉氏跪在老爺子面前，還有一個女人一絲不掛被五花大綁暈倒在地上。

兩人的目光從女人身上收回，孟辭墨把老爺子扶去椅子上坐下，二老爺把成國公扶著站起來。

二夫人沒有進去，站在側屋。

衛紅蓮被一個婦人拖出臥房，二夫人紅了老臉，啐道：「不要臉，有傷風化，快拿東西把她包起來！」

婦人又進屋把床上的被單扯下，出來扔在衛紅蓮身上。

臥房裡，成國公見兄弟兒子來了，更覺沒有面子，他指著劉氏啐道：「呸！妳這個潑婦，妳答應給我抬一個通房，現在又出爾反爾，居然敢帶著人來打我？我要休了妳，不，我要殺了妳！」

說著，爬起來取下牆上掛著的長劍，拔劍向劉氏衝去，劉氏依然跪在那裡，動都沒動一下。

二老爺趕緊攔腰把成國公抱住。「大哥，使不得！」

孟辭墨過去把他手中的長劍奪過來。

老國公氣得甩了兩巴掌在他臉上，罵道：「混帳東西！自己做了沒臉的事，還怪別人。」又對一個婦人說道：「把老大媳婦扶起來。」

婦人把劉氏扶起來，老爺子看向劉氏。「老大媳婦做得對，這個逆子，就是該打。」

成國公大聲吼道：「爹！」

見老爺子抬了抬胳膊，他嚇得後退兩步。

劉氏側頭看向成國公，說道：「老爺說的沒錯，我是答應了你，但是你也答應了我，給我兩個月的時間治病，若病治不好，我再請求長輩找個女人代我服侍你。這樣，我盡了妻子該盡的責任，老爺也不算違反祖訓。可是你，這才過了幾天，就光明正大在家裡睡丫頭，不僅自己違反祖訓，也連累得我一起違反祖訓。我這個人眼裡揉不得沙子，老爺和那個丫頭陷我於不義，我當然不能忍了。」

她又跪下給老爺子磕了一個頭，沈聲說道：「公爹，兒媳嫁進門僅僅一個月，老爺就公然忤逆祖訓，是兒媳不賢、無能，規勸不了夫君，也滿足不了他，讓他犯下不可饒恕的錯誤。兒媳慚愧，辜負了公爹期望，願自請下堂。」

成國公又吼道：「呸！是老子先不要妳這個潑婦，還自請下堂？」

老爺子氣得又甩了成國公一巴掌。「你給我住口！」

他轉而滿意地看了劉氏一眼，劉氏比他想像的還要聰明，自己為何聘她為孟家媳，她清楚。當然，她明知道孟道明不喜還願意嫁進來，也有她的目的。

她打這一架，不單是為了教訓孟道明，更是做給他孟令看的。她值得那些條件，孟家人還要誇她打得好，老國公和孟辭墨答應的條件必須要做到。

老爺子說道：「子不教，父之過。這個混帳東西是我沒教好，致使他犯了許多錯誤。唉，他娶了三個媳婦，曲氏善良柔弱，遭人設計死了，我們孟家對不起她。付氏是政敵派的探子，禍害了我孟家二十年，上年才抓出來休了。現在他又娶回了妳，妳是個好孩子，知道什麼事能做、什麼事絕對不能做，也不會由著人隨意欺負，是最適合道明的。」

成國公不願意了。「爹，那就是個潑皮不要臉的悍婦，不賢不德還善妒。她不適合我，讓她滾！」

老爺子轉向他說道：「你們兩人，若有一個人要滾，那就是你孟道明。滾出去之前，我還要把你的腿打斷，讓你當不成官，劉氏有樂羊子妻的賢德，不惜自己的名聲，也要讓你學好。她做得對，我們孟家必須留下這個媳婦。」

他的聲音比成國公小多了，卻是不怒自威。

成國公氣結，眼淚都湧了上來。「爹，你不能睜著眼睛說瞎話，不能這樣對兒子……」

老爺子沒理他，緩聲對劉氏說道：「以後，不要輕易說出『下堂』的話，傷感情，孟道明這混帳，還沒到不可救藥的地步，我希望妳能跟我們一起，把他往好路上帶，也希望你們能夠真心相待，攜手到老。明天我會讓道明給妳賠罪，妳先回去吧，這裡我來處理。」

「爹……」成國公哭出了聲，看到老國公又要抬手，只得忍下後面的話，抖著嘴唇落淚。

太慘了，滿京城的大老爺們，還有誰比他更慘？

劉氏的眼圈都紅了，跪下給老爺子磕了一個頭，說道：「謝公爹主持公道，謝公爹待我如親女。」

她站起來，領著幾個婦人走出院子。

站在院門外，劉氏抬頭望天。

明月西斜，天邊那顆啟明星還眨著眼睛，快天亮了。

劉氏苦笑搖頭，向內院走去。

她從小到大打過許多架，唯獨這一次長輩對她說「打得好」，還要讓被打的人跟她道歉。

卯時末，孟辭墨才回到浮生居。

昨天孩子洗三，孟辭墨請假沒有去軍營，今天又出了這件事，他讓孟高山再去軍營請一天假。

江意惜已經知道大概，問道：「祖父怎麼處理的？」

孟辭墨壞笑了一下。「那個丫頭打五板子，直接賣掉。祖父抽了我爹五馬鞭，罰他在祠堂跪兩個時辰，還必須去正院給太太賠罪。」

江意惜笑了，偷睡丫頭被媳婦打、被父親打、得罰跪，還要給媳婦賠罪……真以為所有女人都跟曲氏一樣好欺負嗎？活該！

孟辭墨又笑道：「我爹都氣哭了，被這麼收拾一頓，他以後肯定不敢輕易惹太太，比怕祖母還怕她。」

孟辭墨從來沒覺得成國公丟臉，是他這個兒子丟臉。

劉氏沒吃早飯，直接去福安堂請罪。

季嬤嬤說道：「老太太身子不好，還歇著呢。」

劉氏知道老太太是生氣了，不想見自己，她沒敢回去，而是站在廊下。

老太太的確生氣了，既氣兒子不聽話，又氣劉氏打兒子。

丈夫做錯了，她應該稟報公婆，由公婆懲罰才對，她當媳婦的怎麼能帶人打上門？不僅不賢不德，還丟了丈夫的臉，早知道，應該阻止老爺子聘她為媳。

這時，老爺子回了福安堂，看到了她，和聲對劉氏說道：「妳回去吧，我跟老太婆說說話。」

之後有晚輩陸續來福安堂請安，下人都擋了。

牛繡聽說母親打了繼父，都嚇哭了，趕緊去正院找母親。

成國公昨晚被打的消息像一陣小風，迅速吹遍整個國公府，雖然小得悄無聲息，但每一個角落都吹到了。

第四十七章

一日秋雨一日涼，轉眼到了九月底，曲家大舅的兒子曲修和扈家大舅的兒子扈季文先後住進了成國公府。

扈季文沒去住姪子家江府，是江意惜作主安排的，一是因為江洵快下場考武舉了，她不想讓他因外務分心。二是曲修同扈季文一樣，都要參加明年的春闈，兩人在一起也有利於討論課業。

現在江洵已經沒有去京武堂，在家安心溫習功課，江意惜隔兩天就會派人給他送補湯，調理身子。偶爾江洵也會來江府請教孟老國公，不僅請教策略，還會在成國公府馬場練騎射。

江意惜這時也才看出來，曲修跟劉氏的關係非常好，這也就說明曲家跟手握一方兵權的吳城劉家關係非常好。

那麼，劉家應該早就是平王一黨了，毫不猶豫把閨女嫁給糊塗蟲成國公，不止有孟老爺子的關係，還有平王的原因。

劉氏進了孟家門，對孟家來說就是一大助力，基於政治考量，就算劉氏鬧得再過分，孟家也不會休了她。而目前看來，把劉氏娶進門作用真的非常大，只一架就徹底把成國公打萎了。

成國公覺得劉氏比當初背叛的付氏還令他受不了，也比老父打他更令他感到丟人，她又扯頭髮又抓臉的，偏自己還打不過！最最氣人的是，老父不僅不同意他休了她，還一味幫著她，天天被媳婦這麼揍，傳出去他還怎麼做人？

發生蓮兒事件之後，成國公表面上又老實多了，依然如以前一樣與劉氏相處，雖然看劉氏的眼神充滿了恨意，可還是乖乖定時去正院居住，定期與劉氏比武。

孟辭墨私下也更加看不起他，再如何也應該多硬氣幾天呀，或者多挨揍幾次再服軟呀，真是「慫」。

而老爺子雖然希望劉氏能制住他，可見他這麼容易就被管得死死的，老爺子也肝痛。

還有老太太，第一次覺得兒子忒沒出息，以前罵兒子沒出息都是氣話，現在是真心這麼覺得。

老爺子跟老太太談過話，說劉氏這麼教訓兒子猶如下一劑猛藥，雖然難受，卻極是管用，還說兒子之所以這樣，都是老太太之前縱的，因此不許她再插手，不能就此苛刻劉氏，更不能苛待牛繡。

老太太雖然沒有給劉氏立規矩，卻是不願意搭理她，對牛繡倒是依然溫和，沒任何改變。

劉氏無所謂，不搭理自己少說話就是了，只要閨女好就什麼都好。

這天，秋雨綿綿，秋風簌簌，浮生居落英繽紛。

江意惜坐在炕上，看存存搖著博浪鼓逗妹妹玩，廊下啾啾吟誦情詩的聲音不時傳進來。

今天上午江洵又來了，老爺子和孟辭墨都去了外院，還說好讓浮生居小廚房準備些下酒菜送去外院，男人們會在外院喝酒。

水珠廚藝好，老爺子之前就特別喜歡吃她燒的菜。現在福安堂小廚房管事衛嬤嬤被趕出府，新管事的廚藝老太爺不太喜歡。

他幾乎每天都去錦園侍弄花草，再去浮生居看兩個孩子，接著留下吃晌飯。孟辭墨不在家，老爺子就在廂房由小存存陪著吃，當然，還要多一個餵飯的乳娘。

府裡來了貴客，老爺子也會讓水珠燒兩樣菜拿出去待客。

隨著一聲貓叫，花花從軟簾下走進東側屋。牠邁著優雅的貓步，尾巴沖天翹起，眼睛瞪得溜圓，脖子高高昂起。

牠不高興了。

自從江意惜生下孟音兒，只要孟辭墨一回來住牠就不高興。如果孟老大不回來，牠就能如願挨著娘親睡，在奶香味中入眠多愜意，而孟老大一回來，牠就會被趕去廂房裡睡。

牠非常不高興，就要表現出來。

江意惜裝作沒看出來。當初生存存之後的一段時間也這樣，過些時候習慣就好了。

她笑道：「快來看，妹妹又在蹬腿了呢。」

花花最喜歡看妹妹蹬腿晃胳膊，也不生氣了，一下跳上炕，看著孟音兒喵喵叫。

這時兩道木屐的「嗒嗒」聲由遠及近，來到正房門前脫下木屐，走進屋裡。

存存已經聽出她們的聲音，拍手笑道：「繡姑姑和表姊姊來了。」

牛繡和黃馨給江意惜見了禮，就坐去炕上。

黃馨笑道：「舅娘，我們晌飯在這裡吃。」

江意惜笑道：「好，我讓人做妳們喜歡的桂花甜糕。」

正說著，小丫頭來報。「大奶奶，鄭大姑娘來了。」

江意惜下炕迎出側屋。

鄭婷婷走進來笑道：「嫂子，明天我大哥休沐，想去昭明庵看珍寶，看妳有沒有什麼東西要一道帶給她？」

江意惜五天前才去看過李珍寶，明天就不一起去了，笑道：「有，明天早上我讓人送去妳府上。」

看完幾個孩子後，兩人去西側屋坐在美人榻上喝茶說笑。

她們對面是南窗，小窗半開，正好能看見院子裡的一隅，一棵大樹立於門邊，大半樹葉已經枯黃，在秋雨中瑟瑟抖動，幾片葉子隨風飄下……

鄭婷婷嘆了口氣，悄聲道：「我大哥可能要調去五團營了。」

御林軍的差事輕鬆體面，而五團營練兵累得多，還不能經常回家。

江意惜不解。「妳娘願意？」

鄭婷婷道：「我娘當然不願意了，但我祖父和我爹願意，她也沒轍。」聲音放得更低。「好像我爹接到吉叔的信，就做了這個決定，他說在五團營才能學到真本事，學好本事以後去西慶，我娘知道後哭了好幾天。」

爽利的小姑娘也有了幾分愁緒，眉毛輕蹙。

江意惜驚訝道：「妳娘當初讓妳哥回京，不就是讓他回來娶媳婦的嗎？媳婦還沒影呢，又放他出去？」

李珍寶還沒把鄭玉追到手呢，放他去西慶，那還追什麼？江意惜都替李珍寶發愁，鄭吉為何一定要讓鄭玉去西慶？孟辭墨肯定知道，卻沒告訴她。

鄭婷婷嘟嘴道：「也不是馬上去，總要兩、三年後再去。唉，我也不想大哥去。」

江意惜放了心，李珍寶還有時間，若追到了鄭玉還要去邊關，就看小珍寶怎麼做了。

這時，一個身影出現在她們的視線裡。

雨霧中，一個少年打著棕黃色油紙傘走進大門，拐上西邊遊廊。

少年長身玉立，偏瘦，劍眉星目，穿著玄色交領箭袖長袍，秋風吹起他的衣襬，更顯飄逸俊朗。

正是江洵。

江意惜笑道：「酒菜剛送去外院，他怎麼來了這裡？」

鄭婷婷紅了臉，垂目不好意思看那個翩然而至的少年，可眼神不受控制抬起看了一眼，又趕緊垂下。

人還沒進屋，就聽到他的聲音。

「姊，姊夫他們有要事相商，我來妳這裡吃飯。」

進來後，才看見鄭婷婷也在這裡。

少女高眺美麗，宛如仙子，讓他的眼眸立即明亮起來，璀璨如夜空星辰。

他趕緊垂下眼皮，抱拳笑道：「鄭大姑娘。」

鄭婷婷的臉更紅，難得地有些嬌羞，盈盈屈膝，笑道：「江二公子。」

江洵明亮的精光哪怕轉瞬即逝，江意惜也捕捉到了，再看鄭婷婷的嬌羞，江意惜有些驚訝，這兩個孩子似乎對彼此都有意。

江意惜之前完全沒有想過他們之間有可能。他們門第相差懸殊，雖說也不是完全沒有可能，可是有鄭吉和扈氏的糾纏，鄭家人會願意嗎？

除了何氏，鄭家目前不知道江洵的母親就是跟鄭吉有糾纏的扈氏，但要招江洵為婿，必然會留意他的外家。

江意惜最怕的，還是鄭家若知道她母親是扈氏，會不會把她和孟音兒的相貌跟鄭吉聯繫起來？

她為難極了。

她本意是希望這一對小兒女能心想事成，但理智上又不願意他們把那層窗紙戳破，因為他們不可以在一起，鄭家若知道真相也不可能會同意，同時，還有可能暴露出她和鄭吉的關係。

但若她出手阻攔，是不是就跟宜昌大長公主一樣棒打鴛鴦？

江洵未注意到姊姊面有異色，跟鄭婷婷無話找話道：「鄭大哥怎麼沒來？」

鄭婷婷笑道：「在宮裡守值。我們明天要去昭明庵看珍寶。」

江洵笑道：「等我考完秋試，和鄭大哥一起再去看珍寶郡主。」

「好啊，孟嫂子也一起去。」

裡面傳來存存的大嗓門。「舅舅，快來看妹妹，妹妹俊！」

江洵笑說：「我去看外甥女。」

他掀開軟簾走去東側屋。

屋裡傳來存存和花花興奮的叫聲。

「舅舅！」

「喵喵。」

接著，是兩個小姑娘的叫聲。

「江叔叔！」

「江二哥！」

江意惜和鄭婷婷跟了進去。

江洵已經抱起小音兒，他抱小奶娃的姿勢特別標準，小音兒向他咧著嘴笑，眼睛都笑彎了。

他抬頭衝江意惜笑道：「音兒長得更像我了。」

這話鄭婷婷表示不認可。「音兒哪裡像江二公子，都說她長得像我。」

江洵愣了愣。他覺得這個說法太可笑了，小音兒跟鄭府連拐了彎的親戚都沒有，怎麼可能像她？但人家姑娘這麼說了，他也不好說不像，笑著沒言語。

小存存站在炕上，癟著嘴不依道：「妹妹最像偶，像存存。」

江意惜把話岔開。「飯菜來了。」

西側屋擺了一桌，江洵和小存存在那邊吃，東側屋炕上也擺了一桌，江意惜等女眷在這裡吃。

飯後，下了兩天的小雨終於停了，天上出現一彎七色彩虹，澄澈的天空如洗過一般湛藍，房簷上、枝葉上還往下落著雨滴，丫頭已經把地上的落葉和水窪掃淨，鄭婷婷告辭回府。

江意惜送她出門，站在廊下目送她離去。

另一邊的西側屋裡，江洵也站在窗前看著那抹高眺婀娜的身影越走越遠，走到院門前回眸一笑，而後轉身消失在院門後。

那朵笑如盛開的花兒，讓他心跳加速，難掩悸動。

不知什麼時候姊姊來到他的身邊輕咳一聲，江洵才從沈思中清醒，不禁紅了臉。

現在不是跟他討論這件事的時候，江意惜不願意在秋試前讓江洵分神，沒多說什麼，只是拉著江洵坐下，問他身體情況及家裡伙食情況，江家幫不了忙沒關係，只要把伙食搞好，不讓人給他添堵就成。

江洵一一回答，大致情況都還好。

送走江洵之後，江意惜帶著存存和花花去了福安堂，沒有特別帶剛滿月的音兒去，主要是因為天氣冷，而且老太太不像老太爺，對孟音兒遠沒有對幾個重孫子感興趣。

福安堂裡，女眷孩子們都在陪老太太說笑著，只有劉氏像個呆瓜，坐在那裡不言不語。只要老爺子不在，劉氏話就不多，若老爺子在，劉氏的話就會多起來。

此時男人們才從外院過來，臉色都不太好看。

老太太問道：「出什麼事了？」

孟辭墨道：「有消息傳來，昨天文王割了一塊肉熬湯，讓人送進宮請太后娘娘喝，今天太后的身體居然就好了大半，皇上大喜，認為是文王孝感動天，不僅提前解了他的禁足令，還恢復了他親王的爵位。」

因為李珍寶的病情比往年更加嚴重，太后娘娘為此擔心多時，頭疼的老毛病也犯了，但沒想到昨天喝了文王送的肉湯，今天突然就不頭疼了。
孟家人都不喜文王，這實在不算好消息。
老太太道：「應該是御醫調養有方，把太后的病治好了，趕巧文王昨天割肉熬湯，佔了這個便宜。」
老爺子道：「妳也說趕巧，就是一個『巧』字罷了。」
江意惜不以為然，哪有這麼巧的事，想必是知道前世太后娘娘的病差不多這時會好，文王才趕在昨天求表現、「割肉救祖母」，看來重生一次，糊塗王爺也不糊塗了。
只是到目前為止，文王的氣數比起英王還差得遠，平王一黨對文王的重視程度也依舊比不上英王，英王和趙家浸淫朝堂幾十年，就算趙互倒了，他們的黨羽也不容小覷。
夜幕降臨，食上的店面裝飾了一盞盞彩燈，此時正是晚飯時刻，主樓裡座無虛席，人聲鼎沸。
院裡頭另一處小築燈火如畫，院裡院外站了許多護衛，文王、平王、英王、雍王世子等人正在裡面飲酒作樂。
文王今天解除禁足令，特地請客慶祝一番，其他皇子在宮裡出不來，只請了三位在外開府的王爺及幾位宗親世子。
透過今天的事，平王和英王對文王更是刮目相看，他們才不相信什麼孝感動天的鬼話，更不相信文王會沒來由的割自己胳膊上的肉，推測文王背後必是有能預知未來的高人指點，先前才會有意拉攏樊魁，現在又在太后娘娘身子將好之際，及時上演一場「割肉救親」的大戲，一舉雙得。

同時，文王暗瞄了其他人一眼，這段時日他也想明白了，太子調戲彩雲卿、差點把他害死，絕對是他們這些人在背後搞的鬼，這個仇他一定要報，絕對不能讓他們結盟……

幾位王爺心懷鬼胎，但表面關係和諧，平王和英王都向文王表示了誠摯的敬意。

「這回多虧了二皇兄，大孝感動上蒼，讓皇祖母病情大好，弟弟定以皇兄為榜樣，在此敬上三杯，先乾為敬。」說完，英王三口飲盡杯中酒，又親自給文王滿上。

文王心裡暗罵幾聲「卑鄙」，嘿嘿傻笑著，也喝了三杯，說道：「四皇弟過譽了，榜樣不敢當，碰巧，碰巧。」

瞧他說話還有些磕巴，英王心中暗笑，那個高人明珠暗投，可惜了，得找個機會挖過來重用才是。

平王也親自為文王斟上一杯酒，舉杯笑道：「二皇兄至誠至孝，來，弟弟敬你。」說完，一口飲盡杯中酒。只敬一杯，笑容和煦，絲毫沒有想把他灌醉問心裡話之嫌。

文王心裡卻又罵道，假好心、假平和，這些人裡數你最狠！繼而想起前世平王殺死英王之前說了一句話。「善謀者需忍。」

忍！沒錯，他要忍！

之後是幾個世子來敬酒，有敬三杯的，也有敬一杯的，這麼多年來，今天是文王最體面最風光的時刻，他非常高興，來者不拒都喝了。

酒足飯飽，再看到文王已經有了醉意，平王說道：「天兒晚了，都回吧。」

眾人紛紛起身，文王似乎還沒喝夠，大著舌頭說：「別走、別走，我還有事沒跟你們說呢！嘿嘿，不瞞你們，我前天夜裡作了個夢，夢到皇祖母的病今天會好，就……嘿嘿……沒想到，她真的好了……」

話還沒說完，他一歪頭睡了過去。

眾人瞠目結舌，你望望我，我望望你，原來他不是有高人指點，也不是有什麼孝心，而是作了個奇怪的夢，他傻呵呵地相信了，順勢來個捨身割肉孝養太后，太后娘娘的病還真好了……關鍵是他還說出來了，這麼大的瓜，真的假的……

除了醉得不省人事的文王被護衛揹上車，所有人一下子都酒醒了，各自想著心事上了自己的車駕。

護衛沒有把文王送回王府，他在醉倒之前就吩咐了護衛，他要去「那裡」。

「那裡」，他的貼身護衛和太監都知道是指彩雲卿的住處。

馬車到了某處街口便停下，避免太過張揚，身穿戎裝的護衛先下了馬車，隨後小廝駕著馬車繼續前行，不知過了多久，駛入一個寂靜的街道，再西拐進入一處宅子。

文王一身酒氣地下了馬車，卻儼然沒有醉意，神色清明。

穿著一身鮮衣的彩雲卿迎出垂花門口，頭頂的燈籠發著紅光，彩雲卿千嬌百媚，楚楚動人，眼裡卻掩飾不住驚慌。

文王冷冷看了她一眼，說道：「怕什麼，本王不怪妳。」

彩雲卿明顯鬆了一口氣，輕聲道：「是，王爺，準備好了。」

文王點點頭，向內院走去，彩雲卿緊隨其後。

穿過幾道月亮門，彩雲卿在一處偏廈旁停下，文王的背影繼續前行，消失在黑暗中，她又長長鬆了一口氣，臉上的笑容和嬌媚瞬間消失，轉頭進了一間廂房。

夜，靜得可怕。

浮生居的正房裡，嵌玉雕花的架子床搖到了半夜，孟辭墨和江意惜洗了澡，才一臉滿足地相擁而眠。

孟辭墨忍了幾個月，今天終於滿足了，他緊緊摟著女人，嘴角微勾，感覺懷中的女人拱來拱去，他又有了反應，輕聲問：「還想？」

「不是，」江意惜推了他一把，才又道：「我只是睡不著。」

「怎麼了？有心事？」

江意惜便把她發現江洵和鄭婷婷或許看對眼的事說了。

「我為難得緊，若是反對，我不就跟宜昌大長公主一樣害了兩個相愛的人？可若是不反對，鄭家只要知道我娘就是跟鄭吉相好的那個扈明雅，還是不會同意洵兒和婷婷的婚事，或許還會懷疑我的身世。」

江意惜躺平，望著漆黑的床發愁，她都愁一天了……

「意思就是，不管妳反不反對，洵兒和鄭大姑娘都不可能在一起。」孟辭墨道。

江意惜點頭。「嗯。」

孟辭墨說道：「我看等江洵考完武舉，妳就把岳母和鄭叔真正的關係告訴他。既然怎樣都不可能在一起，江洵或許會主動放棄。」

「若他知道我娘和鄭吉的關係，再看到我像鄭家人，你說他會不會多想？」

「不會，江洵那眼神，能把音兒看成最像他，不會看出妳像鄭家人。」

江意惜苦笑。「洵兒就是像我爹，特別感情用事，不管什麼，只要是他喜歡的人或事，就只願意往他喜歡的方向想。」

想到江洵看鄭婷婷的那雙眸子，她心裡暗嘆，可憐的孩子，前世早死，今生又注定得不到心愛的姑娘。

自己曾經發誓要讓他幸福，可這件事，自己也無能為力，但願他能想開些……

江意惜想起鄭玉要去西慶的事，嬌嗔道：「你有沒有事瞞著我？」說著，還輕輕戳了一下孟辭墨的胸口。

「什麼事？」

「鄭吉為何讓鄭玉去西慶？」

孟辭墨知道這事瞞不了多久，鄭婷婷肯定會告訴她，便說道：「鄭叔突然想回京任職，但西部一帶是祖父和他經營幾十年的地方，總要有一個最放心的人在那裡，他才能安心回京。我的主戰場在京城一帶，辭閱還沒有那個能力，只得先讓鄭玉過去。」

江意惜想不通。「鄭吉怎麼突然想回京任職了？」

羅帳裡一片漆黑，孟辭墨的眼神還是躲閃了一下，含糊道：「他年齡大了，想多陪陪大長公主。」

江意惜不信。「只這麼簡單？」

「他給祖父的信裡是這麼寫的，至於有沒有其他想法，連祖父都猜不透，我就更不知道了。」

江意惜覺得或許是自己自作多情了，鄭吉回來不是因為她，而真的是為了孝道。人隨著年紀漸長，年輕時的想法也會有所改變，或許有一天鄭吉想通了，會跟何氏和好也不一定。

她說道：「你說，若珍寶追到了鄭玉，會願意讓他去千里之外嗎？」

孟辭墨道：「男人前程，家族興旺，誰也阻止不了。」

「若讓你去呢？」

孟辭墨湊上前吻了她一下，笑道：「我會去，而且會帶著妳和孩子們一起去。」

江意惜心滿意足，很快進入夢鄉，孟辭墨卻睡不著了。

他很無奈，當初只是想讓鄭吉高興一下，就在信中多寫了幾句，形容音兒如何像他，哪知他因此想回京陪著音兒長大。

不過不止惜惜不想讓鄭吉回京，老爺子也不想，還包括皇上。皇上是希望鄭吉多在那裡鎮守幾年，老爺子是希望鄭吉把接班人培養出來以後再回來，偏偏鄭吉的請求他們都不能拒絕。

孟辭墨知道自己闖禍了，不敢說真話。

次日寅時，寒星閃爍，寒風撲面，江意惜把孟辭墨送出房門。

她心裡想著，自己夫君披星戴月上下衙，九天見一面，自己尚且捨不得，若李珍寶追到鄭玉，能願意鄭玉去千里之外，兩、三年見一次面嗎？

李珍寶可不像自己，自己說走就走，而李珍寶，有年邁的太后，還有特別黏她的雍王，他們不會放她遠走邊關的……

看來小珍寶想跟情郎天長地久，還任重而道遠。

晚上，男人們下衙說了一個勁爆消息，京城又發生一起少婦失蹤案，是一個六品官員的兒媳婦，五日前的夜裡莫名失蹤，最開始三天家人還沒敢報案，自己偷偷尋找，但毫無音訊，只好報給京兆府，京兆府的衙役找了兩天也沒找到人，這件事才爆出來。

這次案件發生時間與上一起少婦失蹤案相隔將近半年，案件共通點不少，受害人又是二十至二十八歲之間的小媳婦，出自官家或商家，作案時間和地點隨興。

官府判斷這些案件都是同一人所為，而且這次惡人更加膽大妄為，是潛入府裡作案的，判斷此人武功高強，擅長迷煙。

皇上震怒不已，責令京兆府和刑部聯合盡快破案。

這幾起案件影響程度是兩級分化，官家和富有的商家人心惶惶，就怕下一個目標出在自家。而很多平民百姓卻私下叫好，認為出事的人家都是強取豪奪之輩，這惡人顯然是道義之士。

這事雖然駭人，但還沒到京城宵禁的地步，官家和商戶只得加緊自家夜間的防範。

那個失蹤的小媳婦跟孟三夫人是拐了彎的親戚，三夫人因發生這事嘆息不已。

「可憐見的，怕是已經沒命了，即使活著被救回來，以後不是進家廟就是長年禮佛，也不會再出來見人了。」

老太太嚇著了，一再交代府裡的幾個男人。「讓護衛和巡夜婆子都留心了，夜裡可不要出什麼事。」

孟二老爺說道：「娘放心，咱家有那麼多暗衛，還有巡夜的護衛和婆子，夜裡出不了事。」

說完才覺得自己話多了，大嫂胖揍大哥，不就是發生在夜裡？

他咳嗽一聲，眼角瞥了一眼成國公。

成國公不喜歡聽這話，覺得老二是在譏諷自己。他鼻子輕哼一聲，白了一眼正對面的劉氏，心裡想著，若凶手不長眼地來搶她，肯定搶不走……

劉氏的眼光掃向他，他的目光又轉向別處。

老國公說道：「在家裡盡可放心，妳們幾個小媳婦無事不要出去。」

目光看向孟月的方向，他最擔心的，還是這個長孫女。

江意惜對這起案件關心不多，因為武科鄉試的日子就快到了，她每天都早起煲湯做飯，讓人送至江家給江洵。

十月初九、十二、十五，武科三場鄉試如期舉行，第一場馬射，第二場步射，第三場策論，最後一場考完的次日，江洵親自來到浮生居。

老爺子正在錦園，見他來了，也去了浮生居，還讓人把曲修和扈季文請來。

老爺子聽了江洵的稟報，認為他一定能中，名次還不會太靠後，江辰才十六歲，若能取得這個成績，可謂年少有為了。

老爺子笑瞇了眼，在他看來，江洵就是他的關門小弟子。

江意惜大喜，趕緊讓小廚房多做些菜，請他們在浮生居喝酒吃飯。

十月十八放榜。

早上，朝陽似火，天空蔚藍，江洵帶著江大、旺福去京兆府署門前看榜。

考武舉的人比考文舉的人少多了，錄取的人也少，今科武舉只錄三十人，看榜的人有幾百個，黑壓壓擠成一片，周邊也有女眷，都坐在馬車裡。

江洵、江大擠進人群，旺福牽馬在外面等。辰時，一聲銅鑼響起，衙役拿著「金榜」貼在署門上，一群人蜂擁而上。

一個衙役高聲唱著榜上舉子姓名，從後往前唱，當聽到「第十七名，江洵，濟州人士」時，江大跳起來，笑著高聲喊道：「二爺，你中了，你中了，第十七名！」

江洵也樂得見牙不見眼。

兩人擠出人群，人們都羨慕地看著這個少年。

英武俊朗，氣質出眾，還這麼年輕，頂多十六、七歲，不要說是這一科最年輕的，以往這麼年輕的舉子也少見呀……

兩人擠出人群，接過旺福手中的馬。

江洵對江大說道：「你先去成國公府給老國公和我姊姊報喜。」

江大問道：「二爺不去？」

每次主子有了好事都會第一時間去告訴二姑奶奶，今天怎麼只讓自己去？

江洵道：「我要先告訴我爹我娘。」

他上馬直奔武襄伯府，旺福上馬緊跟著。

看著兩個漸漸遠去的背影，江大才反應過來二爺是去祭拜二老爺和二夫人的牌位，他也隨即上馬離去。

眨眼工夫，那個身影就匆匆走了。

另一邊，坐在馬車裡，掀開車簾一角看外面的鄭婷婷既高興又失望。

她今天找藉口出府，就是想第一時間知道江洵是否上榜，當她聽到江洵高中，欣喜不已，還想著怎麼跟江洵來個偶遇，恭喜他金榜題名，不承想他們走得那樣快。

江洵剛一進府，門房就哈腰問道：「二爺，中了第幾名？」

門房見江洵面無表情，沒有中了的狂喜，也沒有沒中的沮喪，心中狐疑。後一步進門的旺福喜笑道：「二爺中了第十七名。」

門房馬上躬身作揖道：「恭喜二爺，賀喜二爺。」

江洵甩了門房一個小銀錁子，把馬韁繩交給旺福，匆匆去了江家祠堂。

祠堂只有一個看門兼管灑掃的老下人。「二爺，你怎麼來了？」

平日除了祭祖和被罰，幾乎沒人會來這裡。

江洵說道：「我中舉了，想跟我爹我娘說說話。」

他又遞給老下人一個銀錁子。

祠堂看門人基本上沒有被賞的機會，祭祖的時候男主子都會來，可別說得賞，他沒做好還會挨板子，平日若有主子被罰來這裡，心情就夠不好了，哪裡還會給他賞錢。

老下人高興地接過，哈腰道：「謝二爺，賀喜二爺！」

隨著「咿啊」的響聲，厚重的木門被推開，迎面撲來一股陰森的潮氣，老下人走進祠堂，點了油燈放在高臺上，而後便退下。

即使有燈光，屋裡還是光線昏暗，瀰漫著一種恐怖的氣息。

江洵一個人走到牌位前，先給老祖宗牌位作了揖，再來到寫有「江辰」、「江扈氏」的牌位前。

他凝視兩個牌位片刻，跪下磕頭，抬起頭時已淚流滿面。

他沒有擦，任眼淚狂洩而下，從小到大的許多事，爹、娘、姊姊的面孔，一椿椿、一個個在眼前浮過。

父親在世時的叮嚀教誨，父親去世後姊弟二人受的白眼和苛待，旁人對母親的冷言冷語，姊姊一路的謀劃、自己的努力，處境一點點變好……

他沒見過母親，但聽秦嬷嬷說過，母親美麗明豔，溫婉多才，跟姊姊很像，只是眼睛圓一些，眉毛再淡一些，嘴巴再小一些，喜歡穿紅色衣裙……母親的形象就永遠刻在了他的腦海裡。

他輕聲說道：「爹、娘，我中舉了，我們二房起來了，不會再被人瞧不起，不會再任人欺負……之前是姊保護我，之後就是我保護姊，我會繼續努力，光耀門楣，當個頂天立地的男子漢，像爹一樣，保家衛國，護好最親的人……」

與此同時，江家女眷已聽說江洵中了第十七名，都高興地跑來如意堂報喜。

老太太有些氣惱，江洵中舉沒有第一時間來給她這個祖母磕頭，感謝她的教養之恩，卻跑去了祠堂。

剛開始的喜氣也變淡了，她冷哼道：「隔了一輩，再掏心掏肺人家也看不到。」

江三夫人笑道：「二老爺生前一直放心不下洵兒，如今洵兒終於有了出息，巴巴地跑去告訴二老爺，也是人之常情。」

她只提到江辰，沒敢說扈氏。

大夫人又笑道：「三爺、四爺、興哥兒都在外堂等候報喜的差爺，又派人去衙門請大爺回來了，總管說，爆竹、打賞差爺的賞銀都準備好了。」

老太太點點頭。「還要多準備糖果點心，好招待來恭賀的鄰居，再準備一些碎銀，賞那些打秋風的人……」

大夫人點頭應是。

她們等了小半個時辰都沒等來江洵，老太太的臉色越發難看，這時，外面突然傳來鑼鼓聲。

江意珊喜道：「報喜的人來了！」

江意言小聲喝了一句。「又不是給妳報喜，妳傻樂什麼！」

被罰過幾次，江意言不敢再當眾亂說話，但私下欺負江意珊的習慣依然沒改。

江意珊低下頭。

屋裡其他人都興奮起來，側耳聽著外面的動靜。

差爺大著嗓門報喜，恭賀的人此起彼伏，老太太有些恍惚，家裡有這種喜事還是在十八年前，江辰中了武舉，也是十六歲。

想著早逝的兒子，老太太紅了眼圈。若江辰沒死得那麼早，這個家會更興旺……

聽到鑼鼓聲，在祠堂的江洵用袖子擦乾眼淚，走去外院待客。

送走官差，跟前來道賀的鄰里寒暄一陣，江洵才脫身去了如意堂。

他來到老太太面前，跪下磕頭道：「孫子不負祖母厚望。」

江老太太不滿意孫子之前的表現，但孫子來給她磕頭，還是令她笑得開懷。

她拉著江洵的手流下淚來，哽咽著說道：「你有了大出息，我將來去那邊也能給你爹交差了，三個兒子中，我最疼的是你爹，他卻早早死了，讓我這個老婆子白髮人送黑髮人。還好他留了個根兒，老婆子天天提心吊膽，怕你有個好歹，對不起我二兒……」

老太太哭出了聲，江洵又紅著眼圈跪下給老太太磕頭，老太太抱著他哭得更厲害。

江大夫人和江三夫人都掏出帕子抹眼淚，江大奶奶流淚過去相勸，這一幕感動了屋裡幾乎所有人，只有江意言覺得眼前一幕就是笑話，她不敢太放肆，只能用帕子捂上笑著的嘴。

十月二十，江家請客，頭一個就給成國公府送了帖子。

這不僅是江家的喜事，更是江家二房的大喜事，孟辭墨夫婦肯定會去，老爺子又讓劉氏母女、孟辭閱夫婦去。

劉氏是成國公府主母，讓她去是給江府面子。孟辭閱在御林軍裡當差，又有一定的人脈，江洵跟他交好好處多多。

至於牛繡，只要孟府有女主子去外面參加活動，都會帶上她，充分展示這個姑娘的各種優點。

老爺子本來還想讓當家人成國公親自去恭賀，又怕成國公和劉氏在別人家鬧矛盾反倒不美，打消了這個念頭。

這一日，寒風凜冽，陽光明媚卻感受不到絲毫溫暖。辰時末，孟家幾人攜著賀禮，連同扈季文、曲修一起去了江府。

孟照存掀開車簾朝後頭興奮叫著。「偶舅舅中舉了，是偶的舅舅！」

後一輛馬車裡鑽出半個小腦袋，是孟照安。今天帶上他，是讓他去向江洵學習的。不算族人，孟家本家只出了一個舉人，就是孟辭羽，他也是十六歲中的舉，還是文舉人，可惜出了付氏那件事，孟辭羽的名字成了禁忌。

如今能給小豆丁們樹立榜樣的就是江洵，少年得志，謙遜好學。

孟照安向前大聲說道：「向江舅舅學習，我也要十六歲中舉！」

怕小主子吹風，兩個乳娘趕緊把他們勸進車內。

馬車還沒進胡同就能看到一身鮮衣的江洵，他同江晉一起站在大門前迎客。

被乳娘抱出馬車的孟照存鄭重地給江洵作了個揖，大聲道：「偶舅舅是舉人，恭喜舅舅，恭喜存存！」

小大人的樣子讓人忍俊不禁。

當劉氏下了馬車，江洵立即上前深深一躬。

成國公夫人親自到來，客人們既吃驚又好奇，紛紛看過來，江大夫人聽說後也小跑迎出二門。

不多時，江洵看到鄭玉騎著馬來了，身後還跟著兩輛馬車。

江府也給鄭府送了帖子，江洵知道鄭玉不出意外肯定會來，他心裡還有個小小期盼，希望鄭玉能把妹妹帶來。

看到他身後的馬車，江洵笑意更深。

鄭玉下馬，抱拳笑道：「恭喜江兄弟，願江兄弟更進一步，高中進士。」

江洵抱拳謝過。

後一輛馬車裡下來兩個丫頭，拿出馬凳放在第一輛馬車前，謝氏和鄭婷婷、鄭晶晶被人扶下馬車。

江洵想到鄭婷婷有可能會來，卻沒想到鄭夫人也來了。

謝氏親自道賀，既是感謝江意惜治好了自己閨女的眼睛，也是感謝她治好了宜昌大長公主的眼睛，何氏不喜出門，只得她來了。

這又是一個貴客。江洵、江晉趕緊作揖行禮。

把貴客請進門，後面又來了兩個江家誰都沒想到的貴得不能再貴的貴客，文王和雍王世子李凱。

江家有自知之明，根本沒給文王府和雍王府下帖子，江洵和江晉愣過之後，趕緊上前作揖行禮。

文王笑道：「時間過得真快，江二公子救火時還是少年，如今已是萬人矚目的青年舉子了。」

既是恭賀，也說明了來意——我是感謝你救了我，今天才來恭賀的。

李凱神色莫名，他今天一樣是被文王硬拉來的。

他對江洵的印象一直不太好，當初就是這小子嚴辭拒絕自己對江意惜的求親，雖說珍寶跟這小子關係不錯，不過這種小事，讓管事來送份賀禮就是瞧得上他了，幹麼要親自上門？

但文王死乞白賴拉他來，說若不是江洵當初先滅了那把火，自己和閨女就有可能被燒死，江洵對他有救命之恩。又說江氏和江洵姊弟都跟李珍寶關係要好，為了李珍寶，他也應該親自道賀。

李凱心裡腹誹，那麼記恩，也沒見你平日多幫幫人家……但也不好再擺架子，只得一起來了。

江伯爺和江三老爺聽說文王和雍王世子來了，都激動地小跑著迎出門。郭子非的父親平進伯也來了，今天不僅能跟孟府、鄭府、祁府等幾個當權的豪門子弟套近乎，還能跟文王和雍王世子套近乎，讓他歡喜不已。

他給兒子使了個眼色，郭子非趕緊跟隨岳父一路小跑迎出去。

接著是平王府管事、崔次輔府管事來送賀禮。

今天只不過是江家二房一子中了舉，卻有這麼多貴客恭賀，無論是江家族人還是親戚，心裡都羨慕不已，相信江家未來定能靠著這個二房孤兒，再次光大門楣。

文王和李凱親自道賀的消息也傳到了內院，江老太太激動地直念佛，正在如意堂的江意惜得知此事心又是一沈。

這文王就像不散的陰魂，他來江府的目的是什麼？若為她而來，基本上是見不到面的，而且，她先前都已經把很多不合常理的事推到了愚和大師身上……

江家，到底有什麼他感興趣的地方？

如今江意柔的肚子已經很大了，她最喜歡小孩子，特別是男孩，今日府裡孩子多，她幫忙照顧著，一會兒拉著小存存看，一會兒又拉著江興和郭捷、孟照安看。

江意慧跟江意惜講著悄悄話，江大夫人則拉著江意珊忙著招待客人，只有江意言非常文靜地坐在一邊，沒人跟她說話，她就不說話。

今天，她不僅不敢鬧事和擺臭臉，心裡還特別想跟大夫人和三夫人一起待客，因為平原侯府的世子爺和祁大奶奶也來了。

昨天晚上老太太和江伯爺特地叮囑了她，什麼都不許做，什麼都不許說，乖乖地坐在那裡就行。

前天，平原侯府的祁大夫人突然來拜訪江家，想為三子祁安白求娶江意言。

祁安白臭名遠播，喜歡打架生事，眠花臥柳，男女不忌，今年二十二歲還沒娶媳婦。

祁大夫人的意思是，之前是兒子年少輕狂，現在已經改過，被祁侯爺安排進了軍營。

江伯爺和三老爺都不太願意，老太太卻十分喜歡，雖說平原侯府爵位承襲五代，下一代就是「伯」了，但祁侯爺能幹，是東大營統領，手握重兵，深得皇上信任。

老太太說：「大戶子弟，誰年輕時候不好玩？長大就沈穩了。祁安白雖不是世子，卻是祁大夫人的小兒子，祁大夫人最是疼愛他，說將來會把大半私產分給他，嫁進平原侯府，言丫頭將來的銀子花都花不完。若作了這門親，咱們武襄伯的親家不止有國公府、總兵府，還有侯府，咱家子弟的前程更好了……」

江三老爺道：「平原侯的家世是不錯，可祁安白不省心，言丫頭嫁進去怕是要受苦。」

江伯爺嘆道：「言丫頭再氣人，我也捨不得她在婆家受氣。」

老太太冷笑道：「言丫頭是受氣的人嗎？她那麼潑辣，誰收拾誰還說不定。」見大兒子不鬆口，又道：「將來分了家，成國公府是二房的親家，王總兵府是三房的親家，你們長房呢？」

老太太最後一句話戳到江伯爺軟肋。

是啊，若三個房頭分了家，長房姻親最勢弱。雖然大女婿家有爵位，當家人卻沒什麼出息，連自家的勢頭都沒有。

他們三人正商量的時候，江意言衝了進來。她已經聽說祁大夫人是來說親的，說的還是祁家三公子祁安白，那可是侯府嫡子啊！

江意惜女婿找得好，她奈何不了她，可江意柔算什麼東西，男人的伯父是總兵，搞得像男人的爹是總兵一樣，見到自己鼻孔朝天，只知道巴結江意惜。

而且，她跟祁安白有過一面之緣，當真長得白皙俊俏，風流無比，只比孟辭墨差一點點，比王先譯好看，比郭子非和姓宮的強得太多太多。這麼比下來，五個女婿中，祁安白樣樣排第二。

等到自己嫁給祁安白，就成了平原侯府嫡子媳婦，萬一祁世子死了，自己還有望成為侯府世子夫人，到時候，看自己怎麼打她們的臉……

至於他的某些毛病，以後自己溫柔小意多勸解，自會改正。就像孟辭墨，之前多少人說他脾氣壞、不好學，成親後不是都改了嘛？

她正高興的時候，又聽說她爹不喜歡，這門親事或許成不了，她義憤填膺，直覺是大夫人從中作梗。真是有後娘就有後爹，她爹還把她視為親閨女嗎？

她手裡拿著剪刀，闖進如意堂恨恨說道：「若你們不同意，我就跟我娘一樣，剪了頭髮當姑子！」

三老爺搖搖頭，暗道這丫頭沒救了。

江伯爺罵道：「不孝的東西，怎麼跟長輩說話的！」

老太太眉頭皺了皺，還是和聲說道：「唉，姑娘大了不能留，留來留去留成仇，罷了，妳願意，我們就成全妳，姑娘家家的，哪能動不動就拿剪子，小心被祁家聽去，人家不願意……」

雖然還沒正式訂親，但祁、江兩家都有意，江意惜已經聽江三夫人講了這件事，心裡冷笑。

前世的這段孽緣，這輩子還是開始了，江意言惡毒自私，她可不會阻止人往火坑裡跳。

江意惜抬頭看了江意言一眼，江意言的目光大多在祁大夫人和祁大奶奶身上轉，眼裡滿是笑意。

她還會笑？除了今天，她都記不清江意言之前什麼時候笑過。

江意慧嘆了幾口氣，她曾悄悄勸了妹妹，說祁安白不是良人，可江意言說話直戳她的心窩。

「妳怎麼跟那兩個死丫頭一樣，見不得我好？哼，祁安白再不好也比郭子非和王先譯強。看看郭子非，又黑又矮又胖，當初還忒瞧不上咱們家。」

江意慧氣得差點背過氣，再也不想多跟她說一句話。

這時，前院服侍的丫頭過來跟江意慧稟報。「大奶奶，伯爺讓哥兒去前院拜見貴人。」
郭捷五歲了，家裡長輩已經開始教他待人接物。
江意慧把郭捷拉過來，理了理他的衣裳、頭髮，溫聲囑咐道：「莫怕，聽祖父和爹爹的話。」
郭捷乖巧地點頭。「娘，我曉得。」
當文王看到郭捷的一剎那，如被雷擊。
真像，怎麼會這麼像……剛才聽說郭子非只有這一個兒子……
他極力壓制住情緒，眼皮垂下，片刻又抬起來。
郭伯爺本來是為了討好文王和李凱，才讓孫子出來給他們磕頭，卻不想文王沈了臉。他看到郭捷又羞又怕的表情，心裡氣憤，庶子就是庶子，若再有一個孫子，他絕不會讓他出來丟人。
下一刻文王突然笑起來，還罕見地從腰間抽出一塊玉珮給郭捷當見面禮，又把郭捷招到面前，仔細看了幾眼才鬆手。「倒是聰明伶俐，去玩吧。」
文王都拿了見面禮，那孩子也給自己磕了頭，李凱也只得不情不願拿了一個玉珮給郭捷，心裡腹誹，文王越來越懂得禮賢下士了，連這麼個擺不上檯面的人家都要拉攏。
稍後，文王起身去淨房。他眼角掃了郭子非一下，郭子非十分識相的跟了上去。

淨房在小樹林後，小廝在前面領路。

穿過一道月洞門，除了他們幾人，偌大的院子沒有一個閒人。

文王說道：「令子不錯，將來必有出息。」

哪怕這位王爺被稱為糊塗王爺，但受到他的如此誇獎，郭子非還是笑開了花。

他笑道：「承王爺吉言，卑職只這麼一個兒子，父親對他寄予厚望，已經開蒙，每天早起練武……」

「很好，不錯。令子齒白唇紅，長相討喜，不像你，是像令夫人？」文王又問：「你還有閨女嗎？」

郭子非笑得一臉得意。「捷兒像他生母，萬幸不像我，像我就醜了，嘿嘿……」又搖頭遺憾道：「卑職子嗣單薄，雖有一妻三妾，只得了這麼一個後人，還是小妾生的。下官媳婦江氏賢慧知禮，把孩子接去身邊親自教導，孩子跟她很親近……」

他知道文王子嗣單薄，這麼大歲數了只有一個閨女，還是小妾生的。他這麼說，是想跟文王同病相憐，惺惺相惜。

文王停下腳步看了他一眼，眼裡的憐憫一閃而過。這小子，跟前世的自己一樣傻，就是個傻子，自己跟他還真的有那麼一點惺惺相惜。

「你喜歡看戲嗎？」文王突然問道。

郭子非心裡一動，王爺這是想約自己去看戲？他激動不已，忙道：「卑職從小就喜歡聽戲，最喜歡聽……呃，余慶社的戲。」

他起先想說雙紅喜戲班，後來想到彩雲卿出自那裡，轉念想說惠春戲班，又想到彩雲卿在那裡出了事，趕緊改口說余慶社。

文王擺手道：「自從鳳棲林不登臺以後，余慶社的戲就沒有聽頭了，改天去文王府，我們戲班有幾個角兒不錯。」

郭子非喜得點頭哈腰。「卑職早聽說文王府戲班在京城排得上前三，許多王爺郡王都喜歡去看，卑職有耳福了……」

兩人回到廳堂，關係似近了一大步。

郭伯爺見兒子居然攀上了文王，心中大喜。

第四十八章

晌飯後，眾多女眷看堂會去了，江意惜則帶著小存存、孟照安、鄭婷婷去了灼園，不喜歡看戲的黃馨和牛繡、鄭晶晶也跟來了。

孟照安和孟照存在臥房睡覺，三個女孩在側屋說悄悄話，江意惜和鄭婷婷在廳屋裡說話。

鄭婷婷眼波盈盈，喜悅之情一點不比江意惜少，似是無意間把話題扯到江洵身邊事務上來，不提江洵的名字，卻引著江意惜說江洵。

江意惜暗自嘆息，只得簡單說兩句無關緊要的話。

只要提到江洵，鄭婷婷的眼睛就會為之一亮。江意惜想著，自己跟孟辭墨相互傾慕的時候，也是這種表情吧？

這麼好的姑娘，或許姻緣不會太順利，第一個訂親的男人是個渣，好不容易退了親，名聲卻大受影響，許多人家都覺得她好妒不賢，不願意攀這門親事。

好不容易跟江洵郎才女貌都有意，中間卻隔了段不能言說的往事。

側屋小姑娘們的笑聲不時傳過來，江意惜感慨道：「時光易逝，咱們像她們一樣無憂無慮手拉手說笑是哪年了？我覺得隔了好久。」

鄭婷婷笑道：「哪裡有好久，兩年前，嫂子還沒嫁人的時候。哎呀，嫂子這麼一說，我也覺得我老了似的。」

「妳才十六歲……」

突然，江洵推門進來。

江洵知道姊姊晌飯後會帶外甥回灼園歇息，抽空過來想跟姊姊說說話。他聽到黃馨幾個小姑娘的說笑聲，卻沒想到鄭婷婷也在，一時愣在那裡。

鄭婷婷起身招呼道：「江二公子。」

那抹亮影似霞光，照得小屋光芒四射，江洵趕緊抱拳回禮。「鄭大姑娘。」

他想走，又捨不得，躊躇不前。

江意惜問道：「有什麼事？」

江洵臉一紅，笑道：「也沒什麼，就是想看看外甥。」又看著鄭婷婷笑道：「鄭姑娘請坐，我走了。」

鄭婷婷小臉紅豔豔的，輕聲道：「江二公子慢走。」

腳步聲都透著歡快，即使沒看到人，也知道他此時的歡愉。

鄭婷婷坐下，眼睛眨了眨，又無意說道：「這次秋試，幾乎所有舉子都是二十歲以上……」

她想讓江意惜說，是的，只有我弟弟十六歲，我弟弟如何如何年輕能幹……不過江意惜沒接她的話。

「下個月，我們一起去昭明庵看珍寶吧，我想她了。」

鄭婷婷笑道：「好啊，再叫上我大哥……」

叫上鄭玉，鄭玉就會叫上孟辭墨和江洵，江洵會放一句假，春闈前，他還是會去京武堂上課。

江意惜知道她的心思，說道：「鄭將軍現在在五團營，離昭明庵近，聽我家大爺說，鄭將軍每隔幾天就會抽空去看珍寶。」

今年李珍寶比往年更不好過，幾次命懸一線，愚和大師都沒敢外出雲遊，隔個一句就會去昭明庵一趟。

親眼看到李珍寶遭的罪，鄭玉很難受，只要有點時間就會往昭明庵跑。

鄭婷婷自顧自說道：「看完珍寶後，我們在扈莊住一天，讓我大哥和孟大哥過來吃飯，他們住去孟家莊。」

她把行程都安排好了，江意惜不好拒絕，想著之後再把行程延到江洵去京武堂以後吧。

申時初，客人們陸續離開，前院管家把一摞禮單送至江老太太的手上。

看到這麼多重禮，送禮的包括親王、郡王、次輔、國公爺、侯爺……老太太笑瘪的嘴又咧開。

「即使老伯爺在世，咱們江家也沒來過這麼多貴客，榮耀、榮耀啊，江家在我的手裡起來了。」

江伯爺和三老爺也激動得很，雖然文王和雍王世子沒有什麼實權，但文王是皇上親子，李凱是太后娘娘最疼愛的孫子之一，而且平王府和崔次輔府上也送了禮來……這個名聲是傳出去了。

老太太滿眼慈愛地看著江洵。「好孫兒，有出息了。」

江洵躊躇滿志道：「我會以孟祖父、鄭大將軍為榜樣，將來更有出息。」

他沒敢說想去守邊的話，這個心思要等到春闈以後再說。

三老爺笑得開心。「好樣的，有志氣。」又對江斐、江文道：「要向你們二哥學習。」

江斐、江文起身，向江洵躬了躬身。「我們會以二哥為榜樣。」

老太太又開心笑道：「孟府的大哥兒來咱們府，就是向洵兒學習的。」頓了頓，又道：「洵兒翻年就十七了，好些後生這個年紀都討媳婦了，現在他又考上了舉人，好些人家來說媒……」

江伯爺笑道：「娘，洵兒的親事就交給惜丫頭吧，成國公府比咱們有人脈。」

透過今天，江伯爺更加知道二房起來會給江家帶來多少好處。江洵越好，江家才能越好。

三天後，鄭婷婷派人送帖子給江意惜，約她去昭明庵看望李珍寶，江意惜找藉口推了，六天後，鄭婷婷又派人送帖子，江意惜又以府內事務繁忙回絕，雖然對鄭婷婷有些過意不去，但她還是覺得暫時不該讓她有別的期待才好。

冬月初，江洵又回去京武堂上課了，至今江意惜都沒跟弟弟說扈氏和鄭吉的事，她想讓他安心準備春闈，一切等春闈後再說。

初六，江三夫人來了浮生居探望江意惜，提到江意言跟祁安白訂親了，兩人年紀都偏大，定於明年二月十八成親，距今準備時間只有兩個月。

江意惜沒多說什麼，只是淡淡說道：「高攀上平原侯府，恭喜她了。」

江三夫人冷笑一聲，搖搖頭。「該勸的我家老爺都勸了，偏偏言丫頭、大伯、老太太都願意，也只得由著他們了。唉，看言丫頭還真以為攀上了什麼好人家似的，近來連我都不太想搭理。」

江意惜聽著也不意外，江意言性格本就如此，從小到大都嬌寵任性、欠缺管教，既然一再選擇這樣的路，後果也得自己承擔不是？

冬月中，下了幾天的雪終於停了，陽光耀眼，照在積雪上閃著熠熠紅光。

江意惜一大早帶著花花去了昭明庵，她早上去下晌回，花花會留在山上玩三天，再由吳有富送回來。

從昭明庵回府的路上，江意惜心情異常沈重。

她知道李珍寶這個冬天最難熬，也知道不出意外的話，明年春末李珍寶就能定魂病好。

可是，方才在庵裡時聽著門那邊李珍寶的呻吟，連一個字都說不出來，她還是心疼不已。

這兩個月是李珍寶生死存亡最重要的階段，連愚和大師也沒敢出外雲遊，每隔一旬就要去給她治一次病，也就是定魂。她仔細算著時間，要在老和尚去治病的那天再讓人送補湯和素點過去。

回到浮生居已酉時初，暮色沈沈，西邊天際飄著幾朵暗紅色的雲霞。

儘管馬車裡有炭爐和湯婆子，江意惜的手腳還是凍得僵硬。

她急急走進淨房，水草已經準備好溫水。

淨完面，臨梅把半盆熱水端至床榻上，江意惜又坐去床沿燙腳。

臨梅笑道：「今天外院擺酒，正式抬木榕為『姑娘』。」

江意惜吃驚抬頭。「這事還要擺酒？」

「是呢，說是國公爺執意要擺，兩桌，一桌是主子、一桌是有體面的奴才。」

木榕是成國公親自挑的通房，原名叫春分。

成國公和劉氏當初的協議是成親三個月後抬通房，就是十月初二。後來因為打了那一架，此事便推遲了一個月，然後又因為丫頭身分特殊，推遲到了今天。

成國公看上的是孟月的大丫頭春分。

春分長得清秀可人、明眸皓齒，特別是那小腰，盈盈一握，成國公一看就喜歡上了。

之前沒有那個福利，成國公也就沒多注意內院裡的丫頭，這一回老父老母、劉氏都默許他挑通房，他就悄悄把內院裡的丫頭都過了一遍。

一開始看上了浮生居的水清，但想到大兒子和江氏他就發怵，知道肯定要不來，便退而求其次，提出要春分。

當他紅著老臉說出「春分」這個名字，劉氏冷笑幾聲沒表態，老國公氣得又想搧他巴掌。「混帳！那是你閨女的丫頭。」

老太太也認識那個丫頭，說道：「春分的確長得水靈，又舉止穩重、話也不多，月丫頭沒有主見，許多事都是這個丫頭拿主意，若把她給道明，倒是讓人放心。」

老國公擺手道：「月丫頭也不讓人省心，難得有個放心的人在她身邊，不好要過來。」

老太太道：「月丫頭的乳娘穩當，少一個丫頭不礙事，我身邊的綠翡沈穩，給月丫頭了。」

成國公趕緊保證道：「爹，我這個人癡情，收了春分，保證不會再有其他女人，不讓爹娘操心。」看了一眼沈著臉的劉氏，又說道：「哦，除了劉氏和春分，不會再有其他女人。」

老國公看看沒出息的兒子，若那個丫頭真能把兒子的心收攏，也就認了，說道：「那丫頭是月丫頭的人，老婆子問問月丫頭，若她願意，就這樣吧。」

次日，老太太遣人把孟月找來。

把下人都打發下去，她跟孟月說了成國公的意思。

孟月心裡不願意，卻不敢反對，說道：「父親要她，我還能說不嗎？不過，春分是個好丫頭，我不能強迫她，若她願意，我沒意見。」

回了自己小院，孟月跟春分說了這件事。

「我不逼妳，看妳自己的意願。」

春分紅了臉。她抬頭看了眼孟月，姑奶奶性子軟，把球踢給自己，自己是個下人，敢說不願意嗎？若她不願意，國公爺知道肯定不高興，將來誰還敢娶她？

因為孟月遇人不淑，春分也害怕自己所託非人，這幾年總想找個本人能幹脾氣好，公婆還要慈善的，以至於今年十八歲了，還沒找到合適的人家。

思來想去，覺得不管她願不願意，其實只有一條路可走，那就去吧，暗中多攢銀子，平衡好各方關係，等他們用不上自己了，給自己留條活路就成。

大夫人看著厲害潑辣，實則只要不惹她，還是講道理的。這個通房是她默許的，只要自己不去招惹她……不，應該暗中投靠她，因為老國公和世子爺都站在她一邊，這樣日子會更好過一些。

她跪下說道：「奴婢還能說什麼呢，自然是願意。」

孟月紅了眼圈。「妳八歲起就跟著我，我也希望妳將來好過。記著，不要張揚，不要掐尖，寧可得罪我爹，也不要得罪太太。若有什麼難處，讓人給我帶話，我幫不了，還會求辭墨和江氏……」

她從妝匣裡拿出一對赤金手鐲、兩支玉簪和一百兩銀票給春分，春分哭出了聲。

由於春分是孟月的丫頭，不好直接給成國公當房裡人，就先調去福安堂，改名木榕。

江意惜知道得這麼詳細，當然是花花給她「實況轉播」的。

江意惜覺得，春分是個心氣高的丫頭，肯定不願意當永遠提不了妾還不能生孩子的通房，何況還是給成國公當通房？

成國公和劉氏，一個懼內，一個厲害，衛紅蓮怎麼被收拾的，孟府上下所有人都知道。但孟月不敢拒絕，她只得去。

若是成國公敢要她的丫頭，不管那個丫頭願不願意，她都會想辦法回絕。

不過，江意惜也不得不承認，成國公若一定要找個丫頭，木榕是比較穩妥，她是個聰明人，應該不敢在成國公和劉氏之間挑事。

成國公猴急，木榕才去福安堂一旬半，他就急不可待要擺酒，把她抬過去了。

江意惜也不好多評價公爹這種事，待身子暖了，急急穿上鞋襪就去了福安堂接孩子。

因著江意惜今日要去昭明庵，存存和音兒上午就被帶到了福安堂，他們一天沒見到娘親，都不高興，下晌午歇起來存存就哭著要娘親，但看到妹妹也哼哼嘰嘰不自在的時候，馬上止了哭。

他拉著妹妹的小手哄她。「妹妹不哭，哥哥陪妳，哥哥勇敢……」

江意惜一進屋，存存就跑過來抱著她的腿。「娘親，快看妹妹，妹妹可憐。」

孟三夫人笑道：「哎喲喲，存存可真是個好哥哥。」

老太太笑道：「存存像辭墨，辭墨對月丫頭也是這麼好。」

孟月不太開心，聽了勉強笑了笑。

江意惜先把孟照存抱起來親了一口放下，又過去把音兒抱起來親，笑道：「寶貝，娘也想你們。」

終於落入那個想了好久的懷抱，孟音兒一下大聲號哭起來。

二夫人笑道：「當真是將門虎女，嗓門比益哥兒還大。」

門外傳來老公爺的聲音。「音兒怎麼了？你們怎麼帶孩子的？」

老爺子今天被王老大人請去品茗，現在才回來。

他進屋從江意惜手裡抱過孩子，臉色立即變得柔和明媚，就像老花見到春陽。

他溫聲哄道：「寶貝，妳娘不稀罕，太祖父稀罕，今天莫要回浮生居了，就住在這裡。」

老爺子不高興了，抱著孩子坐去羅漢床上，除了逗懷裡的孩子誰都不理。

江意惜尷尬地笑笑，坐去椅子上，其他人大氣都不敢出。

存存見太祖父不高興娘親了，倚去他腿邊解釋道：「太祖祖不氣，我娘親去看珍寶姨了。」

「她不知道音兒離不開她嗎？不知道早些回來？」老爺子口氣很衝。

「娘親想早些回來，可是路滑，大馬摔了跟頭，回來晚了。」存存幫娘親找著藉口。

老爺子沒理他。

存存又說道：「大馬起來走啊走，踩到石頭，又摔了跟頭，娘親回來晚了。」

老爺子依然沒理他。

存存堅持不懈。「大馬爬起來，走啊走，肚肚痛，娘親回來晚了……」

老爺子忍俊不禁，臉上終於有了笑意。

眾人都鬆了一口氣。

老太太笑道：「真是老孩子，還讓小孩子哄。」

她把孟照存拉過去，疼惜地摸了摸他的瓦片頭。

眾人說笑幾句，老爺子道：「道正今天有應酬，辭閱臨時代班，咱們自己吃飯。」瞥了眼劉氏，又道：「聽說曲、扈二人去參加詩會了。」

那兩父子躲了，老爺子不去，孟辭墨和孟辭晏不在家，曲修和扈季文都溜了，成國公擺酒請客請了個寂寞。

一直沈著臉的劉氏露出笑意。

次日，聽說木榕去正院給劉氏請安，劉氏沒見她，她就在門口磕了三個頭。

之後，木榕隔三差五會送些她自己做的衣物鞋襪等東西去正院，劉氏沒見，下人也沒收。

然而她的這個表現讓成國公非常滿意，覺得自己有本事，如今是妻妾一家歡。老太太也非常滿意，希望劉氏和木榕一剛一柔，套住不省心的大兒子。

孟辭墨回來聽說這個消息，問江意惜。「妳說，成國公能被一個丫頭捆住嗎？」

江意惜搖頭。「若木榕有付氏那個本事，肯定可以，不過，多少有些作用。」

孟辭墨壞笑了一下，他也這麼覺得。

轉眼進入臘月，天寒地凍，滴水成冰。

江意惜更加擔心李珍寶的病情了，孟辭墨每次回來都會提到李珍寶的情況，鄭玉現在幾乎每天都會抽時間去一趟昭明庵。

這一日上午，江意惜收到江洵的短信，信上說，鄭玉約他明天去昭明庵看望李珍寶，晚上會在孟家莊住一天。他約江意惜一起去，明天辰時末在城門外相見。

之後又收到鄭婷婷的來信，說鄭玉約了她去看李珍寶，問她是不是一起，明天辰時末在城門外相見。

江意惜暗忖，看起來鄭玉也有意撮合鄭婷婷和江洵二人。他能這麼明目張膽地撮合，應該有鄭家長輩的默許。

江洵出身不高，父母早亡，但本人優秀，品行好，這樣的孩子好好扶持，將來必有出息，鄭家願意下嫁鄭婷婷，可見是真心為她將來的幸福考慮，也讓江意惜更加高看鄭家長輩，他們注重人品更甚門第。

這樣的人家和姑娘，若江洵錯過，她也會為他惋惜。可若鄭家知道那件往事，還會願意嗎？或許，鄭家已經開始留意江洵身邊的一切事物了，她的心沈入谷底。

她不是擔心自己和鄭吉的關係被發現，她已經想明白，鄭家人不會傻到讓鄭吉和何氏的關係繼續惡化，或許還會幫忙掩飾，但他們絕對不會讓鄭婷婷嫁給扈明雅的後人……

為了不讓這事意外被發現，她已經私下跟扈季文講明，對外不要提到他姑母的名字叫扈明雅，不要提到祖父曾經在京郊當過縣令。

那都是二十年前的老黃曆了，扈老太爺只是小小的京郊縣令，扈大舅更沒有人知曉，已出嫁的女人不說閨名，若非特意打探，不會有人知道江洵的母親就是當初那個把鄭吉迷得神魂顛倒的小戶女……

待孟辭墨從外院回來，江意惜把收到的兩封信交給他。

孟辭墨看了看，說道：「都約好了，就去吧。」見她一臉心事重重，又道：「有些事我們阻止不了，就順其自然。」

江意惜搖頭苦笑。「不要忘了，江家和鄭家出過兩個癡情種，若洵兒像我爹，婷婷像鄭吉，怎麼辦？」

「有前車之鑒，看他們捨不捨得折磨自家姑娘。」

次日，孟辭墨沒有按時去軍營，而是陪著江意惜辰時初出府。
此時天還未亮，天上寒星閃爍，馬車到了城門口已旭日東昇，朝霞朵朵。
鄭玉和江洵騎馬等在城門外的避風處，旁邊還停著一輛馬車。
知道江意惜到了，馬車的棉簾被掀開，鄭婷婷探出頭笑道：「我去嫂子那裡。」
水靈和水萍聽了，下了自家馬車。
鄭婷婷穿著大紅披風毛篷，下了自己的馬車，又上了江意惜的馬車。
孟辭墨幾人騎馬護著兩輛馬車向昭明庵方向而去。
到了岔路口，孟辭墨帶著親兵去了軍營，剩下的人又駛向昭明庵。
到了昭明庵，幾人直奔李珍寶的小院，而後才發現雍王、李凱和崔文君居然也來了。
雍王似乎才哭過，眼睛和蒜頭鼻紅紅的。
幾人給雍王和李凱見了禮，雍王的目光掃了他們一圈，又在江意惜和鄭玉身上游移兩次，最後定格在江意惜身上。
他喃喃道：「本王一直在想，是不是應該放手，才能讓寶兒不再受苦，本王這樣挽留，是不是害了她……」
說完，眼裡又湧上淚來。
看到這位父親，江意惜眼前又掠過江辰的面孔，眼裡也有了濕意。
她說道：「王爺，黎明前最黑暗，勝利前最絕望。最艱難的時刻過去，天就亮了。」

雍王品味了一下這兩句話，笑道：「這是本王聽到的最讓人開心的話，承妳吉言了。」

他們幾人來到側屋門口，江意惜對著門說道：「珍寶，我們來看妳了，妳的親人、妳的朋友，都盼著妳好起來。」

聲音輕柔，卻異常堅定。

鄭婷婷道：「珍寶，我好想妳，想快些看到妳。」

有些哽咽，她想忍，沒忍住。

江洵道：「郡主，金卡三年期快到了，我還等著妳病好發卡呢。」

食上的金卡和銀卡期限為三年，他的話聽似沒心沒肺，卻充滿了祝福。

鄭玉道：「郡主，我知道妳能聽見我們說的話，堅強些，我們等著妳。」

聲音低沈、堅定，話裡似含有另一層意思。

門的另一邊寂靜無聲，連之前隱隱的呻吟聲都沒有，眾人正失望之際，傳來一聲「嗯」。

只有雍王、李凱、崔文君、鄭玉和幾個人知道這一聲「嗯」有多麼不容易，是李珍寶用了多大力氣才說出來的，他們的眼裡都迸發出喜悅。

雍王笑道：「好孩子，好珍寶，不要再說話了，辛苦。」

他很矛盾，既想聽到閨女的聲音，又怕閨女太辛苦。

李凱笑道：「我們都想妳，盼著妳出來。」

江意惜也想說兩句，不過瞥了一眼鄭玉，又覺得出風頭的機會應該給他。

鄭玉沒有令人失望，上前輕拍門兩下說道：「郡主真勇敢，好樣的！」

他被那兩父子帶偏了，說話肉麻還不自知。

幾人在門外站了兩刻多鐘，留下各自送李珍寶的禮物後告辭離開。

雍王突然叫住鄭玉。「鄭將軍。」

鄭玉停下腳步回頭。

雍王深沈地看著他。「謝謝。」

他知道鄭玉經常來陪李珍寶。

鄭玉有些受寵若驚，抱拳道：「卑職不敢當。」

崔文君送他們出門。她嫁進雍王府後，有一半的時間留在這裡陪伴李珍寶。

江意惜道：「等珍寶病情緩解，請妳和她一起去扈莊玩。」

崔文君淺笑道：「好，我一直想去。」

幾人心情都不好，沈默著去前殿拜菩薩，又沈默著前往扈莊。

來到扈莊，吳有富一打開門，水香走出來迎接，她屈膝笑道：「大奶奶、二舅爺、鄭將軍、鄭姑娘。」

她聽孟連山說大奶奶要來扈莊就也跑來了，她想大奶奶了。

許久沒見水香，江意惜也十分驚喜。

「婉姐兒怎麼樣？」

水香生了個閨女，比孟音兒大兩個月，取名孟婉。孩子滿月後，水香曾抱著來給江意惜磕過頭。

水香笑道：「託大奶奶的福，長得白白胖胖。」

吃完晌飯，江洵要跟鄭玉去軍營看練兵，晚上會再回來吃飯。

鄭婷婷拉著江意惜送他們出垂花門，嘴裡還囑咐著。「大哥早些回來。」

鄭玉答應，在一旁的江洵看向她，正對上秋水般的明眸，四道目光相交又瞬間錯開。

接下來的時間，因為心情不好，江意惜和鄭婷婷多是坐著發呆，偶爾輕言幾句，廂房裡倒是一直有說笑聲，是水靈和水香。

當斜陽西落，融融暖色籠罩大地時，鄭婷婷才有了盈盈淺笑。

他們快回來了，江意惜親自去廚房做了拿手的鍋包肉和糖醋魚。

天色擦黑，孟辭墨、江洵、鄭玉帶著孟連山、江大等親兵來了扈莊。

氣氛沒有了上午的凝重，一群人說說笑笑的，孟辭墨三個男人在上房廳屋喝酒，江意惜和鄭婷婷在側屋吃飯，側屋門沒關，只有半截軟簾隔著，能聽到另一屋的說話聲，也能看到另一屋裡走來走去的下半截身子。

江洵不僅話多，走動也勤，都不需要丫頭服侍，一會兒拿酒，一會兒又往香爐裡丟香片，一會兒上茅廁……還都要往側屋這邊繞，像隻展示尾巴的孔雀。

江意惜才注意到，江洵今天穿的是竹葉青錦緞長袍，下襬繡著考究的金線雲紋，踏的是繡暗花黑色長靴，白色靴底邊緣似一塵不染，黑白分明。

這孩子，連這種場面都事先想到了。

再看鄭婷婷，只要這半截身子一移動，目光就不由自主往那裡斜一眼，眸子裡的笑意都要深幾分。

江意惜暗嘆，這一對有情人，時間越長情越濃，是不是應該早些跟江洵說明情況，讓他懸崖勒馬？她馬上又打消了這個念頭，離春闈只剩兩個月時間，不能讓他分心。

飯後，幾人說笑到戌時末，三個男人才去孟家莊歇息，留下五個護衛住前院，並說好，明天孟辭墨、鄭玉得回軍營，晌午就由幾個護衛跟著江洵和江大護送江意惜和鄭婷婷回府，路上就在南風閣吃晌飯，鄭婷婷也可以順道在南風閣買兩罐藥膳回去孝敬大長公主和大祖父及自家祖父。

夜裡，房間裡燭光搖曳，手托著下巴的鄭婷婷靜靜看著江意惜，時而說兩句，引著江意惜說她想聽的話。

這姑娘爽利，不管做事說話，從來不藏著掖著，正好江意惜也有話跟她說。

「……武科春闈明年二月十九開始，離現在僅兩個月時間，我經常睡不著，擔心江洵，不止我，我祖母、大伯都緊張，希望他能一舉得中，這段日子不怎麼敢打擾他，只想讓他潛心學習，這次來看珍寶，應該是他春闈前最後一次出來玩。」

鄭婷婷紅了臉，覺得這話像是特意跟自己說的，又不像，她沒說話，抿了抿紅唇。

她是個聰明姑娘，江意惜覺得她懂自己的意思。

次日辰時，烏雲壓頂，天空又飄起小雪，江洵帶著江大和旺福來到扈莊，吃完早飯一起回京城。

午時末，一行人才趕到南風閣，此時正是飯點，這條街又算不上特別繁華，再加上天氣寒冷，路上行人不多。

江洵下馬，看著女眷一個個走進酒樓，旺福接過主子和江大的韁繩，同車夫一起牽著馬和馬車進了旁邊側門，側門直通酒樓後院。

江洵和江大走在最後，正要上樓之際，突然意識到剛才瞄到的一扇二樓窗戶有些不對勁。

大冬天的，所有的窗戶都緊閉著，連大門都有一層棉簾擋住，而那扇小窗卻大大敞開，外頭底下還有一輛馬車，像在等著接應什麼。

「不對。」

兩個字一出口，江洵隨即轉身往後跑，江大迅速跟上，兩人剛出酒樓，就看見一個人從二樓那扇小窗跳了下來。

他大喝一聲。「誰？」

那人蒙著面，嚇得立刻向另一條路狂奔。

江大立即去追賊人，江洵上前去把那可疑的馬車簾子打開，他直覺馬車裡有人。

車廂裡四周擋板很高，上頭卻沒有頂，裡面沒有座椅，只有兩床厚厚的褥子，褥子上倒著一個婦人，婦人已經昏死過去，正是江意慧。

她應該是被人從二樓小窗扔下來的。

江洵大驚失色，壓低聲音喊道：「大姊！大姊！」

江意慧如死了一般，沒有醒。

「少爺，怎麼回事？」他們遲遲沒有進去，引來了兩個護衛和水靈。

江洵一見是他們，立即指示兩名護衛跟上去接應江大，兩個護衛馬上循線離去。

水靈看到車廂裡的人，剛要叫，江洵制止。「噓，不要叫，快回去，不許離開我姊半步。」

水靈答應，趕緊奔回去找主子。

此時江大和護衛奔了回來。

「二爺，那賊人速度太快，一晃眼就不見，奴才去叫差爺？」

江洵道：「等等，裡面是我大姊，先不要聲張，你們先把馬車趕進後院再說。」

為了江意慧的名節，他不敢張揚。

江洵仰頭再確認一次那扇窗戶在哪間屋，而後跑進酒樓，上二樓推開出問題的包廂，看見郭捷趴在桌上，兩個婆子、一個丫頭倒在地上，桌上擺著飯菜，瓦罐裡的湯還冒著熱氣。

江洵最先跑至郭捷旁邊一探，還好，只是昏迷過去，再看那三個下人，也是昏迷。

小窗敞開著，屋裡的迷香已散了大半，但為求謹慎，他還是用一隻袖子擋住口鼻。

他走到一個婆子身前，蹲下掐了那婆子的人中，婆子悠悠轉醒。

「舅爺？」她看看屋裡。「天哪，怎麼會這樣，大奶奶呢？」

這時，水靈帶著江意惜和鄭婷婷、郭掌櫃幾人走了進來。

江洵道：「不要聲張，我大姊在後院。」又阻止了想說話的郭掌櫃。「去後院再說。」

水靈此時把另外兩人掐醒，讓護衛把人扶起來，江洵則抱起還昏迷著的郭捷，幾人快速下樓去了後院。

江意慧還在馬車裡，江大不敢動她，水靈過去把江意慧揹進一間廂房。這間屋是江意惜專用的，儘管她從來沒用過，裡面還是被打掃得一塵不染。

江大和水靈、郭掌櫃等幾個下人在屋外守著。

當江意惜把躺在床上的江意慧掐醒，江意慧顯然受到了驚嚇，眼睛一睜開就用手捂住嘴，不敢叫出聲，好一會兒才認出眼前人，緩過神問道：「你們……我、我怎麼會在這裡？」

江洵大概講了一下經過，又問：「妳昏迷前到底發生什麼事？」

江意慧已經嚇懵了，抖著嘴唇說不出話來。

一個婆子還算清醒，說道：「大奶奶和哥兒來酒樓吃飯，突然有人敲門，老奴打開門，見是一個婦人，手裡拿著木刻的玩偶、刀、劍之類的小東西，問哥兒要不要，老奴說不要，哥兒聽到了，吵著要，大奶奶就讓她進屋了，哥兒很喜歡她手裡的東西，挑了幾樣，然後不知怎麼的，老奴覺得一陣頭昏，後面就不知發生什麼事了……等奴才清醒過來，就看到二爺了。」

江意慧徹底清醒過來，用帕子捂著嘴哭道：「難不成，我們遇到那個搶人的賊人了？」

江意惜安慰道：「還好洵兒有警覺，大姊沒出事。」

江意慧又害怕又萬幸，拉著江洵的手哭道：「謝謝你，姊謝謝你。」

江洵安慰她幾句，又道：「那婦人長什麼樣，說仔細些。」

江意慧和三個下人回憶著，個子中等，不胖不瘦，面皮微黑，穿著藍色粗布棉褙子，頭上包了藍布帕子……

實在沒什麼特色。

江洵和江大又回憶了一下跳樓的賊人，矮子偏矮偏瘦，穿著灰布長衫，下襬塞在腰帶上，蒙面看不見長相。

江洵把郭掌櫃叫進來，讓他去前堂問小二那兩人的具體情況，他敢肯定，那個婦人已經走了。

郭掌櫃馬上去了前堂。

江意惜欣慰地看著江洵，弟弟不僅能文能武，還機警敏銳、殺伐果敢，將來必成大器。

鄭婷婷看江洵的目光更是飽含崇拜和仰慕。「江二公子真行，從細節處看出不同，跟我祖父和吉叔一樣厲害。」

江意慧更是充滿感激。「洵兒，若沒有你，姊就死定了，嗚嗚嗚……」

一刻多鐘後郭掌櫃直接帶著店裡的小二回來了，那小二說對那個賣小玩意兒的婦人還有一點印象，但也說不出更詳細的特徵，婦人在江意惜一行人進來的前一刻鐘就離開了，至於穿灰衣的矮子，他就沒注意到。

眾人失望不已。

江意惜道：「來做這事，肯定要找個沒有特點的人了，至少我們知道兩點，賊人身材瘦小，不是一個人做案，還有同夥。」

江洵又補充道：「那個婦人當時肯定還沒走遠，她在酒樓對面偵察情況，看到沒有異常，就會讓賊人行動，賊人先把大姊扔下馬車，正好我們來了，賊人不敢下一步動作，等我們進酒樓了，她才示意賊人往下跳，卻沒想到我突然又退了回去。」

江洵看了江意慧一眼。「這是一個線索，要報官嗎？」

江意慧忙哭求道：「不行！不能報官，否則我的名節就沒了，還怎麼活下去！」

江洵忙道：「好，不報，只這兩個線索，報了也沒太大作用。」

江意惜說：「不報官，私下查吧！這事也不能說出去。」

她看向鄭婷婷。

「我不會說出去，誰都不說，說了嘴巴長瘡，我發誓！」鄭婷婷發誓詛咒，無比真誠。

江意惜道：「妳可以跟妳祖父說，請他老人家明天來國公府一趟。」

江洵極其鄭重地對幾個女眷說道：「之後妳們要更加謹慎，沒事不要隨意出府。」

江意慧又湧上淚來。她只是來買藥膳回去孝敬婆婆，想著走大路，不在外面上茅廁，不讓下人離開自己……沒想到還是出事了。

此時已經未時初，江意惜讓郭掌櫃隨便上幾個菜，幾人吃完飯後匆匆回府，鄭婷婷也沒有了買藥膳的興致。

郭捷直到被抱上馬車時才清醒，江大直接送他們回郭府。江洵則隨同江意惜先送鄭婷婷回去，再一同回成國公府，連同那輛賊人的馬車也一道拉回去。

回到成國公府，江洵便去老國公的外書房商談此事，計劃再聯合鄭府私下調查，江意惜則直接回了內院。

臨近年關，老國公和鄭家聯手查的案件有了線索。

這一天晌午，烏雲密佈，天空飄著鵝毛大雪，江意惜剛忙完回到浮生居，老爺子就帶著江洵來了。

老頭兒已經七天沒出現在內院，神色甚是輕鬆。江洵放長假，得姊姊囑咐在家用功，哪裡都不去，今天來請教老爺子一個問題，沒想到聽到一個好消息。

老爺子道：「我想吃妳親手做的鍋包肉和糖醋魚，再喝兩盅。」

江洵也點了一道菜。「還有滷豬頭肉。」這也是老爺子喜歡吃的。

江意惜問：「請曲表哥和扈表哥相陪嗎？」

老爺子來浮生居喝酒，偶爾會請曲修和扈季文作陪。

老爺子搖頭。「不必，今天有事要說。」

江意惜猜到那件事或許有了線索。她心情愉悅，挽著袖子去了後院。

老爺子從乳娘懷裡抱過伸手過來的孟音兒，拖著抱著他褲管的花花，江洵把孟照存撈起來挾在腋下，兩老兩小一貓歡快地去了東廂。

小廚房做了四菜一湯，再加上大廚房送來的，擺了滿滿一桌子菜。

江意惜接過閨女，招呼兒子，孟音兒哼哼嘰嘰，孟照存的小身子扭得像麻花，這是老爺子最喜歡看到的景象，重孫子重孫女愛黏他。

自己這個太祖父還是稱職的，這就有了回報。

他笑咪咪從懷裡取出一個白玉小馬掛件塞進小存存手裡，又取出一個瑪瑙小梅花塞在音兒衣襟裡。

小存存有了寶貝不鬧了，聽話地扯著娘親的衣裳，哼哼嘰嘰的音兒被娘親抱走。

吃完飯，江意惜被人請去東廂。

老爺子道：「賊人有了線索，依照身材特徵和身手，應該是飛賊白春年……」

白春年十年前在湘西出現，偷搶財物、姦淫婦女，無惡不做，是朝廷重要通緝犯之一，由於身材瘦小、功夫好，擅放迷煙和偽裝，官府一直沒抓到他。

不知何故三年前他突然在湘西消失，卻疑似出現在了京城。

白春年？

江意惜在記憶中搜索著，沒有一點這個人的印象。

前世她在庵堂，除了孟辭墨，對俗世一切沒有刻意關心，只知道一些廣為流傳的大事，她再一次後悔前世自己的沒心沒肺。

老爺子又道：「我已經派人去湘西仔細打探白春年的情況，也會繼續在京城查找白春年的線索，京兆府那邊也會提個醒，讓他們暗中查一查。」

江意惜又問：「那輛馬車有特別之處嗎？」

老爺子說：「只看出車輛出自富裕人家，當然，家裡不富裕也買不起馬。作案人很小心，這種容易落入別人手中的東西，不會有多的特徵。」

說完該說的，老爺子便去了多日未去的暖房。

接下來江意惜又問了江洵一些日常瑣事，要他回府更加奮發努力。

江意惜鬆了一口氣，這事有了線索，總有一天會抓到人的，鄭府把心思用在這上面，也就沒有多少心思再去關注江洵的母親了吧。

晚上，孟東山回來送信，說孟辭墨年後才能回來。

孟辭墨是二十二那天出京公幹的，說好年前回來，現在又延到了年後，江意惜失望又無奈。

孟辭墨連年假都貢獻出來，應該不止是公幹，還有更重要的事。對孟家而言，最重要的事當然是為皇上或平王辦事了，若是家務事，在外跑腿的都是孟辭閱。

大年二十九上午，孟老國公被皇上召進宮，晚上回來時喜形於色。

他對季嬤嬤說道：「把水珠叫來福安堂，多做幾個好菜，我和兒孫們喝個痛快。」

老太太和一眾兒孫難得看到老爺子這麼高興。

孟照安問道：「太祖父這麼高興，是陛下給你封大紅包了嗎？」

在他想來，過年得大紅包是最開心的事。

他的話逗笑了眾人，老爺子的笑聲尤為響亮。「比大紅包還好。」

孟辭令猜測。「是賞了祖父玉如意？」

如今的孟辭令在孟家已經很放得開了。

老爺子搖頭。「不對，繼續猜。」

孟照存大聲道：「一定是升官！」又大聲吼道：「太祖祖升官了，太祖祖升官了！」

老太太笑道：「小猴兒，太祖祖已經是正一品太師，升無可升了。」

倒是能升，正一品的首輔……不過，這是不可能的。

老爺子捋捋白鬍子，衝著孟照存笑道：「存存猜對了，的確有人升官，不過不是太祖祖，太祖祖老了，要在家裡享福。」

孟辭閱急道：「是誰？」

老爺子賣了個關子。「等年後聖旨下達，你們就知道了。」

眾人的心都提了起來，暗自猜測著，是成國公？不可能，皇上不待見，老爺子也不待見。

是二老爺？不太可能，二老爺哪怕能升一級也不會是特別重要的位置，不會讓老爺子如此高興。

是孟辭閱、孟辭晏？更不可能，他們這個品級，再升能升到哪兒去，不會讓老爺子興奮得如此。

那麼，最有可能的是孟辭墨，升的位置絕對是能影響孟家將來走勢、在皇上心中占一定地位的。

孟辭晏忍不住問道：「是大哥高升了？」

老爺子沒接他的話，向乳娘懷裡的孟音兒伸出手。

「音兒想太祖祖了吧，太祖祖也想妳。」

眾人了然，是孟辭墨要升官了，不知會在哪裡任職。

成國公看出老爺子不想回答，還是問道：「是升任五團營副統領？」

老爺子答非所問，對孟辭閱說道：「年後你就去五團營歷練。」

勛貴子弟在御林軍幹幾年，大多會調去其他軍營，都會升官。

孟辭閱起身躬身應是。

所有人都知道，孟辭閱即使官升幾級，老爺子剛才指的升官也不會是他。

江意惜想起孟辭墨曾經跟她提過一句，平王一直希望他能去御林軍任職……

老爺子說了升官，孟辭墨現在是三品，若是升官，應該是從二品。那麼，他最有可能升為御林軍的上將軍。

御林軍的最高長官就是上將軍，負責保衛皇宮和皇上出行安全，歸皇上直接執掌，非皇上心腹不能勝任。若是這樣就太好了，這表示皇上對孟家祖孫的信任，也表明對平王沒有了芥蒂，衙門就在京城，沒有大事就能天天回家，這是男人們經過激烈博奕才有的結果。

大年初一，江意惜和老太太、劉氏一起進宮給太后娘娘拜年，劉氏還帶了牛繡。

老爺子和成國公則是帶著孟辭宴和孟辭令進宮給皇上拜年。

三個房頭都有人進宮露臉，皆大歡喜。

太后娘娘拉著江意惜的手說了幾句話，雖然說的是李珍寶，也表明太后娘娘對孟家女眷的格外恩寵。

趙淑妃和曲德妃等幾個受寵的妃子和公主也在場，分坐太后兩邊。曲德妃拉著江意惜的手說了幾句話，又拉著牛繡的手誇了幾句，還脫下一只鐲子給牛繡套上。

歲月似乎沒有在曲德妃臉上留下風霜，曲德妃依然清麗脫俗，看著只有三十歲出頭，把一眾妃子和在場女眷都比了下去，她笑靨如花，聲音柔柔的。

「本宮聽湯氏說，繡兒清秀可人，性子溫婉，針線活兒也極好……」

湯氏是平王妃。

劉氏笑彎了眼。曲德妃如此誇獎牛繡，既有她父親劉總兵的面子，也有孟辭墨的情分。

一個聲音傳來。「哼，高得像駱駝，哪裡清秀了？」

坐在趙淑妃身旁的是升平公主李喜，挺著大肚子，臭嘴一如既往。

劉氏的笑聲一噎，牛繡脹紅了臉，曲德妃眉毛皺緊了瞪著升平。

趙淑妃忙笑道：「升平跟妳說笑呢！她懷孕長胖了，看到楊柳小腰的漂亮姑娘就要調侃幾句。」又側頭嗔怪著升平。「都要當娘的人了，還高一句低一句的，小姑娘面淺，這種玩笑話跟妳那幾個姊妹說去。」

既解了牛繡的窘迫，又圓了升平的無禮。

趙淑妃即使恨毒了曲德妃和平王，當面也不會說一個「不」字，何況是當著太后娘娘的面，還有這麼多朝臣家女眷在場。

升平公主被慣壞了，是個直來直去的棒槌，連李珍寶都敢懟，牛繡這個偽國公府姑娘更不在話下。

太后娘娘先是皺緊眉頭，聽了趙淑妃的話才沒發脾氣。她抬頭看了眼個子比一般人高一截、眉目清秀還帶著稚氣的小姑娘，笑著招手讓她過來。「過來哀家仔細瞧瞧。」

牛繡走過去，太后拉著她的手上下看著，手腕處的珠子若隱若現。

江意惜笑道：「繡妹妹這串珠子還是珍寶郡主送的。」

太后娘娘笑容更深，說道：「是個漂亮妮子，長得好，身段好，雖然高了些，也不是高得離譜。」

太后娘娘一定論，眾人都跟著誇起來。

直到幾人出宮上了馬車後，劉氏的臉色才陰下來，她摟著牛繡說：「繡兒不氣，等到那個人倒臺，看我不抽那個賤人的嘴。」

老太太和江意惜一輛車，老太太頗滿意今天劉氏和牛繡的表現。

「幸好劉氏還沒蠢到會給皇家人撂臉子，我嚇得汗都出來了，嗯，老公爺會挑人呢。」

江意惜暗道，劉氏可一點都不蠢。

她笑道：「大太太雖然脾氣火爆，心裡有數得很。」

第四十九章

孟辭墨是在正月十二回來的。

他下晌回府，一直在前院同老公爺秘談，亥時末才回浮生居。

江意惜一直等在側屋，聽聞他回來，趕緊讓人去熱飯菜，她親自服侍孟辭墨洗頭。

沐浴完，孟辭墨臉色酡紅走出來。

把下人打發下去，江意惜給他斟滿酒，孟辭墨又給她斟上半杯，笑道：「陪我喝一點。」

他說了外出目的，原來是去了荊州，調查戶部顧侍郎和荊州都指揮使聯手貪墨軍糧一事的證據。這事平王的人早在秘密調查，這次孟辭墨是去找那裡的副指揮使，勸導利誘副指揮使倒戈。

這事若查實，顧侍郎和陳指揮使必會腦袋搬家，顧侍郎是英王的岳丈，陳指揮使是英王一黨的一把尖刀，把這兩人拉下馬，英王一黨將遭受重創。

這倒是個大好消息，江意惜又說了老爺子說的升官的事。

孟辭墨笑道：「不錯，皇上會封我當御林軍上將軍，聖旨過兩天就會下來。」

江意惜笑得眉飛色舞，主動送上一個香吻。她想撤回來時，臉被孟辭墨捧住，嘴裡的酒緩緩流入另一張紅潤小嘴。

酒香醇厚，讓人沈醉，兩人也無心喝酒了，急急去了臥房，一夜旖旎。

次日，孟辭墨交給江意惜三個匣子。「這匣子是妳的，這兩匣子是存存和音兒的。」

江意惜的匣子裡放的是兩支玉簪，雕工精湛，質地上乘，是孟辭墨在荊州買的。

存存的是兩塊掛件和兩尊小擺件，音兒的是兩支小玉簪、兩支小珠簪，以及兩尊價值不菲的小玉擺件。

孩子的禮物中有幾樣東西極其珍貴，江意惜直覺不是孟辭墨送的，她意味深長地看著孟辭墨，孟辭墨只得坦白。

「有幾樣是鄭叔送的，他知道妳不會要他的東西，只送了孩子，這是過年的禮物，收了吧。我跟他說了，只此一次，以後不會再幫忙。」

兩天後，孟辭墨被皇上召進宮，封為御林軍上將軍，同時孟辭閱的調令也下達了，轉去五團營任都司。

鄭家也有兩件喜事，鄭玉終將接孟辭墨的班，升為參將。他老爹則官升一級，當了西大營統領。

有喜事的還有江家，江三老爺提為遊擊將軍。

這時，顧侍郎已被關進大理寺大牢，上面也已派人去捉拿陳指揮使，平王一黨取得了階段性勝利。

正月十六，孟辭墨正式去御林軍衙門應卯。

御林軍衙門比別的衙門早點卯半個時辰，為卯時初，所幸成國公府離皇宮不遠，他寅時末出門即可。

江意惜看著孟辭墨匆匆消失在茫茫夜色中的身影，心中溢滿甜蜜，能天天送夫君上衙，也是一種幸福。

正月底，江意惜還沈浸在喜悅中，素點突然來了。

見她神色憔悴，眼睛紅腫，江意惜驚道：「珍寶出事了？」

素點眼裡又盛滿淚花。「郡主已經閉過氣兩天，不知活不活得過來，雍王爺請大奶奶去一趟，或許是見我家郡主最後一面了。」

說完，素點哭出了聲。

江意惜驚道：「愚和大師過去了嗎？」

素點哭道：「已經過去兩天了，還沒救過來，大師說成敗就此一次，若郡主醒不過來，就徹底沒了。」

愚和大師都這麼說了，江意惜當場嚇得魂飛魄散。雖然前世最終李珍寶的病徹底好了，但這一世有許多事跟前世不一樣。

江意惜起身，對水靈和水草說道：「妳們跟我去昭明庵，水萍去跟老公爺和老太太告個假。」

沒帶吳嬤嬤去，她也不知道自己要在那裡待幾天，得讓吳嬤嬤在家幫著看那兩個孩子才行。

江意惜抱起花花，沒有忘記要把牠帶去。小東西會來到這裡是衝著李珍寶而來的，關鍵時候能幫上忙也不一定。

此時是午時初，她又讓人多拿些點心，好在路上充饑。

孟照存見娘親匆匆走了沒帶自己，哭著跑出屋，被乳娘抱住。存存一哭，音兒跟著哭，兩串尖利的哭聲越甩越遠，江意惜的心情更加沈重。

馬車一路狂奔，顛得江意惜想吐，她掀開簾子，讓冷風吹進來。

天氣漸暖，有些樹木已經抽出新綠，她默念著，希望就在眼前，小珍寶一定要堅持住啊……

來到昭明庵已是下晌未時末，今日的昭明庵跟平時不一樣，庵裡庵外站了許多穿戎裝的士兵，沒有香客，幾乎所有尼姑都坐在殿裡念經，念的是地藏經。

鐘聲深沈，梵音肅穆，讓江意惜的心沈靜了下來。

一進小院，就看見院子裡擺了許多火盆，火盆裡的炭熊熊燃燒著，即使江意惜不懂，也看得出這是在擺陣法，牆上、門上、窗上貼滿了黃色符咒。

屋裡傳來和尚的念經聲，念的也是地藏經，聲音洪亮，抑揚頓挫，充滿了慈悲。

與其說愚和大師在治病，不如說他是在鎮魂，防止李珍寶魂飛魄散。

江意惜駐足望向那扇小窗，裡面的李珍寶已到了生死關頭。

素點催促道：「女施主這邊請。」

江意惜把懷裡的花花交給水靈，走進東廂，下人們去西廂。

東廂裡，不僅雍王、雍王妃、李凱、崔文君、李奇，及雍王的另幾個兒子、孫子在，趙淑妃、文王夫婦、平王夫婦、英王夫婦等皇子及十幾個宗親、鄭玉也在，擠滿了東廂三間屋。

聽素點說，李珍寶病重的事只告訴了皇上，沒敢告訴太后。而在這個關鍵時候，皇上六個兒子來了四個，他還特地把會說話的趙淑妃派來了，而不是派跟李珍寶關係更好一些的曲德妃。

雍王瘦多了，神色憔悴，衣裳皺巴巴的，眼睛和鼻子通紅。

江意惜先走至雍王面前，屈膝施了禮，哽咽道：「王爺……」

她不知該說什麼，安慰嘛，之前的安慰太多了，祝福嘛，該說的祝福都說了，現在說什麼都沒有用，唯有等。

看到淚痕猶存的江意惜，雍王抖了抖嘴唇，說道：「不知下一刻是黎明破曉，還是跌入無盡黑暗，我的寶兒，活了多少年，就受了多少年的苦……我對不起她，把她帶到這個世上來受苦，也對不起她生母，我答應過她要好好待寶兒……」

說著，又流出淚來。

江意惜流淚了，屋裡的女人和李奇哭了，男人們也紅著眼睛嘆著氣。

江意惜張了張嘴，最後只說了一句。「王爺，珍寶知道你對她的好，她也捨不得離開你。」

聽了這話，雍王掩面而泣，哭得像個孩子。

趙淑妃走過來，擦乾眼淚說道：「王爺，吉人自有天相，珍寶有大福氣……」

她知道這是廢話，心裡也希望這是廢話。李珍寶跟江氏的關係好，她的態度直接影響太后，她巴不得那個醜丫頭快點死。

李凱上前把雍王扶去羅漢床上坐下。

之後，得到消息的宗親及跟雍王府關係親近的人家陸續來了，包括鄭璟和鄭婷婷、趙秋月等。

東廂坐不下，又帶去西廂。

這個待遇，別說宗親，就是皇子和皇上的親兄弟也不一定能有。李珍寶如此，可見她有多得皇上和太后娘娘的寵愛。

酉時末，天已經黑透，外面的誦經聲依然洪亮沒有停頓。

除了雍王府一家人，其他人必須離開了，此刻進不了京，他們只能去住庵堂、舍房及驛站。

鄭婷婷、趙秋月幾個姑娘和小媳婦不想住庵堂和驛站，就跟江意惜說好借住扈莊，江意惜讓水萍先帶人過去。

按理，江意惜和鄭玉都不必歇在這裡，但李珍寶不知挺不挺得過今夜，他們都很擔心，晚上也不想走。

雍王妃來勸雍王。「王爺，您已經三天三夜滴水未進，沒有合眼了，您這樣，寶兒知道是會心疼的。」

雍王搖搖頭，無力地望著窗戶發呆。

齋飯端了進來，廳屋擺了兩桌，北屋和南屋又各擺了一桌，但沒人有心情吃。

這裡沒有床只有榻，女人們擠一擠還可以在榻上歇歇，廳屋裡的男人，除了雍王歇在羅漢床上，其他男人只能趴在桌上打盹。

這時，一聲貓叫響起，花花溜了進來。下人的齋飯沒有主子的好，牠過來吃好吃的。

江意惜用一個大盤裝了花花喜歡的素食放在高几上，牠蹲下香噴噴地吃起來。

雍王和鄭玉依然沒有動筷子，其他人都吃了一點，江意惜也吃了半碗飯。不是她沒心沒肺，而是她心底還有一絲希望，萬一李珍寶醒來，自己餓暈過去怎麼辦？

夜深了，崔文君和李奇倚在榻上睡著了，這幾天他們都沒歇息好。

江意惜頭腦混沌，睡不著，走去窗邊打開一扇小窗。

火盆裡的火依然燒得旺，把院子照得透亮，誦經聲在靜謐的夜裡響徹雲霄，即使有惡鬼，也不敢來勾李珍寶的魂吧？

夜空澄澈，沒有一絲浮雲，那勾像船一樣的下弦月異常明亮。透過茫茫夜色和清輝，江意惜似乎看到遠得不能再遠的地方，那裡有一張白色小床，上面躺著一個渾身插滿管子的姑娘，幾個穿白色長衣的人圍繞著她忙碌，還有一個穿著奇異衣裳的男人在一旁焦急地望著她……

她嚇得眨了眨眼睛，那一幕一下子消失了，眼前又只剩下火盆及天上的弦月。

想到剛才那一幕，哪怕躺著的那個姑娘跟李珍寶沒有一絲相像的地方，江意惜還是肯定她就是李珍寶的前世。

這是不是說，李珍寶在那裡也是命懸一線，大夫正在搶救？

兩邊都在爭搶她，誰輸誰贏，在此一「戰」！

江意惜不禁覺得，不管哪一邊贏了都好，李珍寶就不用再遭罪了……

這時，上房裡突然跑出一個和尚，江意惜認識，是老和尚的七弟子戒七。

他跑到東廂房門口大聲說道：「雍王爺，快，貧僧師父有請！」

聲音急促，透著悲涼，這一嗓子把所有人都叫醒了，雍王奔出屋問：「寶兒不行了？」

戒七道：「還有一口氣，你快去。」

感覺是臨終告別。

「我的寶兒……」雍王趔趄著跑去正房，李凱和鄭玉也跟過去，守門的人只讓雍王進去，把李凱和鄭玉趕了回來。

李凱抹了一把眼淚，鄭玉眼睛通紅。

大概一刻鐘後，戒七又跑來東廂。

李凱問道：「我妹妹怎麼樣了？」

戒七道：「只剩最後一線生機了，若是不行，就……唉！」他搖搖頭，又道：「貧僧師父請江施主帶著那隻叫花花的貓過去一趟。」

「妹妹……」

李凱身子晃了晃，被李三公子扶住。

鄭玉說道：「貓能鎮邪，快讓孟大嫂帶花花過去。」

他已經看出，李珍寶的病不止身體不好那麼簡單，還伴隨著魂魄不穩。

江意惜已經聽到戒七的話，她抱起花花走出門。

李家兄弟和鄭玉都向江意惜懷裡的花花抱了抱拳，李凱道：「花花，若你能讓我妹妹活過來，回來我定送你大禮。」

江意惜抱著花花進了正房，正房廳屋和西側屋、西屋裡坐滿了和尚，足足有上百人，他們都閉著眼睛，雙手合十，反覆誦著地藏經。

屋裡的聲音更加震耳欲聾，走過廳屋，進入東側屋，屋裡到處貼著符，坐著蒼寂住持和幾個尼姑，她們同樣閉著眼睛在念經。

戒七推開裡頭房間的一扇門，給江意惜比了個「請」的動作。

江意惜緊緊抱著花花走進去，戒七跟著進入，把門關上後，坐在靠門的一個蒲團上。

屋裡，穿著素衣的李珍寶靜靜地躺在床上，閉著眼睛，如死了一般。雍王坐在床邊拉著她的手，淚汪汪地看著她。

屋裡各處貼滿了符，地上燃著一排排蠟燭，愚和大師盤腿坐在蠟燭正中間，一手合十，一手不停轉著佛珠，朝李珍寶方向閉目誦經。

江意惜踩著蠟燭之間的縫隙走至愚和大師的身邊，輕聲喚道：「大師。」

愚和大師沒睜眼睛，指了指一旁的一個蒲團，只說了兩個字。「坐下。」

江意惜盤腿坐下，把花花放在腿上，閉上眼睛，極其虔誠地誦起了地藏經。

花花原先乖順得很，大概兩刻多鐘後，突然變得急躁，不停地用四肢撓著，江意惜的裙子和衣裳被牠抓出一條條口子，而後，花花一躍而起跳上李珍寶的床，圍著她轉了一圈，又環視屋裡一圈，跳上供菩薩的高几，又跳上房梁、窗臺……像瘋了一樣在屋裡跳了一圈，又蹲去李珍寶身邊，邊用舌頭舔她，邊朝她喵喵叫著。

江意惜聽不懂花花在說什麼，但肯定牠不是單純的貓叫。

老和尚的念經聲更加急促，手中的佛珠也轉得更快，江意惜跟緊他的速度念。

雍王知道愚和大師讓江意惜和花花進來肯定有用意，沒有喝止貓兒，只是驚恐地看著。

不知過了多久，屋裡的蠟燭倏地全部熄滅，即使江意惜閉著眼睛，也感覺到眼前一下黑暗下來。

聽到老和尚停止誦經，江意惜睜開眼睛。

蠟燭全滅了，外面的月光透進來，能隱隱看到屋裡的一點輪廓，只有那兩顆圓滾滾的黃色「琉璃」異常明亮。

「爸爸，再見。」

哪怕這個聲音極小，外面的誦經聲很大，江意惜還是聽見了那個獨特的聲音，屬於李珍寶的聲音。

江意惜激動難耐，輕喚出聲。「珍寶。」

雍王也聽到了，大哭道：「寶兒，珍寶，妳總算活過來了，嗚嗚嗚……」

花花喵喵叫了幾聲。「李珍寶活過來了，李珍寶活過來了。」

「阿彌陀佛，知幻即離，離幻即覺……萬事皆有因，萬般皆有果……該放的放下，該離的離開。」愚和大師雙手合十說道。

戒七起身點燃幾根蠟燭，屋裡瞬間明亮起來。

雍王看到李珍寶依然閉著眼睛沒清醒，急道：「大師，寶兒怎麼還未醒？」

愚和大師起身去床邊給李珍寶診脈，雍王和江意惜都緊張地看著他，害怕剛才李珍寶說話是幻覺。

片刻後，愚和大師收回手，臉上有了笑意，說道：「阿彌陀佛，節食小施主脫險了，讓蒼寂住持來給她洗藥浴、施針吧，明日一早就會醒來。」

雍王和江意惜不禁喜極而泣，雍王給愚和大師深深一躬。「感謝老神仙，您給了珍寶第二次生命。」

江意惜也深深一躬。

愚和大師說道：「阿彌陀佛，老衲與節食小施主有機緣，該受的苦她都受過了，此後將一生順遂，大福大貴。」他又指了指蹲在一旁的花花。「此貓跟節食也有機緣，要善待於牠。」

戒七此時已經把蒼寂住持請進來，愚和大師跟她交代了幾句，之後雍王請其他人先出去休息用餐，屋裡只留下蒼寂住持和柴嬤嬤收拾。

雍王道：「這幾天辛苦大師和各位師父了，請過去用齋。」

王府長史官和昭明庵知客尼也前來接應，引眾人去用齋和歇息，雍王還要相陪，愚和大師擺手制止了。

在聽說李珍寶脫險的消息，眾人都歡呼出聲，此時雍王才終於感覺到餓意，像要虛脫一樣。

「去弄點齋飯來，本王餓了。」

這幾天，其他人或多或少都吃了點東西，只有雍王、李凱、鄭玉三人幾乎粒米未進，齋飯一直備著，下人趕緊端上來。

眾人不敢多問雍王，都圍著江意惜問，江意惜不好細說，只說她同愚和大師一起坐著念經，突然蠟燭熄滅，李珍寶就脫險了……

雍王和江意惜都默契地不提花花那一系列反常舉動，李奇高興得一跳老高，崔文君也是喜極而泣，其他人都喜笑顏開，只是這些人裡，有人是真高興，有人是裝樣子。

雍王妃暗自氣惱。這李珍寶厲害霸道得很，王爺又無底限地嬌慣，將來若長住王府，自己和小七的日子怕是不好過。

最關鍵的是，李珍寶跟江氏一樣站在平王一隊，原本自己對趙淑妃有所承諾，要等李珍寶一死就勸王爺偏向英王，將來想辦法幹掉李凱讓小七承爵，誰想得到這死丫頭居然活了過來？之後的謀劃恐怕得重新佈局了……

上房裡，蒼寂住持給李珍寶施完針，柴嬤嬤就把她的衣裳脫了，抱進浴桶。

令柴嬤嬤驚訝的是，李珍寶並未清醒，卻一直流著淚，她心疼道：「蒼寂住持，節食小師父看似很難受，需不需要餵止痛湯藥？」

蒼寂住持搖搖頭，雙手合十道：「阿彌陀佛，緣起緣滅，緣聚緣散，一切皆是命也……」

她低聲念起了經，一刻多鐘後，李珍寶便沒有再落淚了。

柴嬤嬤喜道：「節食小師父有感知，收淚了。」

雍王走到院子裡，凝視著東邊天空，盼望著黎明快些到來。

除了幾個孩子，東廂屋裡的人都跟了出來，齊齊望向東方。

萬籟俱寂，只有幾顆寒星在閃耀，天漸漸破曉，晨曦初照，大地似籠罩著一層薄紗。

突然，一聲鳥鳴劃破了寂靜，接著是幾聲鳥鳴，而後，朝霞滿天，旭日噴薄而出，從山間處升起。

天亮了。

雍王抑制住激動，兩隻拳頭握得緊緊的，望向上房那扇小窗。

所有人的目光也都望了過去，他們屏住呼吸，不敢弄出一點動靜，只有樹上的鳥兒叫得歡。

被江意惜抱著的花花實在受不了這種壓抑氣氛，跳下地，又爬上屋頂，看著那群傻兮兮的人。

「都說了李珍寶死不了，他們怎麼還這麼緊張？真傻。」花花喵喵叫了幾聲，只有江意惜聽懂了。「我去山裡玩三天。」

江意惜不敢跟牠說話，眼睜睜看著牠跳到房子的另一邊。

不久，屋裡似乎有了動靜，一個聲音傳出來。「郡主醒了……」

一直含在雍王眼裡的淚水終於落下來，他衝去房門前伸出手想敲門，然而拳頭在半空中又停住、緩緩落下。

不對，不能急，得等閨女穿好衣裳、吃點東西喝點水，休息好了再說，他又轉過頭退回去，眾人也跟著退回去。

一刻多鐘後，一個尼姑打開門，人群又著急地一擁而上，小尼姑急急擋住。

「阿彌陀佛，貧尼師父說，不能驚擾節食小師父，只能進去兩至三人。」

雍王回頭，第一個指了李凱，第二個指向鄭玉，又想起他是外男不能進臥房，改指江意惜。

「你們兩人跟我進去。」

李奇見祖父沒帶自己進去，忍不住哭出來。

崔文君趕緊哄道：「小姑姑病好了，你應該高興啊。」見他還閉著眼睛哭，又嚇唬道：「你這麼哭，小心你爹等會兒打你。」

李奇這才嚇得閉了嘴。

雍王隨著小尼姑的腳步踏進房裡，第一眼就見到李珍寶盤腿坐在床上。她變得極瘦，臉色蠟黃，嘴唇蒼白，但眼睛明亮，如同窗外的晨光。

雍王再也忍不住幾步衝上前，一把摟住李珍寶說道：「寶兒！我的閨女，妳要把父王嚇死啊！」

李珍寶也伸出雙手摟住雍王的脖子，埋進他懷裡哭起來，抽抽噎噎道：「爹爹……爸爸……我知道你對我的好，我捨不得你……以後我會聽話，好好孝順你，不再惹你生氣……」

李珍寶的甜言蜜語令雍王感動極了，摟著閨女痛哭流涕，他一輩子的眼淚，幾乎都為這個閨女流乾了。

除了蒼寂住持，屋裡的人都流淚了。

江意惜知道，李珍寶的話不止是說給雍王聽，也是說給另一個世界的父親聽。

哭聲傳到了房外，打破了外面的壓抑氣氛，眾人確信李珍寶真的醒了，紛紛破涕為笑，臉上終於展現出笑容。

李凱上前勸父親。「父王，妹妹大病初癒，不能讓她太傷神。」

雍王聽了這才收淚，連忙起身給蒼寂住持作揖道謝，然後便坐在床邊不錯眼地看著閨女。

李凱笑道：「妹妹，妳終於脫險了，愚和大師說，過了這一關，妳四月就能還俗了。」

江意惜也笑道：「大師還說此後妳會一生順遂，大福大貴。」

李珍寶的眼裡先是閃過一絲悲哀，而後又盛滿喜色，她永遠離開那個爸爸了，也好，她解脫了，那邊的爸爸也解脫了。從此，她可以毫無牽掛的在這個世界生活，陪伴這邊的父親。

她雙手合十，默念著：爸爸，我很好，你也要好好的，幸福過完下半生，阿彌陀佛……

李珍寶睜開眼睛，伸手拉著李凱和江意惜的袖子撒嬌，雍王見了，趕緊把李珍寶拉李凱的手拿過來，環住自己胳膊。

稍後，蒼寂住持提醒道：「各位施主請出去吧，節食小師父還不宜太累，得多歇息，還要吃齋。」

雍王幾人只得再退出房外。

此時天上的朝霞已經退去，藍天澄澈得如剛洗過一般，旭日東升，光芒刺眼得令人不敢直視，格外溫暖的氣候彷彿已經有了春的氣息。

院子裡不僅有雍王府的人，還有昨天到訪的親友們，聽說李珍寶脫險了，個個喜笑顏開。

眾人又在外頭守了一會兒，確定李珍寶沒事後，陸續有人告辭回京，雍王也讓李凱先回京稟報皇上和皇太后此事，感謝皇上、皇太后對珍寶的厚愛；另外又拿出二萬兩銀票，一萬兩捐給愚和大師所在的報國寺，一萬兩捐給昭明庵，再準備兩份厚禮，一份送給江意惜，一份送給花花。

雍王又示意想先走一步的江意惜和鄭玉暫且留下，等到眾人走後，雍王抱拳一一感謝江意惜和花花對李珍寶的幫助，以及鄭玉對李珍寶的鼓勵。

又對江意惜說道：「孟少夫人家有老小，本王不能多留妳，等到珍寶能見人了，再請妳來陪她玩。」

雍王的目光又轉向鄭玉，眼裡有滿意和賞識。

「鄭將軍下晌再回軍隊吧，晌午你陪本王去外面喝兩盅。」

鄭玉受寵若驚，王爺這麼親民了？

江意惜暗道，小珍寶經此一劫，鄭玉應該已發現自己對珍寶的心意，他這個乘龍快婿也得到老丈人的默認和賞識了，一舉三得，小珍寶的追夫大業，似乎沒有那麼艱難了。

江意惜回京了，路過扈莊時特別停下叮囑吳大伯，若花花回來了，就趕緊送牠回京。

隨著雍王府的親友回京，李珍寶的性命被愚和大師的陣法和經文救回，春天就能還俗回家的消息，也以最快的速度在京城傳開，愚和大師之名被傳得更神了。

江意惜回府時，成國公府的人正在議論李珍寶的消息，此刻已經是下晌申時，她餓壞了，昨天到現在都沒好好吃飯，她一回浮生居就對吳嬤嬤說道：「嬤嬤，我又餓又冷，快弄些吃的過來。」

鍋裡一直煨著豬肚雞湯，吳嬤嬤趕緊盛了一碗讓丫頭端去上房，她又親自揉麵做了碗麵條。

孟照存和孟音兒都在福安堂，江意惜吃過飯後就去福安堂看孩子。

在家的主子都齊聚在福安堂，看到嫂子回來了，孟嵐最先問：「大嫂，聽說是愚和大師念經救活郡主的，是真的嗎？」

孟霜又道：「是啊，還有人說大師擺了什麼陣法。」

江意惜還沒來得及回答，孟照存從房裡跑出來，一邊哭一邊控訴。「娘親，妳不稀罕我和妹妹了！」

小傢伙不到兩歲，口齒清晰得像三、四歲的孩子，跑得又快，黃嬤嬤跟在他後頭幾乎拉不住他。

孟音兒則是被老爺子抱著走出來，兩隻手伸向江意惜大哭著，傷心得涕淚皆下。

江意惜只得一個抱著一個哄，眾人耐著性子等他們娘仨。

終於把兩個孩子哄得不哭了，江意惜才笑道：「是，擺了陣法，報國寺去了兩百多個和尚，加上昭明庵的尼姑，他們日夜不停、持續念了三天三夜的經，愚和大師和蒼寂住持幾乎是不眠不休地忙了幾天幾夜，珍寶才得以活過來。」

牛繡又問：「珍寶郡主到底得了什麼病，怎麼念經就念回來了？」

江意惜笑道：「珍寶是病久了，造成魂魄不穩，擺陣和念經應該是為了鎮魂，魂魄穩了，繼續治病就容易多了。」

眾人讚嘆不已，都誇愚和大師和蒼寂住持佛法精深，李珍寶運氣好，魂兒都要沒了，又被他們念回來……

老爺子又問：「我聽說妳和花花也幫忙了？」

江意惜笑說：「大師曾經說過我有大福氣，就讓我帶花花去珍寶面前跟著一起念經。」

孟二夫人道：「辭墨媳婦有大福氣，總不會花花也有大福氣吧？」

老太太懂行道：「都說貓能鎮邪，好在辭墨媳婦把花花帶去了，否則，大晚上的去哪裡捉貓？」

前天老太太還有些埋怨，哪裡有看病人還帶著貓的道理，沒承想，還帶對了。

眾人又問都有誰去了、李珍寶好了以後說了些什麼……江意惜一一滿足他們的好奇心。

晚上孟辭墨回來，說了皇上因為李珍寶病好的事龍心大悅，在他想來，晉和朝有愚和大師這樣的高僧護佑，會更加繁榮富強。

次日，李凱親自帶著兩大箱子來送禮，聽說花花不在，又帶了一口大箱子回去，說一定要把禮物交給花花。

三日後，江意惜剛吃完早飯，就覺得胸悶，感覺光珠外的水霧越來越厚，這是花花哭了，牠已經許久沒有哭得這麼傷心了。

江意惜的心一下提起來，怕牠在山裡出了事，她讓吳有貴趕緊去一趟莊子，看花花回來沒有。

午時，吳有貴和抱著花花的吳大伯一起來到浮生居，他們半路遇上，一起回來了。

花花的眼睛腫成一條縫，一看到江意惜，就跳進她懷裡張嘴嚎起來，像受了委屈的孩子。

江意惜問道：「怎麼回事，誰欺負牠了？」

吳大伯道：「是一個不認識的和尚，太氣人了，他來莊子裡化緣，看到花花就說花花醜得緊，比他還醜，可那個和尚長得……唉，又醜又凶，花花就難過了。」

江意惜一聽就明白了，不用說，一定是愚和大師又想要眼淚水了，故意讓人去氣花花，至於那個又醜又凶的和尚，八成是戒十。

江意惜順著花花的毛嗔道：「跟你說了多少次，不要別人說你醜你就當真，你又不醜，幹麼難過？他那麼說你，興許是看你長得好，是貓貓中最漂亮的，故意氣你才亂說。」

她不敢說是愚和大師故意派人刺激牠，小東西愛記仇，怕下次見到老和尚罵他。

「真的嗎？」花花抽噎著問。

「當然，我什麼時候騙過你？」

花花才止了哭，小腦袋在江意惜的懷中蹭了蹭，把眼淚蹭乾。

孟照存許久沒見到花花了，纏著牠去玩了，江意惜回到臥房把門關上，取出光珠，刮了小半筒眼淚水出來，暗道，老和尚有時候還真夠損的。

二月初九，文科會試之日開始，江意惜期許扈季文和曲修能高中的同時，也開始替江洵緊張，因為十日後就是武科會試。

雖然文科會試比武科會試早十天，但文科會試因為參加人數眾多，審卷又要複雜得多，放榜時間比較晚，也就是三月底，而武科會試相反，在三月初就會放榜。

武科會試後的第三日，江洵來到成國公府和老國公討論這次他的會試心得，老國公聽了，推測江洵考中的機率很高，但排名不會太前面。

江洵倒是平常心，他已經盡力了，哪怕沒有考中也無所謂，他已經做好打算要從軍了。京武堂的生員即使沒考上武秀才，進軍營也能當官，何況像他這種武舉人，許多軍營都會搶著要。

老爺子滿意地看著江洵，小小年紀，還差四個月才滿十七歲，能有這樣的成績已非常不易了。

江洵笑道：「先生也說我考上的希望大，但名次不會靠前。」

晌午，一老一少及曲修、扈季文一起去了浮生居用晌飯。

江意惜又親自去小廚房做了幾個菜給他們下酒，四人喝完酒，老國公和曲修、扈季文去了外院，江洵轉去廳屋找姊姊。

江意惜看著孟音兒睡著，出了西廂，一進廳屋，就看江洵衝她笑，笑得特別甜。

江意惜笑道：「看你笑的，跟姑娘家一樣。」

是的，甜。

江洵的臉一紅，摸了摸後腦勺，欲言又止。

吳嬤嬤看出他們姊弟要說悄悄話，親自給他們沏上茶後便帶著丫頭退下去。

江洵這才走到江意惜面前說道：「姊，孟祖父和先生都預測我能中，我也覺得能中，等到殿試，我會努力考得更好，到時候，姊要幫幫我……」

他的臉更紅了，很羞澀，殷殷地看著江意惜。

江意惜知道他想求自己什麼，江家家世比不上別人，他想考中進士，想給鄭婷婷最好的，想讓鄭家看到他的好，怕這些還不夠，所以想讓姊姊，甚至孟辭墨或老國公幫他去鄭家說說好話。

看著弟弟期待的眼神，江意惜不禁心痛起來。

若他知道那件事，不知會如何？但是，現在不是告訴他扈氏和鄭吉關係的時候，江洵有可能中武貢士，之後還要參加殿試，只得再等等，待他考完殿試後再說。

江意惜憐惜地看著眼前這個大男孩。已經比她高大半個頭了，英武清俊，如旭日一樣充滿朝氣，性格也好，開朗自律、討人喜歡，若自己是別家姑娘，也會喜歡他。

江意惜的鼻子有些酸澀，自己曾發誓要給這個弟弟最好的，可如今弟弟認為最好的，她卻給不了。

她上前兩步，把江洵垂下的一綹頭髮掛去耳後，手指順帶在他的臉上滑過，捏了一下。

江洵的眼睛都笑彎了。「姊。」

「有什麼事考完殿試以後再說吧！」江意惜拉著他坐下，把話扯去別處。「江意言終於嫁了個如意郎君，現在很高興吧？」

江意言這個月十八出嫁，江意惜託病沒去，只讓人送了禮。

「大概吧，我不知道。」江洵不屑道：「聽說江意言回娘家的時候，哭著大罵我們不給她臉面。哼，就衝她害姊那麼多次，即使我沒有參加會試也不會去送親。」

江意惜也不願意搭理那個死丫頭，不是她記仇，小姑娘之間的小矛盾就算了，實在是江意言跟著周氏做了許多害人的壞事。

前世聽江洵跟她說，江意言嫁進祁府不到一個月就和夫婿打架，有一次被打得鼻青臉腫，派丫頭回來跟娘家告狀，周氏氣憤不已，帶人去祁府大哭大鬧。後來祁侯爺靠關係幫江晉找了一個官家的缺，江晉正式入仕後，江家拿人的手短，之後也不敢硬氣，祁安白打江意言也沒了顧忌。

江意言不敢還手，但多嘴的毛病始終改不了，她只要說了不中聽的話，祁安白就又打，江意言每次回娘家身上都有傷，哭著想和離，然而老太太和江伯爺、周氏都不同意……

江意惜不知道江意言前世的下場如何，因為前世她死了江意言還沒死，不過，她肯定前世江意言不會長壽，不是被打死，就是被氣死。

這一世江家有了成國公府這門姻親，江晉也不需要祁家幫忙入仕，不知祁安白會不會像前世那樣打江意言？

兩人正說著，丫頭領著一個提著一籃子紅雞蛋的婆子進來，是蘭嬤嬤，江意柔的陪房。

江意惜想到江意柔的預產期是這幾天，笑問：「四妹生了？」

蘭嬤嬤屈膝笑道：「是，今天辰時末生了個哥兒，母子平安。我家老爺夫人請二姑奶奶一家後日去吃哥兒的洗三宴。」說著，把手裡的紅雞蛋奉上。

小丫頭接過籃子放在八仙桌上。

江意惜和江洵都連連恭喜，保證後日一定去。

兩日後，江意惜帶著孟嵐、孟霜、牛繡、黃馨去參加江意柔兒子的洗三宴。在正院跟夫人寒暄幾句後，讓幾個小姑娘跟王家姑娘玩，江意惜去了江意柔的院子。

臥房裡，江三夫人和江大夫人、江意珊都在，江意柔躺在床上，比之前胖多了，臉上洋溢著幸福。

江三夫人笑瞇了眼，閨女頭胎得男，底氣是足足的了。

孩子取名王之源，長得像江意柔多些，非常漂亮。小傢伙靜靜地望著江意惜，張嘴吐了個奶泡泡，又打了個大大的哈欠。

江意惜愛死了，抱著誇獎道：「好俊俏的哥兒，四妹妹有福氣。」

水萍奉上一個錦盒，這是江意惜送孩子的見面禮。

江意柔又問：「二姊夫來了嗎？」

江意惜笑道：「他忙，會從衙門直接來吃洗三宴。」

江意柔和三夫人聽說「他忙」，以為不會來，又聽能來吃洗三宴，都歡喜起來。孟辭墨不僅是江意柔夫婦的大媒，還是這個家最尊貴的客人。

幾人說說笑笑，門口的丫頭稟報道：「三姑奶奶來了。」

幾人都閉了嘴，三夫人的眼裡充滿了戒備，生怕江意言找事。

江意柔皺眉，家裡並未請她。

江意言穿戴得極其富貴華麗，玫紅撒花挑金雲錦褙子，頭戴嵌玉銜珠鳳頭赤金釵及兩支金步搖、赤金菊花掩鬢，妝容濃厚。

大夫人和江意惜沒出聲，也沒起身。

江意珊起身笑道：「三姊姊。」

江意柔是主人，坐直身子笑道：「三姊來了，請坐。」

三夫人臉上堆滿笑說道：「言丫頭找了個如意郎君，嘖嘖，越來越富貴了。」

三夫人的話讓江意言有了兩分笑意。

她坐去江意惜身邊，想接過江意惜懷裡的孩子，江意惜躲了一下，沒給她。

江意言剛想發火，三夫人又笑道：「言丫頭這身衣裳真漂亮。」

江意言扯了扯衣裳說道：「是貢品雲錦，陛下賜給我公爹的，婆婆給了我半疋。」

她拉衣裳的動作有些大，露出了手腕，江意惜的角度正好看見手腕上面兩寸的地方有瘀青，一看就是被人使勁捏的或掐的。

江意惜譏諷地扯了扯嘴角。這是已經挨了「如意郎君」的打了，只是沒有前世打得那麼狠，都這樣了，還要跑來娘家人面前顯擺。

江意惜也憎惡男人打女人，但江意言這個樣子真是讓人瞧不起。

江大夫人恨江意言恨得牙癢癢，不想跟她待一處，拉著江意珊起身說道：「柔丫頭好好將養身體，我們出去看看。」

江意珊已經不怕嫁出去的江意言了，江意言本還使眼色要她留下，她裝作沒看見。

江意惜起身說道：「我也去。」順手把孩子交給乳娘。「哥兒餓了，抱去餵奶。」

她不願意把孩子交到江意言手上。

三夫人皺眉看了江意言一眼，只得起身送客。

江意惜走到門口，又遇到江意慧和郭捷。

郭捷問：「二姨，存表弟來了嗎？我想跟他一起玩。」

江意惜笑道：「他今天沒來，捷哥兒改天記得跟娘親來我們家串門子，你們一起玩好不？」

郭捷咧著缺了一顆大門牙的嘴答應。「好。」

江意惜捏捏他的小臉，走了出去。

洗三完吃席，江意惜是宴席上最尊貴的女客，哪怕年紀輕，也安排在上座。

吃完席，江意惜沒看戲，又去陪江意柔說了一陣話。

江意柔和三夫人也發現江意言身上的傷了，三夫人道：「不止手腕有傷，八成腿或腳也受了傷，她走路都有些不自然。唉，勸她她不聽，當祖母的、當父親的都不管，我們怎麼管？大房那三個丫頭，八成珊丫頭將來最享福。」

宮一鳴這次也參加會試了，聽說考得不錯。

江意惜對三老爺夫婦很有好感，圓滑，又有該有的良知。

三月初三，武科會試放榜，江意惜也派人早早去兵部衙門門前看榜。

不多時，老爺子來了浮生居，他也著急。他懷裡抱著孟音兒，腿邊靠著小存存，旁邊擠著花花，巴巴等著結果。

江意惜笑問：「祖父，都說大兵壓陣，大帥要泰山崩於眼前而不變色，打仗時祖父緊張嗎？」

老爺子又想起那些崢嶸歲月，說道：「怎麼會不緊張，只不過不能表現出來，一絲一毫也不能表現出來。」

午時初，一陣急促的腳步聲響起，吳有貴興奮的大嗓門響了起來。「大奶奶，舅爺高中了，中了第七十八名！」

這屆貢員取九十八名，江洵中第七十八名，的確名次靠後。

靠後也是中了！江意惜大喜，她屈膝給老爺子施了一禮，笑道：「謝謝祖父，沒有您老人家的教導，洵兒不可能取得這麼好的成績。」

老爺子哈哈大笑。「那是老夫學生，當然要好好教導，快整治幾個好菜送去前院，我要喝兩盅。」

他一個人喝沒滋味，要讓曲修和扈季文作陪。

小存存也聽懂了，跳著腳高呼。「舅舅高中了！舅舅高中了！」

音兒也高興，拍著巴掌「啊啊」尖叫著，花花則是喵喵叫著爬樹上房，慶祝江老二的勝利。

下人們紛紛來正房給主子道喜，這件喜事沒多久就在成國公府傳開，除了幾個長輩，其他主子及有臉面的下人都來浮生居恭賀江意惜。

江意惜索性拿出一百兩銀子，晚上讓人辦了四桌席同樂，主子兩桌、有臉面的奴才兩桌。

晚上，成國公沒回來，派人回來說同僚有應酬。

次日，江洵又來找老國公請教，為三月二十的殿試作準備。殿試的主考官是皇上，皇上的好惡必須知道。

他們一直在外院外書房，江意惜和水珠做了飯菜讓人送過去。

下晌申時，江洵才來浮生居跟江意惜說了幾句話，逗弄了一番小存存和音兒後，就急急回府用功了。

兩天後的午時，江意惜帶著兩個孩子和花花在錦園的亭子裡玩，裝啾啾的籠子放在石桌上，地上鋪了一床褥子，存存、音兒、花花在褥子上玩。

音兒跟存存一樣早慧和健壯，七個多月已經能到處爬了，她還有個特點，就是勁大，打人特別疼，這是老國公最得意的地方。

望著滿園錦繡、滿府富貴，面前的兩個孩子一隻貓精，再想著已經改變命運的孟辭墨、老爺子、江洵，江意惜頗多感觸。

又是一年春來到，她已經重生四年了。

一聲貓叫拉回她的思緒，只見音兒死死地把花花抱在懷裡，花花被勒得喵喵直叫，乳娘趕緊過去哄著音兒放手。

這時，外院的婆子來報，說報國寺的戒九師父和戒十師父求見。

江意惜說道：「快請。」

她帶著孩子們回了浮生居，把處理過的茶葉拿出來。

她看了一眼樂得正歡的花花，小傢伙還不知道來的是那個罵牠醜的和尚。

不多時，戒九和挑著兩大筐「好茶」的戒十來了。

花花一看見他，就伸出左爪喵喵向江意惜告狀。「娘親，就是這個醜和尚罵我醜！快把他趕走，我不想看見他。」

戒十也看到花花了，又木著臉說道：「阿彌陀佛，這隻醜貓怎麼會在這裡？醜不是你的錯，但是到處嚇人可就是你的錯了。阿彌陀佛，醜，真是太醜了，這世上怎麼會有這麼醜的貓……」

戒十像背書，不帶任何感情色彩地一字一字說出來，一看就是別人教他說的，他不想說，卻又不得不說。

貓貓氣得渾身發抖，哧溜跑去西屋，撕心裂肺的貓叫聲讓人聽了起雞皮疙瘩。

小存存和幾個下人都不高興了，這和尚欺負花花，真壞！小存存和水清趕緊去西屋找花花。

戒十重重「唉」了一聲，這麼大的人去氣一隻不相干的貓，實非他本意。

戒九紅了臉，小聲說道：「貧僧師父讓貧僧告知江施主一聲，師父快出發去雲遊了，那東西要準備多一些。」

老和尚是故意要戒十氣花花的，想多要點眼淚水，唉，只是委屈花花了。

戒九又把兩大筐的好茶放下。「來，這一筐好茶是給江施主的，這一筐是給節食師父的，再請節食師父轉贈皇上和太后娘娘各兩斤。」

江意惜道了謝，把處理好的茶葉送他們，之後沒敢多留他們在浮生居吃飯，把他們請去前院吃齋。

送走兩個和尚，江意惜趕緊去西屋哄小東西。

花花受到了很大的刺激，趴在書櫃頂，小屁股衝天，兩隻前爪抱頭尖聲嚎叫，任誰哄都不下來。

江意惜老生常談的勸道：「花花，那個和尚才醜，他是嫉妒你，故意那麼說的，乖乖快下來，雍王府送了你一箱子首飾和綢緞，你趕快掛上，好漂亮。」

小存存跟著哄道：「花花俊，和尚醜。」

水清道：「你是最漂亮的貓貓……」

吳嬤嬤、水靈、水草……浮生居所有主子下人輪流來誇牠，還是沒能把小東西勸下來。

江意惜又派人去請孟照安、黃馨、牛繡這幾個經常跟牠一起玩的孩子，也不行。

最後還是老國公過來，鼓著眼睛罵了一通醜和尚，說要派人去報國寺揍他，花花才下來。

花花生江意惜的氣，覺得她沒有第一時間把醜和尚趕走，便由老國公抱著去了前院，說要住到開心才回來。

這一通折騰下來，已經未時初，江意惜才坐到炕上吃晌飯。

飯後，她關上臥房門，拿出光珠刮眼淚，把之前那一半小銅筒裝滿，又裝了小半筒。

她讓人把李珍寶的茶葉送去雍王府，交代了一定要交到崔文君手上，可不能被王妃中途截走。

崔文君懷孕了在王府安胎，江意惜前兩天還去看過她。

第五十章

這天一早，江意惜準備前往報國寺，表面上是為了弟弟祈福，求菩薩保佑他得以高中，實際上是為了再見愚和大師一面。他就要外出雲遊了，不知何時歸來，她還有些事想求他指點迷津。

幾個當家人都希望她能從愚和大師那再得到點消息，自然願意讓她去。

春天的西山絢麗多彩，風景如畫，此時正是踏青的好時節，男男女女踏青的同時，也會去燒香拜佛，本就香火極旺的報國寺更加熱鬧。

江意惜帶了兩個丫頭和十個護衛抵達報國寺後，直接穿過一片紅豔豔的櫻桃林，來到禪院前，只見戒七守在門口。

他上前接過水靈手裡的兩個食盒，笑道：「江施主可算來了，貧僧師父一直等著妳呢。」

江意惜逕自走進禪院，水靈等人非常自覺地在禪院外的亭子等候。

愚和大師的禪房門口守著戒十，此刻他就像一尊羅漢，一動不動，還面無表情。

當江意惜來到門外時，他突然雙手合十。「江施主。」

江意惜嚇了一跳，趕緊雙手合十還禮。

戒十又說道：「阿彌陀佛，貧僧對不起那隻貓，讓牠難過了。」

聲音平和低沈，此時的戒十依舊醜陋，臉上的長疤依然觸目驚心，但眼裡盛滿慈悲和歉意，也沒有之前那麼令人恐懼了。

江意惜笑道：「沒事的，我會向小東西轉達戒十師父的歉意。」

在戒十的引領下，江意惜來到側屋，愚和大師正坐在炕上，戒七躬身把食盒放在炕几上。

愚和大師跟江意惜比了個請坐的手勢，就打開食盒蓋子拿出一塊素點吃起來，一副非常享受的樣子。

吃完，他拍拍手上的餅渣，呵呵笑道：「那個小東西氣得不輕？」

江意惜說道：「是啊，到現在都沒理我。」跟著老國公一住就是好幾天。

她從小包裹裡拿出兩個小銅筒放在炕几上。

看到兩個小銅筒，愚和大師的眼裡迸發出精光，趕緊打開筒蓋瞧瞧，第一筒很滿意，第二筒就有些嫌棄了。

「兩筒都沒裝滿，戒十慈悲了。」

江意惜雙眉一擰。「還慈悲，那和尚字字誅心，花花都快被氣死了，以後不能這樣，我看著都心疼！」

老和尚笑了笑，又道：「這寶貝只拿來種花草和調味太浪費。小東西來到這個世界，就要為人們多做貢獻，上天也會給牠更多福報……上年湖廣一帶遭災，餓死無數人，老衲沒有辦法拯救所有蒼生，但知道拯救的法子，便想在力所能及的情況下救更多人，用這種寶貝改良種子，拿去那裡種植，以緩解饑荒。唉，只因要救治小節食，老衲才耽誤到現在。」

原來如此，江意惜記得，前世這場災荒後，以樊魁為首的湖廣流民便造反了。雖然這一世樊魁被愚和大師提前點化，還是有一小批流民造反，只是很快被朝廷軍隊鎮壓了。

她也曾經想過用眼淚水改良種子，但怕引起注意，想著過兩年再悄悄弄，沒想到愚和大師已經在做了。

她笑道：「大師慈悲，是百姓之福。」

愚和大師道：「老衲還不敢居功，是小東西給這裡的百姓帶來了福澤。」

江意惜抿了抿嘴，說道：「如此，小東西和我也算救了萬千百姓，大師說過不想欠人情，我可否問問文王的——」

愚和大師忙截了她的話。「老衲不能透露文王任何消息，會遭反噬。」

像是早已料到會被拒絕，江意惜話鋒一轉，又道：「那好，大師就說說平王吧！不知他能否『心想事成』？」

文王的消息還不值得用眼淚水交換，她之所以故意這麼問，是知道老和尚不敢透露重生人的事，也不好一再拒絕她的問題。

愚和大師皺眉看了江意惜一眼，有些怪罪，但沈吟片刻，還是說道：「平王福澤深厚，最大的敵人是他自己，切忌殺戮過重，骨肉相殘，否則哪怕心想事成也會招致天譴，不得善終。阿彌陀佛。」

說完，他就閉著眼睛數佛珠，打算送客了。

江意惜只好起身道：「大師一路保重。」

愚和大師已入定，如石化一般沒有回應。

江意惜離開禪院後又去大殿拜佛，還捐了五百兩銀子，求佛祖菩薩保佑江洵高中。

吃完齋飯後回府的路上，江意惜看似平靜，老和尚的話卻一直在她腦海裡盤旋。

老和尚的意思是，前世平王當了皇上。殺戮過重，應該是起兵造反或是圍剿。骨肉相殘，是指他殺了兄弟，包括文王，甚至他們的後人，他雖然坐上龍椅，但遭了天譴，不得善終……

這也表示，重生後的文王恐怕最恨的就是他，不會輕易放過他。

江意惜喜憂參半，高興的是孟家跟對了人，平王最終會登上大寶；發愁的是，平王可能並不像表面那樣仁慈，實則手段狠戾，不知還有什麼其他性格缺陷。

愚和大師的勸誡，希望平王能明白。若聽勸還好，若不聽勸，肯定不會是仁君，跟隨他的朝臣也得不了好。

回到成國公府，江意惜直接去外書房找老爺子，孟沉說他不在外院，江意惜又直奔福安堂，還沒進上房，就聽見益哥兒的大哭聲，以及老太太弱弱的聲音。

「還說我慈母多敗兒，你比我寵孩子多了。」

老爺子的聲音回懟。「音兒是好孩子，我再怎麼寵也不會寵成孟道明那樣。」

老太太有些生氣，聲音也提高了不少。「道明都是祖父了，你怎麼能那樣說他，男娃女娃能一樣嗎？男娃打架是常事，女娃打架人家要笑話。」

老爺子中氣十足。「將門虎女，就是要打架！」

小存存稚嫩的聲音附和。「益弟弟先打妹妹，益弟弟是好哭郎。」

花花的喵喵聲響起。「打得好！」

孟照益比音兒大四個月，喜歡招惹妹妹，音兒極不耐煩他摸來摸去，就會伸手打他，益哥兒打不過，一挨打就哭。

老太太向著益哥兒，老爺子向著音兒。經常兩個小的打架，兩個老的吵架，讓人哭笑不得。

江意惜走進側屋，只見老倆口坐在炕上，老爺子抱著孟音兒，老太太抱著孟照益，小存存和花花也坐在炕上，其他人坐在一旁的椅子上。

江意惜給長輩行了禮，伸手把音兒抱過來，小存存滑下地抱著娘親大腿告狀。

「益弟弟緊著摸妹妹，妹妹打了他，他就哭、哭、哭……」

不知說了幾個哭。

花花還在生江意惜的氣，小腦袋望天。

老太太問道：「見著愚和大師了嗎？」

「見著了。」

老太太還要問，老爺子起身道：「辭墨媳婦，走，去東廂書房。」

江意惜把孟音兒交給孟月，跟著老爺子去了東廂。

老爺子聽了愚和大師的話，也是喜憂參半。

他思索片刻說道：「平王聰慧堅韌，大師已經說出他的心魔，連結果都說了，為了他自己和天下，他會想盡一切能力去克服……」

沒好說的是，對有這樣性格的君王，孟家與他相處要更謹言慎行。

而後老爺子急急去了外院，江意惜去了上房，把在報國寺買的素點拿出來請大家吃。

晚上，男人們在外書房議事，連晚飯都沒回福安堂吃。

女眷們都猜測愚和大師應該跟江意惜說了什麼，才讓男人們那麼緊張。但江意惜不說，她們也不好意思問。

回到浮生居，花花也扭扭捏捏跟了回來。

江意惜知道牠有話要說，單獨帶著牠去了西屋。

花花立著身子問：「太祖祖讓人去打醜和尚了嗎？」

小傢伙還挺精，怕老爺子說一套做一套。

江意惜說道：「打了，打得可厲害了！光頭上腫了兩個大包，一隻眼睛是青的，醜和尚還讓我替他向你道歉，說他那樣說你是因為你太漂亮，對不起了。」

江意惜很為自己忽悠小東西的行為自責，但不這樣說，小東西就沒完沒了。

花花聽了，眼裡又湧上眼淚，鼻子不停慫著。

江意惜更自責了，把牠抱起來親了一下，花花兩隻前爪抱住江意惜的脖子喵喵叫著，一人一貓和好如初。

跑過來的存存拍手笑道：「花花跟娘親撒嬌了，花花跟娘親和好了。」

孟辭墨半夜才回來。

他躡手躡腳去淨房洗漱，又躡手躡腳上床，還是把江意惜驚醒了。

「回來這麼晚？」

「嗯，我去別院跟平王見了一面。愚和大師的話，我原封不動跟他說了。他一直沈默，到我走都沒說話，但願他能聽進去，時時警醒。」

孟辭墨躺下，把江意惜的小手握住放在胸前，小聲絮叨著。

「小時候，哪怕我跟平王接觸得不多，也知道他溫文爾雅，甚至有些害羞，性格轉變，應該是從母子兩人被放逐皇陵開始的。英王和趙貴妃設計，太子無德調戲曲德妃，皇上不問青紅皂白處罰他們母子……他心裡有氣，偏偏又不願意表現和釋放出來，多年鬱結於心養成了暴虐的性子……」

開始不那樣，後來變成那樣，應該有點心理疾病，江意惜突然想起愚和大師給她的西雪龍，加艾片，能夠治幻覺、焦躁、狂躁等疾病。加白英，能治離魂症和驚嚇症等，李珍寶的藥裡就加了這種藥。

江意惜說道：「西雪龍或許對他有用。」

孟辭墨之前聽她說過西雪龍，搖頭道：「那種藥是治病的，我們多事或許會招致平王不滿。再看看吧，勸誡為主……」

次日下晌，素味來到浮生居。

她面帶喜色，屈膝笑道：「我家郡主能下地走路了，她想去扈莊玩一天，明天請孟世子、鄭將軍、鄭大姑娘、江二公子一起去扈莊玩。天氣暖和了，再把存哥兒和音姐兒帶去。」

江意惜笑道：「好啊。不過，洵兒不能去，他要準備二十那天的殿試。音兒還小，老公爺不會同意帶她出去。」

素味遺憾道：「哦，可惜鄭大姑娘也不能去，我先去了鄭府，鄭夫人說鄭大姑娘病了。」

江意惜的心一沈。她強壓下情緒，送走素味後去炕上坐著想心事。

不知鄭婷婷是真病，還是鄭家已經知道自己母親是扈明雅，不願意鄭婷婷再跟自己或者江洵多來往。

若這樣，也好。只是，想到江洵看到或說到鄭婷婷時的開心模樣，她的心像針扎一樣難受。

他努力用功，想取得好成績，想成為人上人，一個是為了光耀門楣和做姊姊倚仗，一個就是為了心愛的姑娘。

在他理想就要實現的時候，心愛的姑娘卻因為某些原因不能嫁給他，小小年紀的他該如何承受……

晚上，江意惜跟孟辭墨說了這事。

孟辭墨若有所思道：「鄭家應該知道了，鄭玉也約我明天去扈莊，大概是要說這件事。唉，只怕洵兒的願望要落空了。」

江意惜唉聲嘆氣，一宿沒睡好。

翌日早飯後，孟辭墨和江意惜帶著小存存、花花去了扈莊，這次也帶了水珠去做美食。午時初到莊子，廚房煙囪冒著炊煙，還沒進院子就聞到一股濃郁的香味。

小存存第一次到鄉下，看到大片良田、拴在門邊吃草的牛驚訝極了。

「牛牛，麥子，小樹苗……」

江意惜給他畫過麥子長什麼樣，所以他看出了已經抽穗的麥子。沒開花的油菜和其他秧苗不認識，說成小樹苗。

孟辭墨笑著把他抱進懷裡，講解著什麼是什麼。農耕是大計，孟辭墨樂意兒子對農作物感興趣。

江意惜先進廚房看了一圈，才去內院歇息。

春色滿園，芬芳馥郁。

這裡比錦園小得多，極品珍品花卉也少得多，但江意惜就是特別喜歡這裡，覺得這裡比錦園更富有生氣，與大自然融為一體。

她已經想好，等江洵娶媳婦的時候，把這個莊子寫在他名下。以後自己來鄉下，可以住在這裡，也可以住去孟家莊，孟家莊是孟辭墨的私產。

她坐在廊下歇息，不多時，看見孟照存由孟辭墨牽著跌跌撞撞走進外院，聽到羊叫聲就嚷著。「牛牛，貓貓……」

他聽過貓叫聲和牛叫聲，還沒聽過羊叫聲。

吳嬤嬤笑著抱起他，去屏門後看羊。之前的一隻羊已經變成五隻羊，江意惜不許殺，實際上是花花不許殺，一直養著。

不多時，聽到外面有嘈雜聲，守在門口的水草高聲說道：「大奶奶，節食小師父來了！」

江意惜牽著小存存迎出門。

李珍寶居然是走來的，周圍跟著幾個丫頭婆子和幾個護衛。離得遠，看不清模樣，只看見她穿了一身青衣，腳步還算有力。

李珍寶也看到他們了，伸長胳膊喊道：「姊姊，存存……」

她激動地想跑，被一旁的柴嬤嬤勸住。

存存大聲喊道：「寶姨，想妳……」

稚嫩的童聲在天地間迴響。

他早忘記李珍寶長什麼樣了，之所以記得有這麼個人，是因為母親經常在他面前提起。

江意惜抱起存存迎上前。

李珍寶長胖了，也長高了一點，陽光給她鍍上一層金光，眼睛彎彎的盛滿喜悅，真是明媚照人的小姑娘。

江意惜把小存存交給乳娘，雙手拉著李珍寶笑道：「小珍寶，妳真的好了，祝賀妳。」

李珍寶報以更熱烈的回應，雙手摟住江意惜的腰笑道：「姊姊，謝謝妳，謝謝花花。」

兩人笑著，卻都流出眼淚，後頭一個聲音傳來。「好事也要哭。」

是鄭玉，他才從營裡練兵回來，身上還穿著盔甲，騎在馬上看著她們笑。

銀色盔甲泛著金光，金光反射在臉上，讓燦爛的笑更加明媚，也讓稍嫌硬朗的五官柔和些許。

李珍寶眼睛一眨不眨地看著他笑，附在江意惜耳邊輕聲道：「我沒說錯吧，鄭哥哥比孟姊夫英俊多了。」

江意惜哭笑不得，哪有她這樣抬一個踩一個的理。

江意惜沒理她，對鄭玉笑道：「鄭將軍，我家大爺在莊子等你呢。」

鄭玉「哦」了一聲，看江意惜的目光有了些審視。

李珍寶抱著存存親了幾口，又問：「我的救命恩貓呢？」

「去山裡玩了，晚上回來看妳。」

幾人回了扈莊，都不想進屋，坐在樹下說笑。

飯做好了，丫頭們把菜往上房和東廂端去。

李珍寶奇怪道：「都這麼熟了，幹麼不一起吃？」

江意惜道：「他們要喝酒，吃得慢。」

看到一桌自己愛吃的美食，李珍寶笑彎了眼。雖然依然不能吃得盡興，但比之前好多了，蒼寂住持批准她能吃一碗。

江意惜問道：「怎麼樣，跟妳的鄭哥哥挑明了嗎？」

李珍寶嘟嘴道：「我的姊姊，我現在還是小尼姑，妳不能教唆我犯戒。」

嘴裡是這麼說，表情卻甜得發膩，恨不得讓所有人知道她和鄭玉的關係不一般。

江意惜點了一下她的小腦袋。「還用我教唆，真是倒打一耙。」

看到她這樣，江意惜在心裡更為江洵和鄭婷婷遺憾。

她瞥向窗外，豔陽高照，灼灼其華。東邊那扇門不知何時關上了，小窗只留了條縫，這樣神秘，一定在說那件事吧？

該怎麼說，她已經跟孟辭墨商量好了。

東廂裡，鄭玉把門窗關好，他沒動筷子，只喝了一杯酒，便意味深長看著孟辭墨。

孟辭墨已經猜到他要說什麼，沒看他，自顧自喝酒吃菜。

兩人沈默了一會兒，鄭玉試探著問：「那件事你知道嗎？」

孟辭墨沒抬頭。「什麼事？」

「就是，我和你或許是親戚的事。」

孟辭墨放下筷子，抬頭問道：「你想說什麼？」

鄭玉沈吟片刻，抿了抿唇說道：「大嫂，或許跟我們是一家人。」

孟辭墨用帕子擦了嘴，鄭重說道：「你是說鄭叔跟我岳母之前的事吧？」

鄭玉眼眸一縮。「你真的知道？」

「我只知道鄭叔年輕時跟我岳母相識，後來各自嫁人娶妻，互不打擾……」孟辭墨喝了杯中酒，又道：「從此蕭郎是路人。」

「可是，大嫂長得像我們鄭家人……」

「那是巧合。」

「絕對不是巧，我們已經查……」

「鄭將軍，有些話不負責任地亂說，不僅影響死者的清譽，也會影響活人的生活，慎言。」

鄭玉看看無比嚴肅的孟辭墨。他知道了，這件事孟辭墨和江意惜都知道，但他們只承認鄭吉曾經跟扈氏相戀，絕對不承認江意惜是鄭吉的骨肉。

他問道：「我叔叔知道嗎？」

孟辭墨道：「上次回京，鄭叔調查了惜惜的母親，他和我談過這件事，他尊重我岳母的遺願，不去打擾她和她的後人，也尊重惜惜的意思，各自安好。」

鄭玉嘆了一口氣。「我明白了。」

他跟孟辭墨說這件事，就是想確認江意惜知不知道這件事，若知道是什麼想法。看江意惜平時的為人處世，鄭家人猜到即使江意惜知道自己真正的身世，也不會願意相認，這也是他們希望的。

若這件事鬧出來，不僅扈氏的名節受損，鄭吉的名聲受損，對何氏也是一種傷害。卻原來吉叔已經知道了這件事，還尊重扈氏和江意惜的意思，不相認、不把這件事說出去。

真正確認這個態度，鄭玉放下心來。

孟辭墨又道：「鄭叔和我的意思，還請轉告鄭老大人、鄭統領、鄭夫人，那事萬不要傳揚出去，更不能讓大長公主和鄭老駙馬知道。」

鄭玉苦笑道：「這件事，我祖父和父親也不願意告訴大伯娘和大伯，特別是孀子，這些年過得著實不易，心裡對我叔叔也頗多埋怨，若知道那件事，怕她更受不了。」

孟辭墨冷笑道：「鄭叔的夫人已經知道這件事了，為了她自己的利益，她不會輕易說出來。不過，她似乎想對惜惜不利，提醒你的家人，把她看住，不要為了洩憤做不好的事，這件事，惜惜無辜。」

鄭玉一愣，居然連何氏都知道，不僅知道，還想對江意惜不利，又被看出來了，或許叔叔也知道她的心思……怪不得，叔叔回京後，兩人的關係更加不睦，何氏也病情加重，甚至有些神叨叨了。

大長公主府的關係一團亂，再想到妹妹的心思，更不可能了。

鄭玉嘆道：「為了大房二房的關係，婷婷和江洵的事不可能繼續了，唉，我的幾個長輩和我都非常喜歡江洵，一直想他當我妹夫……」

他不好說妹子更是以心相許，現在還巴巴等著江洵高中來鄭家提親，但祖父極力反對，怕萬一扈明雅的身分鬧出來，不好跟大長公主和老駙馬、何氏交代。何氏靠後，主要是怕大長公主不高興，影響兩房感情。

家人現在都還不敢跟婷婷說這件事，打算以後再以門第懸殊的藉口反對。

之前鄭玉一直覺得，這件事不一定會鬧出來，也不至於影響妹妹的親事，現在知道全盤狀況，若自家還是不管不顧要跟江洵作親，何氏不知會幹出什麼瘋狂事。

可憐的妹妹，頭一件婚事遇到壞男人，現在好不容易尋到意中人，又有這麼大的阻力。

鄭玉眼神黯淡，望著天發呆。

孟辭墨想到還在奮發努力的江洵，也滿是酸澀。他和惜惜已經猜到鄭家人的態度，但親耳聽到還是為江洵難受，下意識自己滿上一杯酒，喝了，又滿上一杯，喝了。

鄭玉見了，也開始自斟自飲。

直到江意惜和李珍寶吃完飯，那邊還在喝。

李珍寶又拉著江意惜一起午歇，江意惜想起鄭玉要去邊關的事，說道：「對了，鄭家好像有意讓鄭將軍去西慶。」

李珍寶知道西慶是晉和朝西部門戶，相當於前世的甘肅一帶，據說那裡天高野闊，廣袤無邊，她的眼睛一下亮起來。

「真的嗎？太好了，我喜歡那裡的豪放無羈，沒有束縛，那裡好像還是絲綢之路，可以想辦法多賺銀子。」

「那裡可是動不動就打仗的地方，妳就不怕？」

「我相信晉和朝的國力，一定能維持邊境安定的，再說了，我能幫到我家鄭哥哥。」

李珍寶興奮得小臉紅紅。她前世學習不行，卻沒少看閒書，也知道一些軍事知識，或許對鄭玉有所幫助。

這反應有些出乎江意惜的意料，她又問：「妳父王和太后娘娘捨得讓妳嫁去那麼遠的地方？若他們不同意，鄭玉便去不了邊關了。」

李珍寶道：「沒事，古……哦，這裡講究嫁雞隨雞，我當然不會扯鄭哥哥的後腿，放心，我能搞定我皇祖母和父王。」

搞得她已經是鄭玉媳婦一樣，江意惜不禁笑了出來，心裡感到輕鬆不少。

李珍寶已經很疲倦了，興奮過後很快進入夢鄉，江意惜睡不著，不知那邊談得怎麼樣了？

窗外的鳥兒嘰嘰喳喳叫著，吵得人心煩，李珍寶午歇睡醒，和江意惜手拉手出了上房門。

見東廂門還關著，李珍寶問：「孟姊夫和鄭大哥呢？」

水萍稟報道：「稟郡主，我家世子爺和鄭將軍喝醉了，已經喝了醒酒湯，還歇著呢。」

直到日頭西斜，孟辭墨和鄭玉才清醒，走出房門。

幾人坐在樹下聊天，看小存存在院子裡逗小羊玩，孟辭墨、鄭玉很少說話，李珍寶嘴不停，江意惜會附和幾句。

鄭玉看李珍寶的眼裡有了溫度，李珍寶說話，他都是看著她很認真地傾聽。

孟辭墨和江意惜交換一下眼色，知道哪怕那層窗戶紙還沒戳破，這兩人已經心意相通了。

天色漸暗，晚飯是稀粥、韭菜盒子、鹹鴨蛋，以及幾道清淡小菜。

飯後，孟辭墨和鄭玉去孟家莊歇息，李珍寶在扈莊歇息。

晚風習習，漫天繁星，孟辭墨和鄭玉步行去孟家莊，幾個親兵牽馬跟在後面。

孟辭墨道：「快當皇家女婿了？」

鄭玉道：「沒有的事，珍寶有男兒氣概，我跟她是朋友。」

孟辭墨側頭看看鄭玉，閨名都叫上了還死鴨子嘴硬，他故意說道：「哦，你之前好像說過珍寶郡主不漂亮，沒有女人味，腦子有問題，嘰嘰喳喳話太多……」

鄭玉一怔，自己說過那些話？這傢伙不厚道，哪怕自己無意說過也不應該翻出來嘛。

兩人悶悶走了一段路，鄭玉說道：「接觸久了才發現，珍寶還是很有女人味，漂亮、聰慧，話雖多卻很有見地，特別是她的堅韌勇敢，男人都比不上……」

他還未表揚完，就聽到孟辭墨幾聲輕笑。

鄭玉羞紅了臉，停下腳步不高興地問：「你今天怎麼回事，想打架？」

孟辭墨摟著他的肩膀說道：「我是想讓你看清自己內心的真實想法，珍寶郡主是個好姑娘，傾心於她，你有眼光。」

鄭玉沒理他，怔怔望著天上那半輪明月，融融月光裡，浮現出李珍寶的笑臉。眉如遠山含黛，眸子宛若星辰，尖尖的小下巴，肉肉的小蒜頭鼻……

她不是最美麗的，卻是令自己最心動的。

鄭玉知道，家裡一直希望他娶李珍寶。他們主要是基於政治聯姻，但他不願意把自己的婚姻跟政治聯繫在一起，一直有情緒上的抵觸，也一直裝作沒看出李珍寶對他的心意。

透過這半年珍寶病重，看到她幾次命懸一線，看到她被病痛折騰得不成人形，他的心很痛，恨不得替她承受一切痛苦，他也因此知道了自己的心意……

孟辭墨笑道：「又在想姑娘了？等到珍寶郡主還俗，就該男婚女嫁了。」

鄭玉沒再否認，邁開大步向前走去。

次日，天剛矇矇亮，孟辭墨和鄭玉就來了扈莊。

李珍寶知道鄭玉和孟辭墨會來吃早飯，難得沒睡懶覺，天剛矇矇亮就起床了。

朝陽還未升起，世間萬物籠罩在薄薄的晨曦中，晨風撲面，帶著花香和濕氣，地上還有薄霧，煙囪冒著炊煙，外院裡雞羊貓叫得歡……清晨的扈莊美麗又充滿了煙火氣息。

李珍寶深深吸了一口氣，又跳了兩跳，還有些懵的頭腦一下子清明起來，覺得渾身充滿了朝氣。

從前世起李珍寶就愛睡懶覺，哪怕要上學早早起床，也是半夢半醒滿腦子漿糊，基本上沒注意過清晨什麼樣，而這一輩子都在治病養病，更沒注意過。

今天第一次體會到什麼是蓬勃向上的朝氣，為何古人說一日之計在於晨……

江意惜正在院子裡侍弄花草，弄得一手泥土，她笑問：「沒多睡會兒？」

李珍寶非常賢慧地說：「我想親手給鄭哥哥和姊姊、孟姊夫做點好吃的。」

江意惜有些受寵若驚，在銅盆裡淨了手，同李珍寶一起進了廚房。

李珍寶做了個皮蛋粥，又蒸了五小碗蒸蛋。

皮蛋粥裡沒加肉，加了香菇和少許菜葉。蒸蛋用的是羊奶，怕羊奶有膻味，還先用杏仁煮了一下。

等到孟辭墨和鄭玉過來，天已經大亮，早飯也做好了。

幾人自是對皮蛋粥和蒸蛋一陣猛誇，廚藝特別好的水珠也不得不佩服。「原來羊乳可以蒸蛋，蒸出來比豆腐腦還嫩。」

飯後送走鄭玉和李珍寶，江意惜一家才帶著花花回京城。

孟辭墨沒騎馬，刻意同江意惜一輛馬車，在馬車上說了鄭家對江洵的想法。

鄭家真的不同意……雖然早已經預料到這個結果，但江意惜還是又失望又難過。

許久，她才說道：「洵兒那麼好，為何命運總是不濟……」

孟辭墨長長嘆了一口氣，把她攬入懷中安慰。

三月二十，武科殿試開考。

殿試在宮裡舉行，武考孟辭墨能夠看到，但今天孟辭墨輪值，晚上不回府。

下晌他讓孟連山回家告訴老國公和江意惜，江洵武考發揮如常，依舊是考校力氣的「翹關」稍弱，若是策問再考得如常，名次不會太理想。
這是之前預想得到的。儘管江洵勤奮練武，但年紀偏小，又不是從小就用功，「力量」始終是他的軟肋。江意惜和老國公於是又把希望寄託在策問上。
晚上，眾人正在福安堂吃飯，婆子稟報，孟青山有事稟報。
肯定是稟報「策問」的考題，考完了，考題已經不再是秘密。
老爺子讓孟青山進來回話，孟青山說，策問考的是有關西部戰事的問題。
老爺子和江意惜都是大喜，這方面老爺子給江洵講得最多，甚至每一場戰役都講過，孟辭墨和鄭吉也講過，這也算提前押對題了。
不出意外，江洵應該會答得不錯，老爺子高興，酒都多喝了幾杯。
次日，老國公來到浮生居，他知道江洵今天肯定會來這裡。
午時初江洵來了，看他笑容滿面，就知道考得不錯。
他給老國公長躬及地，笑道：「謝孟祖父再造之恩。」
江洵背誦了他的答題，老國公非常滿意。
「不錯，若不出意外，洵兒的名次會往上提不少。」
江意惜聽了喜不自禁，挽著袖子去小廚房做老爺子喜歡的菜。
兩日後，京城最繁華的東長順門外掛榜，江意惜派吳有貴去看榜。
江洵不會去東長順門，九十八名武貢士要去太和殿外等候，由內侍唱名。之後皇上賜一套盔甲、腰刀，直接封一甲官職，賞眾進士銀兩，賜瓊林宴。明天兵部牽頭，保護狀元、榜眼、探花騎馬遊街……

一大早，老爺子又來浮生居等消息。

他抱著音兒在廊下翹首以盼，小存存和花花也伸長脖子望著大門，盼望舅舅能取得好成績。

午時初，吳有貴滿臉喜色跑進大門，他高聲笑道：「恭喜大奶奶，恭喜老公爺，舅爺中了探花，是本朝最年輕的探花郎！」

江洵是老爺子的學生，恭喜他也沒錯。

這個好成績不說江意惜沒想到，連老爺子都沒想到，欣喜得不行。

江意惜和老爺子各賞吳有貴二兩銀子，浮生居裡一下熱鬧起來，下人都來給他們磕頭。

江意惜讓人拿銀錁子賞人，老爺子讓人準備賀禮送去江家，又讓人晚上準備十幾桌席面，主子下人同賀。

這個場面，只有當初孟辭羽考上舉人時有過。

主子們聽說後，也紛紛來到浮生居恭喜江意惜，連老太太都來了。

江意惜又讓人準備席面，晌午在浮生居辦幾桌，看到這個場面，老太太的眼圈有些紅了，又想起千里之外的孟游和孟嫵。

老太太問過老爺子，那兩個孩子現在怎麼樣了？老爺子沒回答，只說當那兩個人不存在，各自安好就行了。

黃馨跑來問老太太。「祖母，我和繡小姨明天想去看探花舅舅騎馬遊街。」

孟嵐和孟霜也說想去，她們小時候曾看過那個盛景。

孟辭令和孟照安、孟照存生怕不帶他們，都跳著腳大聲嚷道：「我們也要去！」

孟照存又補充道：「妹妹也要去，帶妹妹！」

老太太被吵得頭痛，連連搖頭。「那怎麼行，街上太亂。」

老爺子豪爽道：「怎麼不行？讓孟沉多帶些護衛、婆子，在江洵要路過的地方訂家酒樓或茶樓，大夥兒都坐在裡面看，特別是小子，要讓他們多去看看那些狀元、榜眼、探花，為自己樹立遠大目標。」

又用眼光示意了一下孟照存，意思是只有這個小不點兒不能去，其他都能去。

黃馨趕緊說：「現在就訂，晚了就訂不到了。」

眾人還在吃飯，孟連山又被孟辭墨派回來送信了。

他稟報道：「恭喜大奶奶，江探花被聖上封為御前二等帶刀侍衛，正四品。」

這個職位既威風又責任重大，還要深得皇上信任和賞識。雖然江洵想去邊陲的願望暫時擱置，但皇上放他出去歷練時，肯定會委以重任，可以說前程不可限量。

老爺子滿意地點點頭，又問道：「狀元和榜眼賜的什麼職位？」

孟連山笑道：「賜李狀元為五團營從三品遊擊參將，宋榜眼為左衛營正四品都司。」

不管文科武科，狀元最出風頭，其次是探花，有時探花甚至比狀元還引人注目，主要是探花必須年輕俊俏，所有人都對探花感興趣，許多榜下捉婿的人也最喜歡探花郎。

就說今科，李狀元年近三十，兒子都快定媳婦了。宋榜眼二十六歲，有媳婦不說，長得也孔武有力，面相平平。

而江探花，年少英俊，出身勛貴，文武雙全。明天的跨馬遊街，江探花肯定是最受歡迎的一個。

老爺子和江意惜心裡都清楚，若純粹論成績，江洵肯定排不到第三，但他年輕俊俏，這兩樣給他加了不少分，因此才被皇上欽點為探花郎。

晚上孟辭墨回來，說了皇上接見武科進士的過程，樣子很是自得。

「皇上召見狀元、榜眼、探花問話，對小小年紀的江洵大加誇讚，說他『英雄出少年』，而後聽說他是祖父的學生、我的小舅子，又說祖父教得好。今天好些朝臣都向我打聽，江探花訂親沒有。」

江家，以最快的速度掛紅著綠，此時一大家子正在如意堂等江洵回來，連三老爺都回家了。

之前江家人覺得江洵能考上舉人就不錯了，等考上舉人，又覺得考上進士就不錯了，沒想到最後會被皇上點為探花，還被封為御前二等帶刀侍衛。

今天下晌就來了許多人來說媒，包括世家大族，其中還有郡王府。

江三老爺笑道：「我在軍營摸爬滾打十幾年，還靠著孟家提攜，今年才升到從三品，而洵兒，不滿十七歲就中了探花，當上正四品的御前帶刀侍衛，這個官職，不僅體面，還大有前途！」

江伯爺和江晉心裡更是酸溜溜，不提爵位，光論官職，他們二人比剛剛入仕的江洵差遠了。不過，江洵有出息還是江家的喜事，對自家子孫總有好處，他們的高興大過嫉妒。

江老太太樂得老臉都酸了，自家還有可能跟郡王府成親家，雖然姑娘只是郡王的庶女，但兩府也是親家啊。

她有些後悔把江洵的親事交給江意惜決定了，老太太跟大兒、三兒商量道：「明郡王府的七姑娘和西平侯府的二姑娘都挺好，咱們跟洵兒說說，若洵兒同意，惜丫頭就不會反對了。」

江伯爺說道：「黃御史家的三姑娘也不錯。」

三老爺斟酌著說道：「這幾家姑娘的確不錯，不過，既然惜丫頭已經提前打了招呼，還是要多聽聽那姊弟二人的意見。」

江洵與同年們在食上喝酒，戌時末才回來，他沒有直接去如意堂，而是先去了祠堂。

江老太太聽說江洵又去了祠堂，臉色不悅，但也不好發脾氣，自我安慰道：「那是個孝順孩子。」

江洵亥時二刻才出祠堂，他以為家人都歇息了，正準備回自己小院，旺福說道：「二爺，二門還開著，老太太等人都在如意堂裡等你呢。」

江洵抬頭看看漫天星辰，又去了如意堂。

除了江晉的小閨女，所有人都在如意堂裡等他。

江洵微醉，臉色酡紅，又戴著探花盔，佩著探花腰刀，更是俊俏無雙，英武不凡。

老太太把他招呼到身邊坐下，拉著他的手看不夠地看，讓江洵很不自在。

應眾人的要求，江洵詳細說了內侍如何唱名、皇上如何聖明又如何誇獎於他，讓人豔羨不已。

老太太環顧一圈說道：「該聽的都聽完了，老大、老三、晉兒、洵兒留下，其他人回吧。」

女眷、孩子們心滿意足地各回各房。

老太太的笑容更加慈祥。「洵兒，今天有六家來家裡說親，祖母覺得明郡王府、西平侯府、黃御史府的姑娘都挺好……」

江洵抿了抿唇，說道：「祖母，我看上了一位姑娘，她美麗賢慧，二姊也認識，我想娶她。」

如今自己中了探花，娶她更有了把握，但他還怕鄭家父母不同意，想跟姊姊商量之後，請孟老國公去說合。

江伯爺問道：「哪家姑娘？」

江洵沈吟著說道：「她出身高門，我怕我高攀不上，過幾天我會跟我姊商量，看能不能請動孟祖父說合。」

明天要打馬遊街，後幾天要跟先生和同窗、同年慶祝，他打算忙完這些再去成國公府。

老太太便不再糾結。

高門，還要請孟老國公說合，這門親事肯定差不了，他們江家，靠著二房這對姊弟要開啟老祖宗時的輝煌了。

老太太笑道：「今天有好些人家送了禮來，我們想三日後請客。」

江洵道：「請客的時間再定吧。」

他想把親事說下來後再請客。

如今江探花也有了話語權，他的話幾位長輩都沒有異議。

兩日後，文科貢士放榜。

曲修中了第六十六名，扈季文中了第二百六十八名，這屆共取三百名。

曲修名次靠前，不出意外會中進士；扈季文名次落後，肯定是同進士，但這已經讓他開心不已。若他不住進孟府，不跟著曲修同時學習，同時去請教名師，都不可能有這個名次。

他知道，哪怕自己中的是同進士，有了孟家這門貴親，也會候到個不錯的缺。

唯一遺憾的是，江意珊的未婚夫宮一鳴落榜。

這天上午，忙碌完的江洵終於抽空來到成國公府。

江洵是這裡的老熟人了，從外院到內院，一路下人都在恭賀他。

錦園裡繁花似錦，無數蝴蝶翩翩起舞，小蜜蜂在花朵上辛勤忙碌著，老爺子坐在小板凳上拾掇著一盆花，小存存拿著小鏟子站在一旁。

小亭子裡坐著音兒和花花，人鬧貓叫玩得歡，江洵先去亭子裡抱了抱小音兒，才走去老爺子面前。

他跪下給老頭子磕了一個頭。「謝孟祖父栽培，江洵沒有辜負您老的期望。」

老爺子上下看看他，滿是笑意。

「去亭子裡帶小娃，等我侍弄完，陪我喝兩盅。」

江洵道：「晚輩想去給老太君磕個頭。」

「哦，去吧。」

江意惜還在議事堂理家，江洵被丫頭領去福安堂，他給老太太磕了頭，表達了感謝之情。

老太太高興，拉著他說了會兒話，還賞了他一個玉筆筒和一塊玉掛件。

而後他回到浮生居，酒菜已經擺上桌。

江洵陪老爺子喝了個痛快，送走老爺子，已是未時。

他走去上房西屋，腳步踉蹌，渾身酒氣，醒酒湯已經準備好了，江意惜讓他喝了一碗。

看到他急不可待的有事要說，江意惜勸道：「先去東廂歇歇，歇息好再說。」

江洵囁嚅道：「不說睡不著。」

江意惜嘆了口氣，遣下下人，親自給他倒上一杯茶。

姊弟二人坐下。

江洵眼裡漾出笑意，還有些不好意思。「姊，我、我有了心儀的姑娘。」

江意惜靜靜望著他，沒有追問是誰。

江洵又繼續說道：「就是鄭大姑娘鄭婷婷。我覺得，她對我也有好感，我想求娶她，我們家世低，我還想請孟祖父幫著說合。」

見姊姊沒有表態，江洵眼裡有了疑問。「怎麼，姊不同意？」

江意惜重重嘆了一口氣，說道：「有件事，姊之前並不想告訴你，後來看出你和婷婷互有好感，便一直想說，但是不願耽誤你考試，延宕至今，倒是不得不說了。」

「什麼事？」

江意惜眼眸黯然，囑咐道：「你記著，不管什麼時候，我都是你姊，最關心和愛護你的姊。」

江洵覺得這話莫名其妙，笑道：「妳當然是我姊，到底什麼事？」

江意惜又道：「不管發生過什麼，娘都是爹最心愛、我們最尊敬的好女人，你不能輕視她。」

江洵的笑容消失，預感到發生過什麼大事，他鄭重說道：「不管發生過什麼，姊都是對我最好的姊，娘都是我最尊敬的娘。」

江意惜悠悠說道：「娘在嫁給咱們爹以前，跟鄭吉相識。」

「只是相識？」江洵心裡猛地一沈，知道事情沒有這麼簡單，馬上想到鄭吉對自己沒來由的好，心裡七上八下的，酒都醒了兩分。

江意惜又道：「他們彼此傾心，感情很深，曾經鬧得滿城風雨，宜昌大長公主嫌棄外祖家世低，不同意這門親事，一方面給外祖施壓，一方面讓人派鄭吉出京公幹……娘被逼得無奈去投河的時候，被咱們爹所救，之後就嫁給咱們爹了……鄭家已經查到咱們的娘是扈明雅，他們不願意得罪大長公主一家……」

江意惜說爹的時候非常刻意加上「咱們」二字，沒有說扈氏同鄭吉發生過關係，也沒有說扈氏嫁去江家前已經懷孕。

江洵又是難過又是不可思議，不住地搖著頭。他不願意相信，可又不得不相信。許久，他抬起頭怔怔看著江意惜，眼裡湧上淚水。他最怕的是，姊姊沒說的事。可看到江意惜同鄭婷婷和鄭璟的一、兩分相像，再想到鄭婷婷曾經開玩笑說鄭、江兩家幾百年前是親戚，又不得不承認跟自己最親的姊姊或許是……

他輕聲問道：「娘和鄭叔只是彼此傾心？」聲音都有些哽咽。

江意惜垂目把眼裡的淚水逼退，抬眸說道：「我不知道。」

江洵又喃喃說道：「大長公主和鄭大姑娘家隔了房，只因為我娘和鄭大姑娘的堂叔曾經傾心過，就要阻止我和鄭大姑娘的事？不可能，娘和鄭叔肯定還有其他事，姊，妳跟我說實話，娘嫁給爹之前是不是……」

江意惜不敢直視江洵的目光，說道：「我不知道。我只知道我和你是一母同胞，知道爹從小疼我到大……」

沒有否認，那就是了。

江洵抱著腦袋哭了，怕人聽見，極力隱忍著。他哭的不是他和鄭婷婷的事，這件事此時還沒來得及去想。

他哭的是這個世界最親的人、對他最好的人，一直以來相依為命的姊姊，跟他不是一個父親。母親居然跟別的男人有孩子，父親疼愛有加的閨女不是他的親骨肉……

江意惜也流淚了，起身走去他跟前，抱住他的頭說道：「娘的所有事，咱們爹都知道，他選擇了包容，用最深沈的愛來愛護娘和我。你不能輕視她，她也是涉世未深，情不自禁……」

江洵抱住江意惜，眼淚濕了她的衣裳，燙得她心痛。

片刻後，江洵才說道：「作為人子，我不怪娘，更不會輕視她，她是情不自禁才走了那一步，最後害人害己……姊，娘不在了，爹也不在了，妳是弟弟最親的人……」

「是，我永遠是弟弟最親的親姊姊，也永遠是咱們爹的親閨女，是江家姑娘，誰都改變不了。弟弟如今當了探花郎，還當了御前侍衛，姊等著弟弟更有出息，為姊撐腰……」

等到江洵情緒平靜下來，窗紙已被霞光染成黃色。他的臉陷在橘光裡，顯得臉色更加蠟黃憔悴。

下人帶著存存和音兒去了福安堂，江意惜讓孩子們幫自己告個假。

當覺得那件事江洵消化得差不多了，她狠下心，繼續說起另一件事。

「前幾天辭墨和我去扈莊，鄭玉跟辭墨談到你和婷婷的事，他明確的說，鄭家已經知道娘和鄭吉的事，又對我的身世有所猜測，幾位長輩不同意你們之間的事，會以咱家家世低為由，迫使婷婷掐掉那個執念……」

想到鄭婷婷，江洵的眼裡又盛滿痛苦之色。之前的哭是不可思議和難受，此時他沒有流淚，眼睛赤紅，痛到了心裡和每一塊骨頭裡，以致表情扭曲，看得江意惜心疼。

江意惜勸道：「洵兒，你還年輕，好姑娘——」

「姊，在我心裡，鄭大姑娘是天下最好的姑娘，我只想娶她。」

「洵兒，想想娘和鄭吉，他們任性了，痛苦延續到現在……」

江意惜不知道該如何勸江洵。她知道，放下這段感情對江洵和鄭婷婷都好，但讓她明明白白說出來，與宜昌大長公主一樣棒打鴛鴦，她說不出、做不到，當初扈明雅被逼投河，鄭吉到現在都放不下。

可她也知道，放不下，江洵和鄭婷婷會更痛苦。

自重生以來，這是最令她為難的一道抉擇題，她不知道該如何做才好。

「姊，妳不要逼我娶媳婦，不要像宜昌大長公主逼鄭叔那樣逼迫我，求妳了。」江洵的聲音在嗓子裡咕嚕。「鄭姑娘不嫁人，我就一直等，等到那些人不在了，只要鄭姑娘還待字閨中，我就娶她，若她先嫁人，我死心了，也祝福她。」

想到鄭婷婷當了別人的新娘，江洵痛苦地抱著腦袋。他甚至有一種衝動，若鄭姑娘願意，他可以帶著她遠走天涯。

可想到鄭吉和母親的衝動，他強忍住這個想法，不願害了婷婷。聘者為妻奔為妾，那麼好的姑娘，他不能輕踐她。

還有，他放不下一直心疼他的姊姊。他走了，姊姊的身世勢必會鬧得人盡皆知，她將如何面對「私生女」的境遇？那時，江老太太肯定不會管她。

若自己在，哪怕姊姊的身世鬧出來，自己也能以二房當家人的身分，表達對姊姊的不離不棄……

江洵望著天想著心事，一個多時辰，他的嘴邊居然長出幾顆燎泡。

江意惜無言陪著他，屋裡一片寂靜，內心也有一股衝動，想去跟鄭家人談談，能不能不要棒打鴛鴦、不要讓鄭吉和兩個女人的悲劇重演……

孟辭墨下衙直接回了浮生居，他陪江洵喝酒喝到戌時初，二門快上鎖了，江洵喝得酩酊大醉，被扶進轎子抬去前院客房歇息。

江意惜紅著眼圈跟孟辭墨說了她和江洵的談話。

「洵兒說只要婷婷不嫁，他就不娶。他性子拗，一定會做到，老太太又眼皮子淺，一心想攀高枝，家裡有得鬧騰。」

孟辭墨道：「若他和鄭大姑娘都有那個決心，結局還真說不定。我瞭解鄭老太保，最是護犢，鄭夫人也是愛女心切，洵兒又這麼優秀和癡情……走著瞧吧。」

夜裡，淅淅瀝瀝下起雨來，雨滴答滴答敲在瓦片上，吵得江意惜睡不著。

——未完，待續，請看文創風1174《棄婦超搶手》6（完）

2023年3月出版

文創風 1148～1150

天才醫女有點黑

見她娘舉起石頭對著蹦蹦跳的雞下不了手，
她看得實在心焦，險些崩人設過去幫忙，
哥，你快回來呀！要裝一個斯文小姑娘太難了……

直率不掩藏，濃情自然長／荔枝拿鐵

穿越開局就是舉家被流放到遼東？這也太慘了吧……
所幸周瑜和哥哥一同穿來，手握兄妹倆能共用的空間外掛，
又有了上輩子求生的經驗，雖說得遮遮掩掩著魂穿的變化，
但兄妹攜手合作護著一家婦孺抵達遼東，也算是有驚無險。
然而並不是到達目的地就結束流放，而是得成為軍戶在邊疆開墾，
哥哥身為家裡唯一符合資格的男丁，自然就得入軍伍生活了。
所幸同是天涯淪落人，除了本就認識的親戚，村內的人皆好相與，
無須過於防備身邊人，他們一家如今就是得在哥哥報到前多存點錢。
於是她藉著醫藥知識與手弩，和哥哥在山上找尋好藥順道打獵，
卻意外救了被毒蛇咬傷的少年「常三郎」，自稱到遼東依親途中遭了難。
他看似個紈袴，還老是嘴賤喚她「黑丫頭」，可實際相與人倒是不壞，
就是懶散了點，總想靠親戚的銀兩接濟，這不行，不幹活就不給飯吃！
他瞪著柴垛抱怨：「妳居然讓病人揹柴？那麼多！妳想累死小爺啊？」
她嫣然一笑：「放心，我就是醫生，揹完這堆柴，只會讓你更健康！」

為流浪貓狗加油

和貓寶貝 狗寶貝 廝守終生(一定要終生喔！)的幸福機會

對人來說，貓寶貝狗寶貝只是生活的一部分，但妳（你）對牠們來說，卻是生活的全部，領養前請一定要考慮清楚——

▲ 喵系活力美眉——肉鬆

性　　別：女生
品　　種：米克斯
年　　紀：約1歲半
個　　性：害羞、容易緊張，熟悉之後很愛撒嬌
健康狀況：已結紮，已施打八合一和狂犬疫苗
目前住所：花蓮縣壽豐鄉（中途愛媽家）

本期資料來源：鍾小姐

『肉鬆』的故事：

當時還是幼崽的肉鬆，被狗園救援收容，之後因結紮需要照顧，所以先暫時帶回家，但相處下來發現肉鬆脾氣非常好，認為牠值得擁有專屬自己的家。

不要看肉鬆瘦瘦的，牠的力氣很大，爆發力十足，跑步、跳高都難不倒牠！出外溜達時最好抓緊牽繩，以免牠到陌生的地方會因緊張而暴衝。已學會坐下、握手、趴下的基本指令，而且超愛撒嬌，喜歡在人身後當個跟屁蟲，也很親狗，甚至可以把到口的食物讓給其他狗狗，不過可別以為牠不愛吃，要說最不挑食又愛吃的狗狗，絕對非牠莫屬！

肉鬆是個十分享受家庭生活的毛小孩，會自己找個安全的角落當牠的窩，收放牠的娃娃和玩具，還會趁人不注意偷走沒收好的小物件。因為還是個小朋友，所以很喜歡耐咬的寶特瓶和娃娃，也會像貓咪一樣窩在紙箱裡，無論箱子多小都想塞進去，甚至連洗衣籃也可以跳進去玩樂。

如果您家的毛孩子還缺個玩伴，就讓肉鬆美眉加入吧，保證全家歡樂翻倍。手機輸入Line ID：wendy5472或直撥0910220008，鍾小姐很樂意為您介紹肉鬆之樂在何處！

認養資格：

1. 認養人須有責任心，為肉鬆定期施打預防針、心絲蟲預防藥和驅蟲。
2. 不放養、不鍊養，出門務必上牽繩，不餵食人類的廚餘和骨頭。
3. 須同意簽認養寵物切結書，並植入晶片。
4. 須同意送養人日後之追蹤家訪，半年內偶爾回傳照片，對待肉鬆不離不棄。

來信請說明：

a. 個人基本資料：姓名、性別、年齡、家庭狀況、職業與經濟來源等。
b. 想認養肉鬆的理由。
c. 過去養寵物的經驗，及簡介一下您的飼養環境。
d. 若未來有結婚、懷孕、出國或搬家等計劃，將如何安置肉鬆？

1173

棄婦超搶手 5

國家圖書館出版品預行編目資料

棄婦超搶手 / 灩灩清泉著. --
初版. -- 臺北市 : 狗屋出版社有限公司, 2023.06
冊 ; 公分. --（文創風 ; 1169-1174）
ISBN 978-986-509-434-8（第5冊 : 平裝）. --

857.7　　　　112006627

著作者　灩灩清泉
編輯　黃淑珍　李佩倫
校對　吳帛奕
發行所　狗屋出版社有限公司
地址　台北市104中山區龍江路71巷15號1樓
電話　02-2776-5889～0
發行字號　局版台業字845號
法律顧問　蕭雄淋律師
總經銷　知遠文化事業有限公司
電話　02-2664-8800
初版　2023年6月
國際書碼　ISBN-13　978-986-509-434-8

本著作物由起點中文網（www.qidian.com）授權出版

定價280元
狗屋劃撥帳號：19001626
網址：love.doghouse.com.tw　E-mail：love@doghouse.com.tw